Préface de Véronnick Thammer

Ministre des paradis fiscaux

Préface

Bon, pour faire court, si vous avez autant d'humour qu'une couche culotte usagée, si vous êtes du genre cul pincé qui ne se marre que les 31 février, bref si vous portez le masque de le morosité grincheuse 365 jours par an, passez votre chemin.Quant au casting, les personnages sont grossiers, vulgaires, racistes, égocentriques etc…Pour les autres, les gais lurons, les rigolards, les qui se prennent pas le choux, les vivants quoi, je vous souhaite une bonne tranche de détente.

Véronnick Thammer

Contact :
VéronnickThammer
6 bis (66 donc) rue des Emphoirés Dhéditheur
(à gauche après le tas de neige et en face de la KhapitalKhamouphléTower)

Moscou.

Le téléphone est celui du Kremlin.

Note de l'auteur

Les propos provocateurs tenus par (Aubin), ainsi que les descriptions outrancières des personnages ou des lieux, ne sont qu'un prétexte à l'aboutissement d'une œuvre humoristique dont le seul but est d'amuser le lecteur. Ils ne sont en aucun cas le reflet des idées ou des convictions de l'auteur.

Couverture : Eva Skacélagueül

Avertissement

Salut à toi ami(e) lecteur (euse) !

Si tu es à cheval sur le français, la syntaxe, le point-virgule, de suspension, d'interrogation de compression, de croix, ou sur la gueule, laisses tomber !

Ce qui va suivre est grossier, vulgaire, antilittéraire, irrespectueux, irrévérencieux, excessif, provocateur un chouia raciste, un poil mégalo, passablement débile, anti littéraire, bref tout ce qu'il faut et un peu plus pour avoir des emmerdes avec les adhérents de l'ANPF (Association Nationale des Pisse Froid de l'hexagone) mais surtout tiré de faits rigoureusement inventés.

Si tu es toujours là, alors, prends ta veste et suis-moi ! Mais je t'aurai prévenu !!!

Ce livre est une œuvre de fiction, les noms des personnages et les événements sont le fruit de l'imagination de l'auteur.

DU MEME AUTEUR

PAS DE FRIC POUR L'AFRIQUE 2020

CRAMPONNE-TOI AUX RIDELLES 2018

Chapitre I

Le père Hitoine, curé à Piconbière-les-Troichop, est un mec étonnant. Au pif, je dirais qu'il aborde la soixantaine pas du tout flamboyante et qu'il s'en fout comme de sa première dragée. Le tee-shirt parachute qui couvre sa panse de mère porteuse de quintuplés descend au ras de ses genoux, dissimulant ainsi un short bermuda que je décrirai kaki, passablement caca. Des tifs argentés encore plus crados que son short rejoignent une barbe de mille jours, contaminée par la fumée des clopes qu'il pompe jusqu'au filtre. Ses panards, plus larges que le cul de ta rombière flottent dans des tongs ayant parcouru quelques milliers de kilomètres sur les chemins tortueux de sa paroisse. Les culs de bouteilles qui lui servent de lunettes peinent à rester au sommet de son tarin et viennent reposer sur le bord rebondit de ses narines en jachères. Pour en finir sur l'aspect éminemment franchouillard du curé, son crâne est surmonté d'un béret que ne renierait pas un bidasse de la 2eme DB. Je lui tends la poigne, je me présente.

- *Je m'appelle Aubin, enchanté de faire votre connaissance.*

- *Tout le plaisir est pour moi qu'il me répond, je suis le père Hitoine, mais tout le monde m'appelle Pilate, comme Ponce Pilate, car des péchés de mes ouailles dévoilés dans le secret du confessionnal, je m'en lave les mains. Je leur colle deux Ave Maria, trois Paters et basta. De toute façon, ils n'ont pas tourné le cul à l'église qu'ils recommencent les mêmes conneries. Mais ne restons pas là, suivez- moi dans la sacristie, nous y serons mieux.*

Je marche sur ses talons et nous pénétrons dans les lieux par une porte latérale, ce dont je le sais, tu te fous royalement.

- *Tenez, posez-vous sur ce siège. Un petit coup de blanc bien frais ?*

- *Ce n'est pas de refus merci.*

Pilate me fait signe de poser mes miches sur une chaise paillée, ce dont je m'acquitte illico. Il ouvre un petit frigo planqué dans un placard, cramponne une boutanche, referme, s'empare de deux verres sur une étagère et dépose le tout sur la table avant de s'assoir face à moi.

- Aller, à la bonne vôtre !

- A votre santé mon Père !

- J'ai dit Pilate, oubliez le cureton.

- Ok Pilate, à la bonne vôtre ! Alors, en quoi puis-je vous être utile ?

- Avant tout, laissez-moi vous expliquer pourquoi je vous ai contacté. C'est qu'il s'agit d'une affaire un peu délicate qui concerne un ami qui ne souhaite pas que son nom soit carillonné aux quatre vents. C'est lui qui m'a refilé vos coordonnées. Il semble que vous soyez connu dans les sphères supérieures.

- Les sphères supérieures, c'est un bien grand mot. Disons que j'ai résolu quelques affaires plus ou moins confidentielles, sans plus.

- Allons, pas de fausse modestie. Jouons franc jeu. Cet ami n'est autre que Monsieur Jean Néchier, ancien ministre des cas sociaux désespérés et de la délinquance, qui, comme vous ne le savez peut être pas, a été poussé à la démission suite a une erreur de livraison destinée au palais de l'Elysée.

- Oui, je me souviens, ce n'est pas si vieux. Mais je croyais qu'il avait démissionné pour raisons personnelles ? Bon, et alors ?

- Alors depuis son départ, mon ami Jean s'est mis au vert dans sa propriété située à quelques encablures du village où il comptait bien se faire oublier. Seulement voilà que des malfaisants, des diaboliques peu scrupuleux, menacent de faire paraître dans la presse à scandale des copies de documents, révélant les véritables raisons du départ précipité de Jean. Documents compromettants pour lui, d'autant qu'il les avait emportés par mégarde le jour de son départ.

- Et ils veulent de l'oseille en échange de leur silence, c'est bien ça ?

- Vous avez tout compris !

- Mais ces dossiers, ils existent réellement ?

- Ben compromettants, je ne sais pas trop bien, mais effectivement, des documents ont bien été dérobés dans la propriété de Jean il y a quelques jours.

- Ce qui laisse entendre que lui-même les avait .... Disons.... Emportés par mégarde, lors de son départ du ministère ?

- Voilà, par mégarde, vous avez trouvé le mot. Je connais Jean Néchier depuis bien longtemps et je ne

le vois vraiment pas commettre une faute aussi grosse volontairement.

- Je n'en doute pas mon cher Pilate. Un prêtre ne saurait couvrir les agissements d'un ami, fût-il ministre. Bien sûr, vous ne savez absolument pas ce que ces documents peuvent bien contenir de compromettant ?

- Non, évidemment. Ami ou pas, Jean Néchier ne me faisait jamais de confidences sur les dossiers dont il avait la charge. Tout cela relève du secret d'état.

- Et donc, cet ami aimerait bien que je retrouve ces documents et que je les récupère, ce qui mettrait un terme à la tentative de chantage de ces journaleux maffieux ?

- Tout est dit ! Bien évidemment, votre travail serait rétribué à hauteur de la tâche. Jean sait reconnaître la valeur d'un homme. Qui plus est, il sait se montrer particulièrement généreux.

- Mais dites- moi Pilate, pourquoi ne m'a-t-il pas contacté lui-même directement ?

- Mais voyons, c'était impossible. Il est plus que probable qu'il soit sous une surveillance très serrée, sinon sur écoute. Ici, à l'église, au confessionnal, il ne risque rien. La France entière sait qu'il s'agit d'un bon chrétien, élevé dans les règles de la

religion catholique. Il vient à l'office régulièrement. Quoi de plus naturel qu'il passe également par le confessionnal ?

- Et vous-même monsieur le... je veux dire .... Pilate, vous n'avez eu aucune visite plus ou moins douteuse ? Personne n'est venu vous titiller au sujet de votre ami Jean Néchier ?

- Ben non, rien de particulier.

- Et comment je peux entrer en contact avec lui sans attirer l'attention ?

- Grâce au pain bénit du seigneur !

- C'est-à-dire ?
- Martin Tamarre, l'homme à tout faire de Jean, son fidèle homme de compagnie, un ancien de la garde républicaine, fait les courses pour la maison. Boulangerie, épicerie, boucherie etc.... Or, il se trouve que notre boulanger est également mon cousin. Nous avons pour ainsi dire été élevés ensemble. Alors d'un commun accord, allant chaque jour chercher ma baguette, si j'ai un message à recevoir de Jean, mon cousin le protège dans une petite fourre de plastique qu'il glisse à l'intérieur de mon pain. Juste une petite incision au cutter et le tour est joué.

- Ingénieux en effet. Et je suppose que vous pratiquez de même pour joindre Jean ?

- Tout à fait ! Je remets mon papier à Simon et le tour est joué !

- Simon ?

- Ah oui, excusez- moi. Simon c'est le prénom du boulanger, mon cousin. Simon Cussonnet, c'est son nom. Mais bien sûr, ce stratagème ne nous empêche absolument pas de nous téléphoner pour prendre de nos nouvelles, parler de banalités sans intérêt, bref, rien d'autre que des conversations amicales normales pour des amis. Au cas où, comme je vous l'ai dit, les murs auraient des oreilles. Ce qui est fort probable.

- Bon, et bien tout ça c'est parfait, mais vous vous doutez bien que si je me présente chez Monsieur Jean Néchier, ma venue ne va pas passer inaperçue. Comme vous me l'avez si bien dit, je suis un peu connu dans les hautes sphères.

- C'est pourquoi vous entrerez chez Jean, planqué dans la fourgonnette de Martin Tamarre. Il se rend régulièrement à la déchetterie municipale pour y déposer les différents déchets relatifs à l'entretien de la propriété. Il vous récupèrera au retour, au passage du Bois du Calvaire.

- Le Bois du Calvaire ?

- Oui, c'est le passage obligé pour aller à la déchetterie lorsque vous quittez la départementale, deux kilomètres après la sortie du village.

- Et je les parcours comment les deux kilomètres ? Il est hors de question que je laisse ma bagnole à l'abandon en pleine cambrousse.

- Aucun souci, je vous y déposerai avec mon véhicule.

- A propos de véhicule mon cher Pilate, vous avez pu constater que je n'ai pas la voiture de tout le monde. Une Yamazaki bi-turbo à injection inversée qui coûte quand même la peau des burn...... enfin je veux dire....

- Vous voulez dire la peau des burnes, j'avais compris. Et bien je vous propose de la déposer dans mon garage. Il est attenant au presbytère, c'est à moins de cent mètres. Je ne l'utilise jamais en dehors de l'hiver. Ça n'étonnera donc personne de voir ma voiture coucher dehors. Ah ! A propos de coucher, vous êtes à l'hôtel du Lapin chasseur ou à l'auberge de la mère Lésa Baizé ?

Chapitre II

Tout s'est déroulé comme prévu. Rien de spécial à ajouter, sinon que je suis présentement assis sur le plancher de la fourgonnette de Martin Tamarre, face à une cage contenant trois volatils, communément appelés poules. Si deux d'entre elles discutent sans même me considérer, le regard inquisiteur de la troisième me laisse entendre que ma présence en ce lieu lui paraît plus que suspecte. Elle me fixe d'un oeil noir qui ne me laisse rien présager de bon si la cage devait s'ouvrir par mégarde. Sinon, question confort, j'ai connu mieux, d'autant que l'odeur qui flotte atteste de l'utilisation principale du véhicule. Ça chlingue la vieille herbe, la vieille paille, le vieux fumier, les vieilles poubelles, et j'ajouterai les vieilles poules. La séparation entre la caisse et le poste de pilotage m'empêche de parler avec le conducteur. N'ayant, quoi qu'il en soit, rien à lui dire, ça tombe bien. Cependant, j'eusse aimé des vitres latérales donnant sur la rue, car être transporté à l'aveugle, au cul d'une fourgonnette puante, ne va pas tarder à me filer la gerbe. Je suis bringuebalé depuis près de trente minutes lorsque je ressens un changement de surface sous les pneus. Du gravier me semble-t-il. Enfin nous stoppons. Un claquement de portière, une poignée de secondes, et l'ami Martin me libère. Je me trouve présentement dans un garage tout bien peinturluré du sol au plafond. Deux autres bagnoles roupillent sous des bâches adaptées à leurs silhouettes. Ça sent le propre, tout est bien rangé, en fait non… ça ne sent pas le propre, ça sent l'oseille.

- *Si vous voulez bien me suivre ?*

Obéissant, je file le train au chauffeur jardinier, homme de confiance du propriétaire des lieux. Un ascenseur nous propulse au rez-de-chaussée. Je découvre un vaste hall ouvert sur un parc ombragé, note bien ami lecteur, que s'il n'était pas ombragé ce ne serait pas un parc hein ! Mais bon, pas le temps de s'étendre sur le sujet. C'est vrai ça, qu'est-ce qu'on peut bien en avoir à foutre que ce soit arborisé ou pas ? C'est bien moi ça. J'en suis là de mes réflexions, lorsqu'une voix me fait me retourner.

- *Ah ! Vous voilà ! Heureux de vous recevoir ici, même si je le reconnais, le trajet n'a pas dû vous être des plus agréables. Mais nous n'avions pas le choix. J'ai la conviction que la propriété est sous surveillance, même si rien ne le confirme.*

Je me fends d'un bonjour Monsieur le ministre à faire pâlir le roi des lèches culs en lui secouant la paluche comme si je voulais lui piquer sa montre.
- Oh là là ! Laissez tomber les « Monsieur le ministre » d'autant que je ne le suis plus. Mais passons dans mon bureau, nous avons des choses importantes à voir ensemble. Merci Martin, vous pouvez disposer. Ah ! Vous avez les poules de Madame ?

- Oui Monsieur !

- Parfait. Figurez-vous mon cher Aubin que mon épouse a tendance à se prendre pour Marie Antoinette. Elle transforme peu à peu la propriété en fermage. Un côté écolo que je ne lui connaissais pas il y a encore peu de temps. Elle veut des légumes du jardin et des oeufs de poules, élevées en plein air. Des poules dans le parc, vous imaginez ? Vous connaissez un animal plus con qu'une poule vous ? Une dinde peut être ? Je ne sais pas ....

Sur ces considérations, je m'aperçois que je n'ai pas eu le temps de te décrire le ministre. Par où commencer ? Bof, un ministre quoi. Une tête de ministre sur un corps de ministre. Une tête qui ne demandait qu'a passer sur un corps de président de la République quoi ! Une tête amovible quoi ! Bon, pour lui, c'est un peu râpé évidemment, mais je sens qu'il conserve malgré tout l'attirail physique du futur candidat. Je ne t'en dirai pas plus car nous pénétrons dans le bureau. Un bureau qui ressemble au bureau classique du parvenu. Mélange savant de style et de moderne que je ne te décrirais pas car je sais que tu t'en fous comme de l'an quarante, vu que tu ne fais aucune différence entre le style Vercingétorix premier et Le Corbusier XIV-ème siècle.

- Prenez place. Je vous sers quelque chose ? Whisky, bière, eau minérale ?

Je pose mon cul sur le canapé qu'il me désigne en lui rétorquant qu'une bibine fera l'affaire. Il s'empare d'une télécommande, vise le mur recouvert de boiseries, lesquelles s'ouvrent dans un silence religieux pour laisser jaillir des rayonnages de verres chargés de bouteilles ne cachant rien de leur valeur marchande. Il réalise mon souhait puis se verse un grand verre de Whisky avant de s'installer face à moi sur un fauteuil.

- Bien ! Tout d'abord merci d'avoir porté de l'intérêt à la démarche de mon ami, le père Hitoine. Démarche que je lui avais demandé d'effectuer en toute confidentialité. Des malfaisants, des journaleux de porcherie, des anus hémorroïdaires de brontosaures, ont entrepris de me faire des misères.

- Oui, Pilate... Enfin je veux dire le père Hitoine, m'a vaguement mis au parfum de la situation qui est la vôtre. Des documents importants vous ont été dérobés, c'est bien ça ? Et ils ne vous seront restitués que contre monnaie sonnante et trébuchante ?

- C'est cela ! Notez bien que je pourrais laisser courir. Ces documents n'ont en réalité, absolument rien de compromettant pour moi, mais je mets un point d'honneur à ne pas me laisser enfiler par les premières crapules venues.

- Mais dites-moi, ces crapules, elles vous ont contacté comment ? Téléphone, courrier ?

- Un message glissé sous les essuie-glaces de la fourgonnette de Martin alors qu'il attendait le pain à la boulangerie.

- Vous l'avez ce message ?

- Non. Martin me l'a remis dès son retour de courses, j'en ai pris connaissance, je l'ai glissé dans ma poche arrière de pantalon avec l'intention d'en faire une copie, mais aussi pour éviter qu'il ne traine sur mon bureau à la vue de mon épouse. Pas l'inquiéter avec ça. Bref pour faire court, le pantalon est passé au lave-linge le soir même et le message avec.

- Et ils vous réclament combien ?

- Deux millions d'euros !

- Ah oui, quand même ! Pour des documents sans importance, ça fait cher le papier. Et c'est indécent de vous demander ce que vous risquez si ces papiers parvenaient à circuler ?

- En politique, on se fait beaucoup d'ennemis, vous ne l'ignorez pas, et la moindre trace sombre sur une feuille de PQ devient sujet à polémique.

- Si vous me disiez franchement ce qui est la cause de la tache sombre sur votre rouleau de PQ monsieur le ministre ?
- Ah mais lâchez-moi les baskets avec vos Môssieur le ministre ! Appelez-moi Jean, je vous appelle bien Aubin moi ! Et tenez, puisque nous sommes appelés à travailler ensemble, cessons de nous vouvoyer. On se tutute comme on dit, si vous le voulez bien, ok ?

- Comme vous vou.... Comme tu voudras, mais j'ai toujours un peu de mal à tutoyer les gens, même si je reconnais que ça facilite les rapports. Bon .... Je disais donc, si tu me rencardais sur le contenu des documents. Car ton ami Pilate m'a informé du fait que lorsque tu as quitté tes fonctions de ministre, tu serais parti en emportant, par mégarde bien sûr, juste par mégarde, certains documents un peu sulfureux.

- J'étais ministre des cas sociaux désespérés et de la délinquance, quand tu occupes ce genre de siège, tout ou à peu près, peut être considéré comme sulfureux. C'est sûr que par exemple, le ministère du temps libre ne roule pas sur les mêmes rails. Nous avons certes pu certaines fois commettre des erreurs ou prendre des décisions malvenues, mais toujours de bonne foi.

- Par exemple ?

- Par exemple, par exemple, et bien tiens, cet hiver, nous avions été alertés par les services sociaux de Seine-Saint-Denis du nombre inquiétant de décès parmi la population migrante africaine qui s'entassait sous des abris de fortune, par des températures de moins dix à moins vingt degrés. Il a fait froid si tu te souviens cet hiver. Eh bien nous avons pris la décision d'enrayer cette épidémie de macchabées, enfin je veux dire de décès, en organisant un ramassage de masse de ces traînes patins, enfin, je veux dire de ces malheureux, pour les stocker dans les gymnases de la région. Nous avions juste oublié un fait plus qu'important, les jeux olympiques de Paris ! Ces putains de jeux olympiques ! Nos athlètes ne pouvaient plus s'entraîner. La cata mon grand, la cata. Il fallait agir vite. Imagine un peu, mon ministère, moi donc, j'allais me trouver responsable du manque de médailles d'or françaises en ayant voulu porter

secours à des baboui...de pauvres êtres abandonnés à la rue, dans le froid glacial des trottoirs parisiens, et dans le dénuement le plus total. Quel dilemme ne trouves-tu pas ?

- Et alors ?

- Et alors, ayant pu être informé en temps réel du fait que nous ne pouvions, vu l'état d'urgence, faire le tri entre celles et ceux qui ne pouvaient ou ne voulaient pas se contenter de bouffer des châtaignes et boire du vin fût-il chaud, et qui finalement, ne venaient que pour foutre le bordel, et les autres, les gentils, les prêts à tous les sacrifices, pour participer au développement et à la grandeur de la France, nous avons décidé, dans la plus totale discrétion, d'expédier tout ce beau monde manu militari vers des contrées plus chatoyantes et moins hostiles, chez eux quoi ! Tout simplement, chez eux !
- Et vous l'avez fait ?

- Un peu mon neveu, ça n'a pas traîné. Du jour au lendemain, pratiquement plus de décès à cause du froid dans la rue, et nos athlètes ont pu reprendre leur entraînement en vue des JO.

- Mais quand tu dis chez eux, tu veux dire qu'ils étaient tous du même pays ?

- Non bien sûr ! Mais toujours poussés par l'urgence de la situation, tu penses bien que nous n'avons pas

eu le temps de faire la sélection. Nous avons embarqué tout ce beau monde sur un magnifique navire de chez Costard croisière affrété pour l'occasion, avec tout le confort à bord évidemment, et direction le sud de la Méditerranée en aller simple. La générosité à ses limites !

- Et l'Europe, il n'y a pas eu de remous avec l'Europe ?

- Tu ne crois tout de même pas que nous avions le temps de tergiverser avec l'Europe face à une telle urgence ? Je te répète que ces gens clabotaient dans la rue, dans la rue ! Nous avons donc agi avec la plus grande humanité, en notre âme et conscience. J'en suis fier, nous avons sauvé des vies. Tu voulais un exemple, tu viens d'en avoir un. Aujourd'hui bien sûr, avec le recul, je dois reconnaître que nous aurions peut-être dû moins nous précipiter, mieux évaluer la situation de chacune de ces personnes, il y a forcément eu des renvois malheureux, des erreurs d'aiguillages, ça me torture certaines nuits, surtout l'hiver, j'ai les yeux humides, mais que veux-tu, un ministre doit savoir agir, réagir, décider, ordonner, un ministre c'est un chef, un dirigeant, aller, vide ta chope, te prends pas la tête avec des détails, c'est du passé. Pour aujourd'hui, c'est la disparition de mes dossiers qu'il faut régler.
- Mais pour le vol de ces dossiers, il a fallu qu'ils pénètrent chez toi, qu'ils sachent où les trouver. Tu

ne penses pas que ton personnel de maison puisse être dans le coup ?

- Impossible ! Même Martin ne connaissait pas l'endroit où se trouvaient les documents. J'ai une confiance totale en lui. Un ancien garde républicain, un mec fiable à cent pour cent. Il est tricolore de la tête aux pieds. Ma main à couper qu'il porte des sous-vêtements bleu blanc rouge.

- Il a pourtant bien fallu que quelqu'un renseigne le ou les voleurs, qu'ils pénètrent dans la propriété, dans les murs, et qu'ils sachent précisément où fouiller. Il n'y a pas d'alarme dans le château ?

- Oh si bien sûr, mais elle n'est jamais branchée. Il y a toujours du monde, la nuit comme le jour. De plus, la nuit nous lâchons deux clebs qu'il vaut mieux ne pas mettre en rogne. C'est Martin qui les lâche et qui les fait rentrer au chenil le matin.

- Martin dort ici ?

- Oui, il occupe une pièce sur la façade, au rez-de-chaussée.
- Il vit seul ?

- Oui ! Un vieux célibataire endurci. Sa compagne de coeur a toujours été la France.

- Je peux voir où se trouvaient les dossiers ? Ça pourrait m'aider à me faire une idée.

- Bof, à présent je peux bien montrer la cache. C'est dans la chapelle.

- Il y a une chapelle ?

- Ben oui, comme dans un certain nombre de propriétés bourgeoises d'une époque révolue.

- Et elle se trouve où cette chapelle ?

- Au bout de l'aile droite, au rez-de-chaussée. Viens, passons par l'intérieur, tu n'es pas censé être ici.

Je file sur les talons de l'ex-ministre. Un long couloir partage l'habitation en deux. Au bout du couloir, une porte, derrière la porte, une petite chapelle. Pas si petite que ça d'ailleurs, puisqu'une bonne trentaine de personnes peut y tenir. Sympa la chapelle, une église miniature. Plafond roman, vitraux colorés, autel et tout et tout, et même un confessionnal.

- Voilà, c'est notre chapelle, elle date de la construction de la bâtisse. Elle est dédiée à Saint Hubert, patron des chasseurs comme tu dois le savoir.

- Ah bon ? A cause des chasses à courre de l'époque je suppose ?

- Tu supposes bien. Chaque 3 novembre, il y avait une messe où se retrouvaient les relations et amitiés voisines. Il y avait même un concert de cors de chasse dans le parc. Le curé bénissait tout le monde, y compris les clébards.

- D'où le confessionnal pour celles et ceux qui avaient abusé de la liste des péchés et qui voulaient se refaire la façade avant la messe, c'est ça ?

- T'as tout compris. Et je vais t'étonner, car j'ai souhaité garder ce rituel et depuis que je me suis installé ici, j'ai demandé au père Hitoine de bien vouloir dire une messe ici chaque année.

- À la même date ?

- Ça non ! Vu le QI des chasseurs du coin, un ramassis de piccolos pour qui St hubert ou Dagobert allaient à la chasse en hiver, nous organisons cette messe quelques jours avant Noël, juste quelques amis et la famille, ou du moins ce qu'il en reste. Bon, ben, tu voulais voir où se trouvaient les documents ? Et bien c'est justement dans le confessionnal, porte du milieu, sous le cul du curé. Et oui ! Tu vois ? Le siège forme un coffre. Il y a un dégagement sous le couvercle de l'assise. Tu glisses ton doigt, tu sens un petit bec, tu appuies dessus et le siège se relève.

Effectivement, Jean Néchier glisse sa main sous la planche qui se soulève pour laisser apparaître l'intérieur d'un coffre, plus vide que ton compte bancaire.

- Et vous êtes sûr que personne ne vous a jamais vu manipuler le siège ?

- Plus que sûr... Mais tu recommences avec tes vouvoiements ?

- Ah oui pardon, c'est instinctif. Il a pourtant bien fallu que quelqu'un ait eu l'idée de chercher à ouvrir ce coffre. Qui peut bien avoir éprouvé ce besoin ? Il a fallu qu'il ou elle pénètre dans la chapelle en toute discrétion, sachant que le confessionnal servait de cache aux documents, trouve l'astuce de l'ouverture, puis détale avec les dossiers.

- C'est tout à fait ça, et je n'ai aucune réponse à te fournir. Le fait est, un point c'est tout !

- Juste au hasard, il n'y aurait pas quelques caméras planquées quelque part ?

- Là, tu me prends vraiment pour un demeuré ! Il n'y a aucune caméra dans les murs, pas plus dans la chapelle qu'ailleurs. Les seules caméras sont placées sur la façade pour contrôler l'extérieur. Une sur chaque face.

- Et aucune n'a enregistré d'intrusion suspecte ?

- Je serai le premier à t'en parler, bien évidemment.

- Elles sont reliées à des écrans, elles enregistrent ?

- Oui, dans l'appart de Martin. Il efface tout au bout de trois jours si tout est normal.

- Bon ! Ben, ce n'est pas gagné ! Perso, je ne sais absolument pas par où commencer. Et du côté de tes collaborateurs, pas de jaloux, pas de faux culs, pas d'envieux ?

- Bof ! Comme dans tous les partis politiques. Surtout celui qui gouverne. Tu auras toujours des brebis galeuses, des ambitieux, des traîtres, de bons amis faciles à acheter. L'UFDF, le parti que je représente, l'union des Français de France, pour ne pas le nommer, n'échappe pas à la règle. Une fiotte, dont j'ignore l'identité, à fait courir le bruit que je couvrais un petit trafic de came interne dans les chiottes du personnel.

- C'est donc par-là que je dois commencer mon enquête. Il a bien fallu qu'un de tes collaborateurs découvre que le ver était dans le fruit. Si réellement c'est une histoire de vente de came dans les toilettes ministérielles, nous frôlons le ridicule. Chaque français sait parfaitement que la poudre circule jusqu'aux plus hauts postes, ne serait-ce que pour tenir le coup, vu les emplois du temps. D'ailleurs, si

tu me disais la vérité au sujet de ta démission. Parti volontairement ou viré ?

- Disons qu'après divers entretiens avec les membres du gouvernement, il nous a paru nécessaire d'apaiser les esprits. Je présentais donc ma démission qui fut acceptée.

- Qui a pris ta place déjà ?

- Tu sais bien, mon ancienne cheffe de cabinet, Madame Élisabeth De Somme. Quand je dis cabinet, je ne parle pas des chiottes bien sûr. Même si finalement hein... ?

- Tes rapports avec elle ?

- Plutôt bons. Une femme efficace, ordonnée, réactive, disponible, pas grand-chose à lui reprocher.

- Et le pas grand-chose, c'était quoi ?

- Peut-être un petit côté obscur, en ce qui concerne sa vie privée. Relations, amitiés, goûts culturels, famille, mais après tout, rien de tout cela ne me regardait.
- Et ça t'ennuierait si je commençais à chercher du côté de ton entourage politique ?

- Ben non, feu vert mon gars. C'est forcément là que se trouve la réponse à tes questions.

- Mais dis-moi, cet échange entre le fric et les documents, il doit se faire où, quand et comment ?

- Je dois donner mon accord de principe en accrochant un petit drapeau tricolore au balcon de ma chambre, au premier étage. Ensuite, ce sont eux ou lui, ou elle, qui me donneront la marche à suivre.

- Et ces deux millions, tu les as ?

- Je ne sais même pas à quoi ça ressemble !

- Bien ! Il me reste à rejoindre mon hôtel. Je suppose que nous restons en contact grâce au père Hitoine ?
- C'est le moyen le plus sûr. Je te remercie d'avance pour l'intérêt que tu portes à mon problème. Pour tes émoluments, donne-moi tes conditions, sachant que ça ne peut être qu'en images européennes tout à fait anonymes. Martin va te raccompagner. Il a probablement encore un voyage vers la déchetterie à effectuer.

- Un peu vexante cette dernière phrase, non ?

Chapitre III

Je ne t'étonnerais pas en te disant que parvenir à obtenir un rendez-vous avec Madame Élisabeth De Somme, nouvelle ministre des Cas sociaux et de la délinquance, est du domaine de l'impossible. Surtout quand tu prononces le nom de Jean Néchier. J'ai dû me contenter d'un rencard dans un troquet proche du ministère avec un sous-fifre du quatrième sous-sol, affilié à la ligue des fonctionnaires anonymes, trop heureux d'avoir son moment d'importance dans son univers déprimant. Considérant que c'était mieux que pas de rendez-vous du tout, j'ai eu l'idée de proposer à ce monsieur de nous retrouver à la « Brasserie du ministère », c'est son nom, située à deux cents mètres à gauche après les containers à poubelles. Il m'a semblé qu'entamer une discussion genre « interrogatoire discret » autour d'un plat de choucroute alsacienne fraîchement arrivée de Pékin il y a trois semaines, et arrosée d'une ou deux chopes de bibine made in India, pouvait contribuer à détendre l'ambiance de ce déjeuner impromptu. J'insiste sur le fait que j'ai demandé une table un peu à l'écart, les saucisses ou le lard pouvant avoir des oreilles. Me voici donc présentement en train de pénétrer dans le sanctuaire de la poitrine fumée. Une alsacienne pure souche à en juger par sa coiffe se précipite.

- *Bonjour monsieur vous avez réservé ?*

Je lui rétorque que oui, qu'on m'a parlé de la table quatre, pour deux personnes. Je file donc le train à la demoiselle à travers la salle bourdonnante. C'est drôle ça, je ne sais pas si tu as remarqué mais, dans les brasseries ce n'est pas une ambiance spécialement feutrée. Ah, voilà la table quatre. Arriver le premier te donne le privilège de choisir ta place. Je prends donc celle qui fait face à l'extérieur et à la salle. Mon invité, lui, aura pour horizon ma tronche et le mur beige situé derrière mon dos. Note bien qu'il serait vert ou blanc, il aurait toujours un mur en ligne de mire. C'est un peu vicelard, mais ainsi il n'aura pas l'attention détournée par l'agitation environnementale. Voilà pas plus de deux minutes que je suis installé que mon invité débarque. Je sais que c'est lui car il tourne la tête à droite à gauche, cherchant de toute évidence son point de chute gastronomique. Je lui adresse un discret signe de la main, tout en me levant.

- Bonjour, je suis Aubin Merdhalors, merci d'avoir accepté le rendez-vous.

- Bonjour monsieur, enchanté, je suis monsieur Clément Thine, comme l'orange, mais ça ne s'écrit pas pareil. Merci pour l'invitation.
- Je vous en prie, prenez place. Autour d'une table bien garnie, l'échange est plus convivial.

- Merci mais avant, je voudrais juste si vous le permettez, me laver les mains. J'ai quitté le ministère rapidement afin d'être à l'heure à votre invitation.

- Ah mais faites, pas de souci !

Mon invité se dirige vers les toilettes. Le coup du « je vais me laver les mains » pour ne pas dire « Je vais pisser » tout le monde connaît hein ? Alors…Comment te parler de monsieur Clément Thine ? Une bonne tronche de fonctionnaire, la quarantaine et demie, un poil bedonnant, un poil rougeot, plutôt jovial, costard de chez « My Taylor is Rich » évidemment. Pompes de chez Grolldelux évidemment, petite sacoche de cuir à l'épaule, cheveux courts un poil dégarnis vers l'arrière, discrètes lunettes de vue, démarche classique du bon gars pas prétentieux, d'un abord facile quoi ! Mais le voilà de retour.

- Alors, en quoi puis-je vous être utile monsieur Aubin Merdhalors.

- Aubin tout court, pas de monsieur, je vous en prie.

- J'ai cru comprendre que vous vouliez des renseignements sur Jean Néchier, notre ancien ministre ?

- Renseignement est un bien grand mot, il s'agit plus d'une discussion à bâtons rompus afin de me faire une idée de la personne.
- Ces messieurs prendront un apéritif ?

Ha ! Voilà notre hôtesse qui s'interpose. Tu vas me dire que c'est normal, puisque c'est son boulot. Je donne un petit coup de tête interrogatif à mon vis-à-vis qui répond.

- Oh, si ça ne vous dérange pas, je prendrais bien tout simplement une chope de blonde, peu importe laquelle.

- Ok, va pour deux blondes. Je vous laisse choisir le menu ?

- Oh pour moi, la choucroute au Riesling comme d'habitude.

- Ok, va pour deux chopes et deux menus Riesling. Ainsi vous êtes un habitué du lieu ?

- Oui forcément, c'est juste à côté, mais vous verrez elle est très bonne.

- Je vous fais confiance. Donc pour en revenir à nos moutons, j'ai sollicité un entretien avec une personne ayant particulièrement bien connu Néchier, du moins dans l'exercice de ses fonctions. Comment était-il ?

- C'est que je ne suis pas le mieux placé pour en parler. Je ne suis qu'un modeste employé du ministère.

- Ok, mais si on m'a dirigé vers vous, c'est que quelque part, vous pouvez sûrement m'aider. Vous en pensez quoi de cette histoire de démission ?

- Comme je viens de vous le dire, il y a des gens plus qualifiés que moi pour approfondir le sujet. La raison officielle c'est qu'il aurait, moyennant des retombées financières, fermé les yeux sur un petit trafic de coke, au sein même du ministère. Mais pour moi, comme d'ailleurs pour beaucoup d'autres membres du personnel, c'est un peu léger comme raison. Le bureau de Madame Élisabeth De Somme doit en savoir beaucoup plus. C'est vers elle qu'on aurait dû vous diriger.

- Vous croyez que je ne l'ai pas tenté ? Ici nous sommes entre nous et je persiste à croire que si on m'a dirigé vers vous, c'est que vous pouvez

m'apprendre quelque chose. Vous venez de me dire que pour vous, les raisons du licenciement ou de la démission sont un peu légères. Vous devez bien avoir une petite idée de la vérité ? Et puis du bureau de madame De Somme, vous en faites partie non ?

- Pardon Messieurs, vos boissons. A votre santé !

- Merci Mademoiselle, vous êtes charmante. Cette tenue Alsacienne vous va très bien !

- Merci on me le dit souvent.

Bien, revenons à notre sujet. Je sens que Clément est sur le point de lâcher quelques informations où intuitions personnelles. Je trinque avec lui, les yeux dans les yeux.

- A la bonne vôtre monsieur Thine. Je sens que nous allons passer un bon moment. Vous m'êtes très sympathique. Je sens que vous aimez la France !

Putain, plus fayot, tu ne peux pas ! D'ailleurs une petite étincelle dans son regard, un petit redressement d'épaules me font comprendre que j'ai touché un point sensible. Je fonce dans la brèche.

- Bon ! Ecoutez, jouons franc-jeu. J'ai la conviction que Jean Néchier paie une note qui n'est pas la sienne. Qu'il porte le chapeau en quelque sorte. Je vous l'ai dit, j'ai confiance en vous, il faut m'aider.

Les personnes qui auront permis de dévoiler la vérité n'auront pas à le regretter. Il y aura forcément du ménage de fait au ministère, et forcément des postes à pourvoir.

Ça y est, j'ai fait mouche. La marseillaise résonne jusqu'au fond de son calbar. Ses gobilles pétillent comme un crémant d'Alsace. J'entends ce qu'il pense « *Vous n'aurez pas l'Alsace et la Lorraine* ».

- C'est bon, je vous fais confiance monsieur Aubin. Voilà ce que nous croyons savoir au sein des employés du service rattaché au bureau du ministre. Mais je crains un peu que vous ne soyez déçu. Monsieur Néchier n'était pas franchement Blanche-Neige et quelques nains à son service, pas franchement Simplet Dormeur ou Timide. Il y avait aussi Grincheux et en plusieurs exemplaires.

- Et madame Elisabeth De Somme faisait partie de quel groupe de nain ?

- Alors elle, aucun doute là-dessus, elle comptait vivement s'asseoir sur le fauteuil de ministre. Alors que le chef de l'état ait confié le poste à Jean Néchier, la pilule n'est pas passée. Elle l'a eu mauvaise. Même si cheffe de cabinet est une situation honorable, elle restait dans l'ombre.

- Donc, elle gardait un oeil sur les agissements de Néchier, toute prête à lui foutre un bâton dans les rayons ?

- Oui ! Nous nous en sommes rendus compte rapidement car, figurez-vous que le ministre, voulant jouer la carte de l'homme normal, abordable, pas hautain ou distant, se mit une fois par semaine à recevoir les représentants de différentes associations, plus ou moins vaseuses en rapport avec la délinquance.

- Pro ou anti- délinquance, ces associations ?

- J'ai dit que je vous faisais confiance alors ne me le faites pas regretter, mais à quatre-vingts pour cent, elles ont été créées pour venir en aide aux « Pauvres malheureuses racailles tombées dans les mailles des filets de la vilaine justice ». Aides juridiques, choix d'avocats, soutiens aux familles etc... Suite à ces entretiens, il y avait un résumé des discussions, un rapport de deux ou trois pages était établi et archivé puis madame De Somme transmettait ce résumé aux services concernés. Selon l'importance médiatique de l'association reçue, le rapport était plus ou moins long et précis. Ça dépendait aussi beaucoup du nom et de l'influence de son président et des membres de son bureau.

- Je suppose que ces réunions ministre et associations avaient pour but de mettre à plat les

dysfonctionnements des services de l'État vis-à-vis de la délinquance ?

- Tout à fait. Vu l'explosion des actes d'incivilités, d'agressions, de vols, de délits de toutes sortes, ces entretiens avec des personnes de terrain apportaient des aides particulièrement importantes au ministère. Ces infos étaient ensuite partagées avec le ministre de la Justice et bien sûr, de l'Intérieur. Au début, tout semblait rouler. Un ministre compétent et engagé, une cheffe de cabinet efficace, un personnel bien disposé, bref, vitesse de croisière en quelque sorte. Même si finalement, au niveau national, strictement rien ne changeait. Vous savez le genre « nous pouvons compter sur vous Monsieur le ministre ? Oui oui, je vous promets de me pencher sur votre problème ». Et puis comme toujours, coure après moi que je t'attrape.

- Et quand les choses se sont-elles gâtées ?

- Et bien le jour, le soir plus précisément, où madame De Somme est allée souper avec quelques amis dans un restaurant Russe haut de gamme de la capitale où, ni vous ni moi, n'iront jamais, le « Kassthoipovkon *» pour ne pas le nommer. Il faut réserver pas loin d'un an à l'avance pour la date à laquelle vous souhaitez vous faire matraquer dans une ambiance feutrée et violons pleurnichards. Tout ça pour vous dire que précisément, ce même soir, en prenant place avec ses amis, elle croise le regard de*

Jean Néchier, lui aussi installé quelques tables plus loin, sabrant le champagne avec monsieur Ivan Drésamaire et les membres du bureau de son association le LLT « Libérons les taulards », association sans position politique affichée, mais un peu plus stable coté jambe gauche que droite, si vous voyez ce que je veux dire ? Quand on connait la réputation sulfureuse d'Ivan Drésamaire, madame De Somme avait effectivement de quoi se poser des questions !

- Ben dites donc, bonjour le réquisitoire ! Vous ne le portez pas dans votre coeur cet Ivan Drésamaire.

- Mais attendez... Un milliardaire qui crée et préside une association extra gaucho, ça pue l'intérêt personnel ça non ? C'est ce qui se fait de pire dans le genre « je suis une ordure ». Si tous les quatre matins vous le voyez et l'entendez ramener sa fraise dans les débats médiatisés, c'est parce qu'il crache au bassinet des chaînes TV. Il donne aux bonnes oeuvres télévisuelles. Ne dites pas que vous n'êtes pas d'accord ?

- Et c'est donc à partir de cet instant que le vent a tourné ?

- On peut dire ça ! Connaître et fréquenter Ivan Drésamaire, c'est un peu avoir les bras à rallonges. Toutes les portes vous sont ouvertes. Du Vatican aux bas-fonds latino-américains, il peut tout pour vous.

Le fric, la Came, l'industrie, l'immobilier, tout je vous dis, tout ! Il est cul et chemise avec le milliardaire chinois qui commercialise la presse à rétrécir les pieds des geishas, Monsieur Shipaoli Yapopo. C'est vous dire !

- Que s'est-il passé suite à cette soirée riche en émotions ?

- Madame De Somme a sélectionné son entourage le plus proche, dont je faisais déjà partie, pour une réunion de bureau restreinte afin de nous informer de sa...disons, surprise. Qu'est-ce que monsieur Jean Néchier pouvait bien avoir comme intérêt à graviter dans l'entourage de ce triste individu ? De ce jour, nous étions priés d'exercer une surveillance discrète mais sérieuse, pour ne pas dire resserrée, autour de l'activité du ministre.

- Et ça a donné quoi ?

- En fait, dans l'immédiat pas grand-chose. Monsieur Néchier, qui n'est pas le premier imbécile venu, a bien dû se douter que sa petite escapade gustative allait interpeller sa cheffe de cabinet. Il a dû flairer le danger et rester sur ses gardes. En apparence il demeurait un ministre bien propre sur lui, dévoué à ses fonctions, courtois et sympa avec le petit personnel, même peut-être un peu trop.

- C'est-à-dire ?

- Ben, à trop vouloir jouer les patrons paternalistes, genre « Je te caresse dans le sens du poil », quelques soient vos fonctions au ministère, le comportement d'un supérieur devient suspect et vous obtenez finalement l'effet inverse. La méfiance s'installe. Quand vous bossez au troisième sous-sol ou dans le grenier d'un ministère, en règle générale, le ministre ne vous calcule même pas. Alors forcément, dans le cas qui nous intéresse, à la cafétéria comme à la cantine, les langues se délient. Un peu trop copain le ministre. Ça cache quelque chose. La machine qui inconsciemment se met en branle n'a qu'une seule fonction, trouver la faille. Le premier à endosser l'imper de Colombo sont les employés placés sous les ordres de Mme De Somme qui elle, en revanche, se garde bien de laisser apparaître le moindre changement de comportement.

- Il a pourtant bien fallu qu'elle en parle à quelqu'un de ce qu'elle a vu de ses propres yeux au resto ?

- Oui précisément. Je vous l'ai dit il y a un instant. Nous avons été invités à une réunion spéciale dans son bureau, en petit comité. Sept personnes autour d'elle. Les personnes qui lui étaient les plus proches question boulot, mais aussi les plus sûres. Elle n'a pas eu l'indélicatesse de tourner autour du pot, pas du tout. Direct au coeur du sujet. (J'ai vu machin dans un resto en compagnie d'untel, vous en pensez quoi les uns et les autres ?). Et croyez-moi, ce fut radical. Effectivement pour chacune et chacun

d'entre nous, cette info qui n'avait aucune raison d'être mise en doute, ouvrait un questionnaire. Alors, à dater de ce jour, tout ce qui entrait ou sortait du bureau du ministre documents, visites, courriers etc... faisait l'objet d'une attention particulière.

- Il avait quand même bien droit à une part de vie privée, même dans son bureau du ministère ?

- Oui bien évidemment. Il n'était pas non plus mis en examen hein ! Nous l'avions placé sous contrôle interne, sur les directives de Madame De Somme, d'une façon tout à fait arbitraire. De quoi se retrouver tous et en moins de deux chez Pôle Emploi. Pendant des semaines, tout, absolument tout, fonctionnait semble-t-il normalement. Nous commencions à nous dire que Madame De Somme s'était sans doute un peu emballée avec cette histoire de restaurant car monsieur Néchier n'accordait strictement aucun intérêt ni privilège particulier à l'encontre de Ivan Drésamaire. Il avait strictement le même comportement avec lui qu'avec les autres dirigeants des associations. Mais en parlant de restaurant, vous la trouvez comment cette choucroute ?

- Excellente ! Et je ne dis pas ça pour vous faire plaisir. Mais revenons-en à vos investigations si je peux dire. Qui et quand, a mis la main, ou l'oeil, ou l'oreille, sur quelque chose de compromettant ou

tout du moins de particulier, qui puisse apporter de l'eau au moulin de la cheffe de cabinet ?

- Une lettre anonyme adressée à Mme Elisabeth De Somme. Une lettre à son intention, expédiée à l'adresse du ministère, et qui bien évidemment a été ouverte par le service courrier. Comme vous le savez sûrement, la majorité des envois est triée puis dirigée vers les fonctionnaires chargés de répondre en lieu et place du ministre et des hauts fonctionnaires.

- Et elle disait quoi cette lettre ?

- Elle ne disait rien. Elle comportait une photo de Jean Néchier en compagnie du fils de Sharam Sharam, le numéro un du trafic international par petites embarcations de « smart drug », vous savez, ces pilules censées transformer les abrutis en intellos.

- Mais je le croyais au gnouf en Afghanistan ?

- Oui, mais de source officielle, il a réussi à s'évader de la prison de Fouhmoualkhan et il se trouverait présentement en Amérique latine. Personne n'est dupe évidemment. Il à versé quelques menues monnaies aux dirigeants ainsi qu'à la justice et les geôliers ont été priés d'aller rincer leurs babouches dans l'abreuvoir de la cour pendant que monsieur mettait les voiles...

- Et le fils sert de contact avec l'Europe ?

- L'Europe je ne sais pas, mais la France c'est sûr !

- Et le gouvernement fait quoi avec le fils ?

- Comme d'habitude. Une surveillance discrète dans l'espoir de le voir commettre une erreur fatale.

- D'où la photo ! Mais Jean Néchier, il a été mis au courant de l'envoi de ce courrier ?

- Madame De Somme nous a expressément demandé de ne pas en faire état. Cette photo a rejoint le dossier ouvert au nom du ministre et planqué par ses soins. Mais vous pensez bien que faire garder le silence par le personnel du service courrier, c'est comme demander au milieu des courses hippiques... d'arrêter les magouilles.

- Oui ! Mais tout ça, ça ne me mène à rien. Je suis de plus en plus certain que vous savez ce qui a motivé la démission du ministre. S'il fallait virer chaque politicard qui flirte avec la vermine, il n'en resterait pas beaucoup !

- Il me semble que je viens de vous donner un tuyau non ?

- Le fils de Sharam Sharam, c'est ça ? Il fait quoi, il est où, quel est son nom, où je peux le brancher ce tuyau ?

- Il évolue sous le nom d'emprunt de Mick Xomatose. Il est officiellement associé avec des gibiers de potences dans un élevage de lapins sur la frontière Colombienne. Mais en réalité, il dirige les membres de la french connection, implantée chez nous par son père. Le lapin, et il le sait parfaitement, c'est lui. Quoi qu'il fasse, ses oreilles dépassent toujours au-dessus du gazon. Sa combine qui ne nous échappe pas, c'est de s'arranger pour se faire des relations dans le gratin français afin, si toutefois ça devait se gâter, d'espérer quelques appuis plus ou moins mouillés dans ses combines.

- Jean Néchier par exemple ?
- Par exemple ! Et vous pensez bien que monsieur l'ancien ministre est loin d'être le seul.

- Mais pour revenir au fiston de la crapule internationale, où est-ce que j'ai une chance de l'entrevoir ?

- Oh, il ne se cache pas, il descend toujours au même hôtel à chacun de ses voyages en France. Le Grillon, près de la Concorde.

Bon, ben cher lecteur (euse). Je ne sais pas toi, mais moi, tu ne m'enlèveras pas de l'idée que Clément

Thine sait tout. La choucroute au Riesling m'a finalement fait avancer de quelques pas. Je peux comprendre qu'il ait eu quelques craintes à m'en dire trop. Finir sous les roues d'un chauffard dans une contre-allée d'une avenue parisienne… Si si… ça s'est déjà vu, n'incite pas vraiment à la confession. Bon ben… c'est bien gentil tout ça, mais à présent à moi de jouer.

Chapitre IV

Ce qui m'étonne dans tout ça, c'est que Jean Néchier m'ait refilé le bâton pour se faire battre. Car si tu réfléchis un instant, il me donne son feu vert pour que je fourre mon pif chez ses anciens collaborateurs du ministère. Des collaborateurs qui n'avaient qu'une idée en tête sous la pression de leur cheffe de cabinet, tirer le tapis sous ses pieds. Alors de deux choses l'une, soit il est blanc comme neige, soit il est sûr que je ne trouverai rien sur cette piste-là. Quoi qu'il en soit, bonjour ses relations extra-professionnelles. Entre Yvan Drésamaire, Sharam Sharam et le fils de ce dernier rebaptisé Mick Xomatos, tu as de quoi alimenter la presse à scandale. Je vais avoir intérêt à avancer prudemment. Je marche sur des oeufs. Quand je dis je marche, ce n'est pas une image. Je suis présentement en approche de l'hôtel nommé « le Grillon ». Je distingue parfaitement les deux cent six kilos de l'insecte en Or massif qui sert d'enseigne. Encore quelques mètres, et je vais, à l'aide de mes grolles de prolo, et sous le regard effaré du groom, oser piétiner le tapis rouge en soie de toile d'araignées d'eau, élevées au biberon par des trolles orientaux. Je ne te décris pas le bar, ça prendrait la moitié du bouquin. Chaises, fauteuil, tentures, suent sous le poids des dorures. Avec le prix d'un rideau tu payes ton appart.

- *Monsieur ?*

- *Salut bonhomme ! Si c'est un effet de votre bonté, de bien vouloir transmettre ce courrier à Monsieur Mick Xomatos ?*

- *C'est de la part ?*

- *Tout est dedans. Il me connaîtra après ouverture.*

Le mec, déguisé en sapeur- pompier Louis XV, se saisit de l'enveloppe du bout des doigts.

- *Il y a une réponse ?*

- *Ça mon gars, à ce stade je n'en sais rien. Je pense que oui, il y aura. Mais n'ayez crainte, je ne m'incruste pas. Il me téléphonera très probablement. Allez, encore merci. Bien à vous cher ami.*

Bon, je reconnais que j'ai un peu forcé sur le côté peigne cul, mais vu sa tronche, j'ai pigé que je ne faisais pas partie du mobilier habituel. Je regagne dignement la sortie, m'attarde un peu sur le tapis rouge, des fois qu'un de mes potes me verrait sortir, et la tête haute je retrouve le goudron du trottoir. Il n'y a plus qu'à attendre. Fait plein soleil sur Paris, c'est bon signe. Ça grouille sur les Champs-Elysées. Je suis frôlé par des kamikazes en trottinettes. L'air con, je ne te dis pas. Raides comme les gardes de Buckingham Palace, il y en a même qui ont doublement l'air con, puisqu'ils sont deux sur leur tapis volant. Je te dis tapis volant car si tu manges une bagnole avec ce genre de Harley pour invertébrés, je ne te dis pas le décollage. Et pour l'atterrissage, c'est garanti sans les dents. Oh tiens, voilà un appel qui me sort de mes pensées, oh combien intellectuelles !

- *Oui j'écoute !*

- *Bonjour Aubin, c'est le père Hitoine. Comment allez-vous ? Je ne vous dérange pas j'espère ? Alors, dites-moi. Comment s'est passé l'entretien avec mon ami Jean ?*

- *Ah, Bonjour mon pèr...Pilate. Impeccable ! Un ancien ministre tout à fait décontracté. On se tutoie déjà, c'est pour vous dire.*

- Je le savais. Avec Jean, ça passe ou ça casse. Je savais que vous lui plairiez. C'est un homme très franc du collier. Vous avez pu vous entendre ?

- Tout à fait je suis déjà au travail. Mais bon, ça ne va pas être simple. J'ai si peu d'éléments.

- En ce cas, je vous laisse. Je voulais juste prendre un peu la température. Je vous renouvelle mes bons voeux de réussite. A très bientôt j'espère !
- À bientôt mon père. Merci de votre appel !

Il me prend vraiment pour un con le Pilate. Comme si le téléphone arabe n'avait pas fonctionné après mon départ ! Ça sent l'impatience côté ministre. Sauf à ce qu'il soit en contact avec une ou un de ses anciens collaborateurs, il est peu probable qu'il sache déjà que j'ai rencontré une personne de l'entourage d'Élisabeth De Somme. Il ne peut pas recevoir d'appels téléphoniques directs à cause de sa probable mise sur écoute, il n'a donc que le confessionnal ou le pain… Merde, mais j'y pense, qu'est-ce qui nous dit que Pilate n'est pas lui aussi dans le collimateur ? M'appeler comme ça, me semble un peu imprudent. Je crois que je vais devoir faire un saut jusqu'à l'église pour en parler de vive voix. Tu ne vois pas que les pros de la surveillance aient finalement l'info que Jean Néchier a réussi à mettre un privé sur le coup ? Moi en l'occurrence. Il ne faudrait pas longtemps avant que je sois moi-même dans le viseur. Va te voir si je n'ai pas déjà un piéton renifleur derrière mes talons ? Ça ne me plaît pas ce truc-là. Ça ne me plaît pas du tout. Ah mais bordel, si l'autre là, le Mick Xomatos me rappelle ? Oh et puis merde, nous verrons bien ! Ce qui doit arriver arrivera. Nous nous adapterons aux événements. Je te dis ça, mais du coup, je me surprends à jeter un oeil sur mon environnement en me servant des vitrines comme mouchardes. Non mais c'est pas vrai ! J'étais tranquille, décontracté, allant gaiement et prestement sur les Champs Elysées, et voilà qu'à cause de l'appel de ce putain de cureton, je me vois entouré d'espions. Il n'y a pas dix minutes que je suis sorti du Grillon et mon environnement vient de basculer. Bon, calmons-nous, tout est normal. La foule qui m'entoure devant comme derrière est tout à fait normale. Les gros lards, les lardons, les clodos, les pouffiasses, les shootés, les épaves, les bourrés, les pin-up, les pipi-caca toutou, les voilées, les chauves, les maires adjoints, les roms devant les distributeurs de blé, les flics prêts à leur tomber sur le râble, les livreurs, les livrés, les pickpockets, les pique-assiettes, les Pic verts, les contractuels, les sportifs, les rats, les pigeons et les piafs, tout est normal. Ok ! Mais que ça te plaise ou non, je regarde quand même dans les vitrines na ! Est-ce que je m'occupe de tes états d'âme moi ?

Chapitre V

Deux jours que j'ai déposé mon enveloppe au Grillon, et aucune nouvelle. Je suppose que si Mick Xomatos n'était pas présent, le groom me l'aurait dit. Je ne peux pas non plus le relancer. Du moins pas avant quelques jours. En attendant, je vais tenter du côté d'Yvan Drésamaire. J'ai jeté un oeil sur les réseaux catégorie associations et pour résumer, LLT (Libérez les taulards) pleurniche auprès du grand public afin de sensibiliser les âmes sensibles aux souffrances intolérables des gentils petits délinquants, emprisonnés par des méchants juges. Plus à gauche c'est difficile non ? Alors encore une fois, it's big question, quel intérêt peut bien avoir un extrémiste capitaliste à présider ce genre d'association ? Pour en savoir plus, quoi de plus simple que de lui demander directement ? Et quoi de plus simple pour rencontrer ce monsieur que de passer par Jean Néchier ? Des mecs qui se tapent la cloche le soir dans les restos chics de la capitale ont forcément des relations privilégiées et par conséquent des moyens de contact directs. Je gamberge à tout ça au volant de ma Yamazaki bi-turbo, roulant en direction de l'église de Picombière-les-Troichop où m'attend le père Hitoine. Un village comme il y en a des centaines en France. Une rue principale, la place du village, l'église, la mairie, la boulangerie qui t'annonce que le pain est « cuit ici ». Ce qui laisse entendre qu'il est pétri et roulé chez « Labelmiche et Cie » en Moldavie, le charcutier, repérable au cochon en plastique rose posé dans la vitrine, l'épicier chez « Mouloud » et pour finir, la façade pisseuse de la mercerie, qui d'après une affiche en lambeaux « Fond à vendre » espère voir rappliquer un repreneur. Un authentique village français quoi ! Je ne te parle pas de la station-service, fermée depuis des décennies et qui serait parfaite dans un film d'Hitchcock. Je te raconte tout ça afin que tu ne trouves pas le temps long, en attendant que je me gare. Voilà qui est fait. Pas un quidam à l'horizon. Le calme reposant d'un village en pleine sieste. Je toque à la porte du presbytère.

- Ah Aubin ! Comment ça va ? Entrez entrez.

- Bien le Bonjour mon pè... Pilate. Ça roupille dans le coin !

- Pensez-vous ! Ils sont tous à l'enterrement du vieil Edmond Narpète. Dernier représentant d'une famille locale. Ancien maire, comme son père et son grand-père avant lui.

- À l'enterrement ? Mais vous-même ?

- Ah moi... Pas concerné mon gars ! Pas concerné le Pilate ! Une famille anticléricale de *base. Au pilori les curés. Une hargne qui remonte d'après ce qui se dit, à la révolution. Mais laissons ça de côté. Installez-vous. J'attrape les verres et la boutanche. Alors ? D'après votre appel vous ne pouviez rien me dire ?*

- Effectivement. Figurez-vous qu'il m'est venu à l'idée que vous pouviez, vous aussi, être sur écoute. Vous êtes très ami avec Jean Néchier. À quoi serviraient toutes les précautions prises pour que je passe inaperçu si vous discutiez par inadvertance de notre affaire au téléphone ? C'est votre appel imprudent d'avant-hier qui m'a mis la puce à l'oreille, si je peux dire. J'espère d'ailleurs que je me trompe, mais dans le doute, je suis venu vous demander de ne pas récidiver. Nous devons communiquer autrement. C'est à mettre au point. Mais ma visite n'est pas seulement à ce sujet. Je dois impérativement rencontrer Jean à nouveau et le plus tôt possible. Pouvez-vous m'arranger ça ?

- C'est déjà fait. Suite à votre désir de me rencontrer dès que possible, j'ai pris la liberté d'informer Jean Néchier de votre venue. Il nous attend. Nous allons ouvertement nous rendre chez lui.

- Ouvertement ? Mais je ne comprends plus ?

- Vous allez comprendre. A la bonne vôtre !

- A la vôtre !

- Accompagnez-moi jusqu'à ma chambre. Vous allez devoir vous changer.

- Me changer ?

- Oui oui, faites-moi confiance.

Je vide mon godet et je suis le père Hitoine qui pénètre dans une pièce, comportant un lit d'une personne, un petit bureau, un fauteuil, une armoire et sur le lit une soutane.

- Voilà ! C'est votre nouveau costume. !

- Vous voulez que je m'habille en prêtre ? Et avec une soutane en plus ?

- Oui. Vous allez devenir en quelques minutes un prêtre intégriste ! Soutane, béret et tout et tout. Je pense que la soutane est à votre taille. Je suppose

que vous commencez à comprendre non ? Officiellement, je vais rendre une visite amicale à mon ami Jean avec un confrère qui ne va pas passer inaperçu. C'est le meilleur moyen de détourner l'attention des éventuels piquets de surveillance.

- Mais mon visage ? Je ne peux pas le dissimuler !

- Non, mais le modifier oui !

- Modifier mon visage ? Mais comment ? Avec quoi ? Lunettes, grosse moustache ?

- Avec ça !

- Une boîte de maquillage ?
- Oui. Ce maquillage va faire de vous un prêtre intégriste africain plus vrai que nature ! Entrez dans ma salle de bain, mettez-vous à l'aise et appliquez généreusement cette pâte sur votre visage, votre cou et vos mains. Ensuite je vous aiderai à devenir un curé.

Comme dit, comme fait. Trente minutes plus tard, me voici transformé en père noir de la tête aux pieds. J'ai même dû m'enfiler du coton dans les narines pour les élargir un peu. Bon, pour respirer, momentanément, je n'ai plus que ma bouche ! Heureusement le trajet ne sera pas long et puis sur place, à l'abri des regards, je libérerai mes narines. Si j'avais pu me douter qu'un jour je deviendrais un curé Black intégriste... Pourvu que je ne croise personne...

- Aller Aubin, c'est bon, on y va. Posez- moi ce béret sur votre crâne et en route.

Je me sens comme Coluche déguisé en pute dans « inspecteur la bavure ». Ma soutane frôle le sol. Plus mal dans ma peau, impossible. Nous sortons du presbytère, gagnons la voiture de Pilate, par chance, toujours pas âme qui vive sur la place. Je m'engouffre dans le véhicule aussi à l'aise qu'un clébard sur une trottinette. C'est parti.

- Heu... Pilate.... Juste une question comme ça. Jean est au courant du subterfuge pour lui rendre ouvertement visite ?

- Pas du tout. Je lui ai juste dit que je trouverais bien une combine. Ça m'est venu comme ça. Au départ, je ne pensais qu'à la soutane et puis en croisant une femme noire à la boulangerie, l'idée du maquillage m'est venue. J'ai demandé à une de mes paroissiennes qui fait du théâtre amateur s'il était possible de trouver du maquillage noir. Je lui ai fait un pieux mensonge en lui disant que j'envisageais une crèche vivante pour Noël.

- Et elle vous a cru ? Car aujourd'hui, il y a bien assez de personnes de couleur pour tenir le rôle de Balthazar.

- Oui ! Ça n'a pas eu l'air de la surprendre. En tout cas, elle a trouvé ce que je lui demandais et personnellement, je vous trouve très réussi dans le rôle ! D'ailleurs, je vous recontacterai sûrement pour devenir Balthazar à Noël. Mais nous arrivons, j'en connais un qui va être surpris.

Je ne connaissais pas la propriété vue de l'extérieur, ayant pénétré dans les lieux à l'arrière d'une fourgonnette la dernière fois. Un mur de pierres, une porte pleine en métal, des arbres qui dépassent, le tout dans un environnement très aéré. Une route plutôt étroite, des talus creux, franchement, si une surveillance a été établie, je ne vois pas trop comment ne pas la repérer. Ne serait-il pas un peu parano le Jean ? Le portail s'ouvre. Je découvre le parc. Je n'avais pu que l'apercevoir la dernière fois. Nous approchons du perron sur lequel Jean débouche, impassible, regardant le véhicule s'arrêter. Je lis cependant une certaine incrédulité dans son regard en me voyant descendre. Une esquisse de sourire se dessine au contour de ses joues (C'est beau ça non ?). Au contour de ses joues…
- Alors là, chapeau Messieurs ! J'imaginais tout, mais là, très sincèrement, vous m'épatez. Bon, attention Aubin, je ne suis pas censé te connaître. Laissons agir Pilate.

- Gonflé comme une baudruche, drapé dans sa fierté, Pilate en rajoute un brin. Posant son bras gauche sur mon épaule il fait les présentations. Jean

Néchier me gratifie d'un large sourire, me tend la main en se courbant légèrement, me dit qu'il est enchanté, bref, il fait son cinéma au cas où, puis il nous fait signe de pénétrer dans les lieux.

- Messieurs après vous ! Mon cher Aubin, si je t'avais croisé dans la rue, je ne t'aurais jamais reconnu.

- Je ne me reconnais pas moi-même cher Jean. Bon, j'enlève ce coton qui a failli m'étouffer. Ouf ça fait du bien de respirer normalement.

- Ben moi je trouve que tu ne manques pas de souffle au contraire. Même le Pape serait tombé dans le piège. Allez dans mon bureau, je vous y rejoins tout de suite. Le temps de trouver Martin qu'il nous apporte de quoi agrémenter notre rendez-vous.

- Mais dit moi cher Jean, être obligé de faire tout ce cinéma pour pouvoir venir chez toi alors que tu ne fais que supposer que tu es sous surveillance, ce n'est pas un peu exagéré ? As-tu la moindre preuve que ce soit le cas ? Parce-que si tu veux mon avis, vu la configuration des lieux, pas facile de passer inaperçu. Pour installer une planque, ce n'est pas l'idéal.

- Et bien figure-toi que j'ai une petite activité sportive. J'aime dérouler les kilomètres de bitume, le cul sur mon vélo. Et c'est lors d'une sortie que j'ai

cru repérer deux silhouettes qui, elles, semblaient précisément ne pas souhaiter se faire repérer. J'ai fait mon petit viron, à mon retour tout m'a semblé normal. Mais la fois suivante rebelote. Faut te préciser qu'avec le vélo je sors par la petite porte. Ils ne sont donc pas avertis par l'ouverture du portail. J'en ai donc déduit que ces cocos-là surveillaient les allées et venues des membres de la maison. Mais si nous entrions ?

Chapitre VI

Confortablement installés dans le bureau de l'ex-Ministre, nous attendons le retour de Jean. Je suis curieux de voir la tronche de Martin lorsqu'il débarquera avec son plateau. Ça ne tarde pas. Sur les talons de Néchier, il entre dans les lieux, jette un regard vers nous, fais un petit signe de tête, dépose le plateau, recule de quelques pas et se dirige vers la sortie. Merde alors ! Pas un mouvement de cils, il ne m'a absolument pas reconnu !

- Ben dit donc, le camouflage doit être vraiment réussi. Ton majordome ne m'a même pas décalqué.

- Ne crois surtout pas ça. Même déguisé en labrador il t'aurait reconnu. C'est un ancien garde des hauts lieux de la République je te l'ai dit, seulement il sait tenir son rôle. Bien ! Si nous en venions à ce qui

nous réunit ici ? Pilate m'a dit que tu souhaitais obtenir des infos sur une de mes relations ?

- Exact. Figure-toi que j'ai eu l'occasion de déjeuner avec un fonctionnaire du bureau de Élisabeth De Somme, monsieur Clément Thine.

- Ah oui je vois. Efficace et discret pour ne pas dire effacé. Un fonctionnaire à l'ancienne. Il voit tout, entends tout, mais efface au fur et à mesure. Il n'a pas dû être très loquace.

- Certes, mais le peu que j'ai appris me pousse à m'intéresser aux noms que j'ai pu obtenir. Alors pour ne pas tourner autour du pot, celui d'Yvan Drésamaire est arrivé sur le tapis. J'ai appris que ta cheffe de cabinet t'avait un soir, par hasard, vu en sa compagnie dans un resto chic.

- Ou, mais après tout, je ne vois pas ce que ça pouvait lui foutre. Je suis encore libre de choisir avec qui je vais dîner.

- Ce qui semblait l'emmerder passablement, c'est que ce monsieur préside une association dont la raison d'être s'imbrique dans les attributions de ton ministère. D'un côté tu le recevais dans le cadre de tes fonctions, comme tu recevais aussi les autres, mais d'un autre, tu semblais avoir des rapports particuliers avec lui. Alors évidemment, de là à ce qu'elle pense que vous puissiez mutuellement vous

accorder quelques privilèges... hein ? C'est sûr que si elle t'avait vu diner en compagnie du chef de gare de Picombière-les-Troichop, ça l'aurait moins interpellée !

- Tu parles. Elle l'aurait soupçonné de me refiler des billets gratuits. Non non, c'est une suspicieuse c'est tout.

- Bon. Je ne vais pas tourner autour du pot. Tu m'as demandé de retrouver tes voleurs maîtres-chanteurs alors pose ton jeu sur la table. Cet Ivan Drésamaire, c'est qui pour toi ? Comment tu l'as connu ? Pourquoi vous êtes devenus copain ? Quels sont vos intérêts communs ? Tout quoi !

- Je l'ai connu au ministère lors d'un déjeuner de travail avec une douzaine d'associations du même genre. Les présidents avaient été placés à mes côtés et en face. Ivan Drésamaire se trouvait à ma droite. Durant le repas, qui a quand même duré plus de deux heures, nous n'avons abordé que les sujets relatifs aux problèmes de justice, d'incarcération, de réinsertion etc... C'est après, lorsque nous nous sommes installés dans le jardin du ministère que nous avons réellement fait connaissance. Il est né en mille neuf cent soixante, dans une petite ville de l'Oural Keskonskail, pour ne pas la nommer, où son père, un Français immigré parfaitement intégré, dirigeait une petite usine de métallurgie. Sa mère quant à elle, fille du secrétaire d'État monsieur Ila

Keskilmerit, supervisait la gestion du camp de travail pour dissidentes de Thavékalabouklé, qui fournissait une grande partie du personnel féminin de l'usine. Ils se marièrent, eurent un fils qu'ils prénommèrent Ivan afin de garder une touche tsarine voulue par la maman. Les premières années d'Ivan se déroulèrent sans histoire particulière. Tout d'abord l'école maternelle, puis la communale, mais c'est au moment où il lui fallut quitter le cocon familial que le vent commença à tourner. S'il avait pu jouir de la position de ses parents pour s'imposer comme le chef incontesté des minots de Keskonskaï, il n'en fut pas de même au collège Krevkonar à Moscou. Fini le « C'est moi qui commande ». Ivan n'était plus qu'un élève au milieu des autres. Quelques torgnoles et bourre-pifs le ramenèrent bien vite à la réalité. Ce brusque changement dans son existence le fit plonger dans une dépression qui aurait pu l'anéantir, si le destin n'était intervenu sous la forme d'un caïd local en famille avec un narco trafiquant afghan, réfugié en Amérique latine pour échapper à la pendaison. Papa et maman Drésamaire, finançaient évidemment les études du fiston et lui assuraient un minimum vital. Il put donc commencer à oublier ses malheurs d'ado en s'offrant dans sa chambre d'étudiant quelques heures de paradis artificiels. De consommateur à vendeur, il n'y avait qu'un pas qu'Ivan franchit un beau jour, jusqu'au moment où, mouchardé par un dealer incarcéré qui souhaitait réduire un peu sa peine, il se retrouva devant ses juges. Il ne dut sa condamnation minimum de deux ans dans un camp de rééducation, qu'à l'intervention d'Ila Keuskilmerite, son grand père. Ce séjour en Sibérie fut cependant abrégé par une nouvelle intervention du grand-père qui fit en sorte que ce petit-fils un peu trop turbulent, se retrouve enrôlé de force dans l'armée régulière. Deux années en Afghanistan dans une unité combattante en tant que colleur de timbres au service du courrier. Puis retour enfin vers la vie civile. Merci papi... Mais papi, s'il était intervenu à plusieurs reprises pour sauver la mise du rejeton de sa fille, avait un peu fatigué l'administration et avait compris qu'il valait mieux et dans l'urgence, expédier ce petit-fils turbulent vers d'autres horizons. Il en allait de son avenir à lui au sein du gouvernement. Le Conseil de famille fut intraitable « Fiston tu dégages. L'air de la France te conviendra beaucoup mieux. Tu vas voir, juste quelques utiles et judicieuses interventions gouvernementales vont faire de toi un binational franco-russe flambant neuf ! » C'est ainsi qu'Ivan débarqua sur le sol français avec pour point de chute, l'adresse d'un centre de vacances de la Côte d'Azur où logé et nourri, il allait durant plus de trois ans assurer l'entretien. Tout semblait aller pour le mieux. Ivan bossait, recevait un salaire qui s'ajoutait aux aides financières de papa, et cette stabilité peinarde semblait lui convenir. Tout a pourtant basculé pour lui le jour où est arrivé au centre de vacances un groupe de touristes Brésilo-Colombiens bourrés aux as, venus se défouler au soleil de la Riviera française. Il ne lui fallut pas longtemps pour se joindre à eux et foutre chaque soir le bordel, à grand renfort d'alcool, de musique, de clopes, et autres antistress un peu moins légaux. S'ils donnaient chaque jour à Ivan de quoi s'occuper pour réparer les dégâts de la veille, notre franco-russe d'adoption, y trouva très vite lui aussi son compte. Il passait plus de temps au milieu du groupe qu'avec sa pelle et son balai dans les sanitaires du centre de vacances. Comme il fallait s'y attendre, ça n'a pas duré la vie des rats. Le gérant du centre pour touristes aisés péta un câble et pria notre Ivan Drésamaire de bien vouloir aller exercer ses talents de branleur caucasien sous d'autres cieux, en compagnie de la bande de latinos amazoniens. C'est quelques jours plus tard que le nom de Ivan Drésamaire fit son apparition pour la première fois dans des entrefilets de journaux à scandales, tels que « France samedi » et « Ici la capitale » dont je te donne en gros le contenu (Le gérant d'un centre de vacances, retrouvé à demi-mort dans le tambour d'un lave-linge de la blanchisserie. Il s'en est sorti de justesse, mais propre comme un sou neuf. L'enquête s'oriente vers un employé du centre qui aurait pris la fuite en compagnie d'une famille indienne mafieuse, de la tribu des « Tétanos » sur la zone frontière Brésil, Colombie, Pérou). C'est ainsi que bien des années passèrent, sans que l'on n'entende parler de Ivan Drésamaire. Toujours est-il que si le mystère de sa réapparition, d'abord occasionnelle dans des soirées ou des meetings dans la peau d'un milliardaire franco-russe n'interpellait personne, il devint assez vite un personnage public incontournable, à inviter dans les débats sur les problèmes justice, délinquance, incarcération. Jusqu'au jour, où il déposa le dossier de l'association LLT en préfecture. Voilà ! Désolé d'avoir été un peu long, mais c'est tout ce que je peux dire sur Ivan. Perso, je ne connais que le Drésamaire d'aujourd'hui. Je n'ai aucune idée du parcours qui a été le sien durant toutes ces années et ça ne me regarde pas.

- En effet, voilà un cheminement pas banal. Cela dit, moi pour l'instant, je patine dans la semoule. Je tire des cartes au hasard. Je suis en droit de soupçonner toute personne de ton entourage. Je dois donc procéder par élimination. Si je demande à le rencontrer, je n'ai aucune chance. J'ai bien vu avec Elizabeth De Somme, alors si tu voulais bien m'arranger ce coup ?

- Si tu y tiens ! Laisse-moi quelques jours. C'est lui qui te contactera. Mais sinon, je trouve l'idée du prêtre noir excellente pour vos prochaines visites à tous les deux !

Chapitre VII

J'avance à petits pas, mais j'avance. J'avance sans savoir où je vais. J'ai toujours l'intime conviction que monsieur l'ex-ministre me mène en bateau. Il sait bien évidemment pourquoi il a été viré et ce que contiennent les documents volés. S'il craint que ces documents soient dévoilés, c'est qu'ils sont extrêmement compromettants. J'en suis là de mes réflexions, quand une voix m'interpelle.

- *Vous êtes Aubin je suppose, l'ami de Jean Néchier ?*

Je me lève illico. Je suis face à un gaillard d'une soixantaine d'années, visage buriné, barbe d'une semaine, un mètre quatre-vingt environ, cheveux frisottés grisonnants, pieds nus dans des sandales.

- Je suis Ivan Drésamaire. Bonjour.

- Bonjour. Enchanté.

On se serre la pogne et nous asseyons sur un banc du jardin du Trocadéro avec vue sur la tour Eiffel. Comme il fait beau, ça grouille tout autour de nous. Tout le monde se fout royalement de notre présence. Nous allons donc pouvoir discuter en toute liberté. Surtout s'il n'a rien à me dire, ce dont je doute sincèrement. Alors j'attaque !

- Vous savez pourquoi j'ai sollicité votre ami Jean afin qu'il organise cette rencontre ?

- Oui. En gros il vous a demandé de retrouver des papiers personnels qui lui ont été dérobés chez lui et vous pensez que je peux avoir un lien avec cette disparition.

- Un lien je ne sais pas, mais si je résume, il a été démissionné sous le prétexte qu'il aurait organisé, ou couvert, un petit trafic interne au ministère avec un point de vente dans les toilettes, ce qui je vous l'avoue me semble totalement ubuesque. Ça frôle le ridicule. Non, pour moi, si Jean a quitté ses fonctions en emportant des documents, c'est que les véritables raisons sont beaucoup plus graves que ce que l'on veut bien nous faire croire, même si je pense sincèrement que ces documents ont un lien direct avec ses fonctions de ministre. Quand on a la charge

d'une administration en relation avec la délinquance et les cas sociaux, on baigne forcément dans un milieu pourri. Passez-moi l'expression. Un milieu que vous connaissez bien également, puisque vous avez créé LLT. Avouez qu'une association qui a pour but de faire libérer des taulards, ça laisse perplexe. Si ces gens sont au gnouf, c'est qu'ils ont fait ce qu'il fallait pour y être.

- Vous parlez comme la majorité des personnes qui ne sont pas concernées par le sujet. Celles et ceux qui sont en prison, ce sont les avant derniers maillons de la chaîne. Les derniers étant les consommateurs. Ce sont ces derniers qui finalement engraissent les dealers. Mais il y a du monde le long de la chaîne. Les producteurs, les acheteurs, les labos, les transporteurs etc... Croyez-moi, ceux du haut, pour les foutres au trou, c'est une autre histoire. En dehors de leur organisation extrêmement élaborée, ils jouissent également de protections très efficaces dans les sphères supérieures. Je sais de quoi je parle puisque j'ai baigné dans ce milieu volontairement ou non, pendant des années. Je sais que Jean vous a résumé mon parcours, du moins en partie. J'ai quitté la France pour la Colombie, dans les valises d'une famille que n'importe quel quidam normalement éduqué ferait pendre haut et court en applaudissant. J'ai vécu des épisodes que je ne peux vous raconter. Du fin fond de la forêt amazonienne aux richissimes demeures brésiliennes de Manaus ou de Rio, en

passant à trois reprises par la case prison, j'ai suivi un chemin tortueux qui m'a tout fait connaître de la mentalité humaine. J'en ai tiré la conclusion que tout le monde est à vendre. C'est juste une question de prix, mais je ne parle pas forcément d'argent. J'ai fait mon fric dans cette mêlée immonde en donnant ici en prenant là, en vendant ici en achetant là, en détruisant ici en construisant là. J'ai bouffé à tous les râteliers. J'ai caressé dans le sens du poil, j'ai botté des culs, j'ai usé et abusé des situations, j'ai joué, j'ai triché, tiré des marrons de feux que je n'avais pas allumés, allumé des feux où je me suis brûlé, léché des bottes, filé des baffes, pris des coups de latte en pleine tronche, j'ai vécu quoi ! Alors à présent, qu'est-ce que vous attendez de ce rendez-vous ?

- Sharam Sharam, ça vous dit quelque chose ?

Va savoir pourquoi je lui balance ça en pleine poire ? Ça m'est venu comme ça, sans réfléchir, peut-être juste au moment où je ne savais quoi lui répondre. Toujours est-il que je viens de marquer un but. Il lui faut quelques secondes pour encaisser. J'en profite pour continuer.

- Jean a été photographié en compagnie de son fils Mick Xomatos. Photo qui a été adressée à Madame De Somme. Quand on connaît le parcours du père et si on s'en réfère aux informations des autorités françaises, il n'est pas particulièrement fréquentable

le fiston. Avez-vous un avis sur cette relation entre lui et Jean Néchier ?

- Ok ! Vous venez d'envoyer le ballon dans les tribunes mais je vais continuer à jouer franc-jeu. Évidemment que je sais qui est Sharam Sharam. Je connais évidemment son fils. En fait, j'ai connu cette famille quand j'étais au collège Krevkonar à Moscou. Ça m'a valu des mois de centres de rééducation en Sibérie. Le patriarche de l'époque avait, tout comme Sharam, fuit l'Afghanistan pour l'Amérique latine d'où il continuait de diriger son petit cartel. Cela dit, je ne suis pas responsable des fréquentations de Jean Néchier, même si nous connaissons les mêmes personnes.

- D'accord, mais si je mets ces infos bout à bout, Jean est surpris en votre compagnie dans un resto chic parisien, puis il est photographié en compagnie du fils de Sharam Sharam que vous connaissez également sous le nom de Mick Xomatos. Mick, qui est comme chacun sait, le taulier des affaires du papa en France. Vous comprendrez quand même que l'administration française puisse se poser des questions.

- Attendez un peu. J'ai été vu en compagnie de Jean dans un restaurant, à la vue de tout le monde. Savez-vous au moins où a été prise la photo de Jean en compagnie de Mick Xomatos ?

- Non ! Vous avez raison ! Vous marquez un point. Voilà effectivement un mystère à éclaircir. Seulement voilà, la photo je ne l'ai pas vue. On m'en a juste parlé. Sans pouvoir l'étudier de près, elle ne m'apporte pas grand-chose. Vous n'avez pas une petite idée ? Un endroit que vous fréquenteriez également ?

- Somme toute, vous me demandez de participer à votre enquête ? Vous me demandez de cafter ! De cafarder !

- Ben, c'est à vous de savoir si vous voulez m'aider à retrouver les maîtres chanteurs de Jean Néchier ou pas. Pardonnez ma franchise, mais il serait peut-être dans l'intérêt de plusieurs personnes que je remette la main sur les documents.

- Comme dans le mien par exemple ?

- Je ne sais pas, je ne sais rien. J'ai besoin d'un maximum d'infos. Vous avez accepté de venir à ce rendez-vous, ne me laissez pas repartir à vide. Le peu que vous puissiez ou vouliez bien me dire, peut apporter de l'eau à mon moulin vous ne croyez pas ?

- Vos sous-entendus depuis le début de cette discussion, avouez-le, deviennent vraiment désobligeants. Jean n'a pas eu besoin de moi pour se foutre dans la merde. Nous connaissons le même monde lui et moi. Comme beaucoup d'autres

d'ailleurs dans les milieux politico-trafico-financiers. Cette photo avec Xomatos a pu être prise n'importe où, peut-être au club-house du Golfe de Cannes-Hicule. Un mini-golf privé et prisé sur la hauteur de la ville.

- Connais pas !

- Normal, c'est réservé au gratin du milieu friqué international. Il a été créé par le professeur Gaspart Hicule. Gaspard avec un T. Une erreur de l'état civil. Ce grand anatomiste qui bosse sur les diverticules. Nous lui devons d'ailleurs le fameux test Hicule l'antirides Hicule réalisé au mont Hicule. Bref, cette photo peut avoir été prise n'importe où, comme je viens de vous le dire. Je suis vraiment désolé, mais je ne sais comment vous venir en aide.

- Une dernière question. Parmi la liste des amis ou relations de Jean Néchier, vous connaissez le père Hitoine ?

- Évidemment ! Nous avons participé à son projet d'ouverture d'une ferme d'accueil pour délinquants repentis, et désireux de se réinsérer dans la société. Une super idée qu'il a eue là. Les jeunes volontaires sortis de prison après versement de pots de vin ou bonne conduite peuvent volontairement y passer quelques mois, deux ans au plus, au milieu des animaux et de la verdure. A ma connaissance ça marche plutôt bien.

- Alors là, vous m'apprenez quelque chose ! Elle se trouve où cette ferme ?

- A Fépachié-le-Bonome, dans la France profonde. Un hameau rural déserté depuis des décennies. Même plus mentionné sur les cartes et encore moins sur les GPS. Bon, c'est pas le tout, mais j'ai du taf. Il faut que je vous quitte. Un rencard au ministère de la justice. Je dois faire libérer d'urgence une jeune fille de très bonne famille incarcérée par erreur. Il y a vraiment des juges incompétents. J'espère vous avoir été utile. Je vous souhaite bonne chance dans votre recherche. Les crapules qui ont mis Jean dans l'embarras doivent recevoir le salaire de leur forfaiture. Nous comptons sur vous. Ah, juste comme ça, faites quand même gaffe à vos miches. Il est probable que ces crevures soient au courant de votre existence. Avec ce genre de déjections porcines chiasseuses, il vaut mieux être prudent et discret. Vous avez une fâcheuse tendance à foncer dans le tas. Ce n'est pas prudent, pas prudent !

Chapitre VIII

J'ai eu raison de ne pas harceler Mick Xomatos. Sa réponse m'est parvenue hier, par un appel d'un employé du Grillon. Plus sobre on ne peut pas (Monsieur Mick Xomatos vous attendra au bar de l'hôtel, à seize heures demain, table cinq). Je franchis donc pour la seconde fois le tapis rouge en soie de toiles d'araignées… etc.… du palace. Le groom me reconnaît et me gratifie d'un léger sourire méprisant qui me dévoile clairement le fond de ses pensées. *(Qu'est-ce que tu viens encore foutre ici, péquenaud de troisième classe ? Ce n'est pas en ramenant ta tronche de croisement de pissotière et de canisette dans ce hall tous les quatre jours que des clients de cet hôtel vont t'accorder le moindre intérêt*). Il me guette du coin de l'oeil me voyant me diriger vers le bar en véritable acajou du Sahara (Le plus rare), déjà prêt à se fendre la gueule en me voyant expulsé comme une mouche sur le cul d'une vache. Je m'adresse au gentleman serveur.

- La table cinq cher monsieur. J'ai un rendez-vous.

Je sens la haine du groom s'abattre en chape de plomb sur la salle lorsqu'il voit son collègue m'accompagner à l'opposé de la sortie. Il n'y croit pas le mec. Je n'ai même pas à le regarder pour constater son effarement. Il est pétrifié. Je lui indique ma satisfaction d'un discret doigt d'honneur au bout de mon bras droit tendu vers le sol. Du moins je le croyais discret, quand le radieux sourire d'une Madame de quelque chose, assise seule dans un fauteuil club, m'informe qu'il ne l'était pas tant que ça. Alors le voilà ce Mick Xomatos. Je voudrais te le décrire mais je n'en ai pas le temps car iI se lève, me salue et m'invite à prendre place.

- Excusez-moi si j'ai mis du temps à vous répondre, mais j'ai pris l'initiative de me renseigner sur vous auprès de Jean Néchier.

- Décidément, il entend beaucoup parler de moi ces derniers jours.

- Vous prenez quelque chose ? Whisky, eau minérale, café ?

- Un whisky sera le bienvenu merci. Je vous ai demandé de m'accorder cet entretien car Jean

Néchier à quelques soucis ces derniers temps avec la disparition de quelques dossiers, monnayés par des personnes peu scrupuleuses. Ils ne lui seront rendus qu'après versement de deux millions d'euros. Vous voyez, en deux phrases, je viens de vous résumer la situation.

- Je sais tout cela, comme je sais que monsieur Néchier vous a demandé de retrouver ces papiers et comme je sais également, que vous piétinez. Alors, à tout hasard, vous interrogez chaque relation de Jean.

- Eh bien voilà. Vous avez parfaitement résumé. Si je procède de cette façon c'est qu'à mon avis, ces documents doivent comporter quelques noms qui se passeraient volontiers d'une publicité tapageuse.

- Et vous ajoutez le mien à cette liste ?

- Oh mais non ! Comme vous l'avez si bien dit, je ne sais strictement rien du contenu des documents dérobés. Tout ce que je sais, c'est que vous avez été, volontairement ou non, photographié en compagnie de Monsieur le ministre et que cette photo a été adressée à l'intention de Madame De Somme, ministre remplaçante. Cela n'aurait que peu d'importance si cette photo n'avait pas été placée dans un tiroir secret du bureau ministériel. J'en conclus que cette photo à, tout comme d'autres documents, servie à faire éjecter monsieur Néchier

de son fauteuil de pacha. Alors la question est pourquoi ? Qu'est-ce que le fait que Jean soit vu en votre compagnie ait pu nuire à son avenir ?

- Vous savez de qui je suis le fils et comme tout le monde, vous êtes persuadé que je gère ses affaires françaises. C'est n'importe quoi ! Mon père ne fait confiance à personne, pas même à moi. Il n'a nul besoin que je lui serve de relais en Europe. Bien au contraire. Il n'est pas stupide au point de ne pas réaliser que je suis dans le collimateur des services judiciairo-policiers et que mes faits et gestes sont totalement contrôlés. Je ne m'occupe que de ce qui me concerne et ce qui me concerne, c'est de vendre ma production de lapins élevés en plein air dans un maximum de pays. J'ai bien évidemment à cette fin rencontré beaucoup d'élus ici en France. J'ai également rencontré des responsables de centrales d'achats de grands groupes de distribution. Je m'y suis fait des amis, je n'ai donc aucune raison de ne pas m'afficher avec ces personnes en toute tranquillité. Si mon nom apparaît quelque part dans les papiers volés, je m'en fous totalement. Je me fous également totalement de cette photo ! Si j'avais quoi que ce soit à me reprocher, croyez-vous que je laisserais le premier paparazzi venu me tirer le portrait ? Soyons sérieux !

- Je reconnais que votre analyse est bonne et convaincante. Mais pour rester sur le sujet photo,

vous pouvez me dire où elle a été prise et si possible par qui ?

- Si c'est celle que je suppose, elle a été prise avec notre consentement mutuel, au mini-golf de Cannes-Hicule.

- Ah oui, Ivan Drésamaire a fait allusion à ce minigolf. Vous en êtes membre vous aussi ?

- Oui bien sûr ! Un endroit bien sympathique. On y déjeune également très bien.

- Vous connaissez son créateur ? Monsieur Gaspart Hicule ?

- Oui. Un grand bonhomme. Excellent chercheur. Une tronche comme on dit chez vous !

- Et le père Hitoine, ça vous dit quelque chose ?

Mick Xomatos marque un temps d'arrêt. J'ai porté une estocade. Il me regarde comme s'il ne me voyait plus, les yeux dans le vague. Il est évident qu'il cherche une réponse appropriée. Perso, il m'intrigue de plus en plus notre curé. Ne m'a pas tout dit l'homme d'église. Va quand même falloir que j'approfondisse un peu de ce côté-là. Je suis de plus en plus persuadé qu'il est plus qu'un simple ami de Jean Néchier. Nous verrons ça le moment venu. Pour l'instant, j'attends que l'effet de surprise s'amenuise chez Mick.

- Effectivement oui. Mais je ne vois pas vraiment ce qu'il vient faire dans l'enquête que vous menez. Je l'ai connu grâce à Jean Néchier. Il m'avait sollicité pour participer à la création d'une association d'aide sociale, dont le but était d'acquérir une ferme afin d'y accueillir des jeunes sortant du milieu carcéral et désireux de retrouver une vie sociale normale. Ce qui d'ailleurs a été réalisé. Cette ferme existe et apparemment ça fonctionne. Pas de remous à signaler.

- Vous avez accordé une participation financière à ce projet ?

- Oui et j'en suis même membre créateur, tout comme Jean Néchier, le père Hitoine et encore quelques personnes, mais quelle importance ?

- Je n'en sais rien je vous dis. Je racle des infos à droite à gauche. Je prends tout et puis je fais le tri. Il se trouve juste que l'association du père Hitoine est directement liée aux fonctions du ministère, la délinquance.

- Mon pauvre monsieur ! Mais les problèmes de la délinquance, ils sont internationaux. Chacun fait ce qu'il peut à son niveau, mais c'est insoluble. Dans chaque pays, des individus haut placés ou pas,

tentent d'endiguer le phénomène. Certains par des moyens radicaux, d'autres plus humainement, mais la race humaine s'est multipliée à la vitesse d'un tsunami et les problèmes avec, évidemment. Le père Hitoine fait avec ses convictions et ses moyens, comme tout le monde, comme tous les membres religieux ou laïcs de Filii Dei.

- Filii Dei ? Késako ???

- Ben... Heu... Ah bon, vous n'êtes pas au courant ? Jean Néchier ou Ivan Drésamaire ne vous en ont pas parlé ? Alors là, je vous avoue que ça m'ennuie beaucoup. Avec vos questions, vous m'embrouillez. Je finis par dire n'importe quoi. Ecoutez, laissez tomber. Vous n'avez rien entendu. Je vous assure, ce n'est rien. C'est sans importance et bien loin de ce qui vous préoccupe. Aller, reprenons donc plutôt un whisky. C'est vrai ça, on parle on parle, un sujet en amène un autre et on ne sait plus quel était le point de départ de la discussion.

- Oh mais si ! Je le sais très bien. Là, franchement, à présent il faut m'en dire plus, sinon je vais penser que vous avez quelque chose de très compromettant à me cacher !

- Mais non, je vous assure, rien de compromettant, mais j'aurais préféré que ce soit Ivan ou Jean ou encore le père Hitoine qui vous en parle. Là

franchement, en vérité, je suis dans l'embarras. Je ne sais que faire ni que dire.

- Alors écoutez-moi. Je vous donne ma parole d'honneur que je déclarerai à tout le monde que j'ai découvert l'existence de...comment déjà ?

- Filii Dei.

- Ah oui. Filii Dei. Je vous donne ma parole et Aubin n'en a qu'une, que personne ne saura jamais que vous êtes pour quoi que ce soit dans le fait que j'ai découvert l'existence de cet organisme. Croix de bois, croix de fer, si je mens je vais en enfer.

- Croix de bois, croix de fer, c'est le moment de le dire. Vous me forcez la main mais bon, je n'ai plus beaucoup de choix. Ok, je vous explique, mais je vous fais confiance, je ne suis pour rien dans votre découverte ?

- Promis juré !

- Ok, alors voilà !

Chapitre IX

Mon petit lecteur (euse), je devine au filet de bave qui tombe sur la page que tu trépignes d'impatience de savoir c'est qui, c'est quoi ? C'est quoi ce Filii Dei ? Va te falloir attendre un peu. Je suis obligé de résumer. C'est bon, je me dépêche. Donc pour en revenir au début, je suis contacté par un curé paumé dans un bled paumé. Ce curé est ami avec un ex-ministre, viré pour officiellement, avoir protégé ou toléré, un petit trafic de came au ministère des cas sociaux et de la délinquance. Ce ministre quitte les lieux en emportant par, disons « inadvertance », des documents compromettants pour lui et pour d'autres. Ces documents lui sont dérobés dans sa propriété et ne lui seront rendus que contre une rançon de deux millions d'euros. Chargé de l'enquête par l'ex-ministre éjecté sans pitié, monsieur Jean Néchier, je contacte le ministère et j'obtiens un rendez-vous avec un fonctionnaire qui me met sur la piste d'un certain Ivan Drésamaire et d'un certain Mick Xomatos, fils d'un magnat de la drogue, exilé au fin fond de la Colombie. Avec l'aide de Jean Néchier, je rencontre Ivan Drésamaire, qui s'avère être un milliardaire douteux, président d'une association qu'il a lui-même créée, la « LLT » ou si tu préfères (Libérez Les Taulards), Association destinée à venir en aide aux délinquants écroués. Etonnant lien avec les fonctions ministérielles de Jean Néchier non ? Or, monsieur Drésamaire, connaît parfaitement Mick Xomatos, le fils du narcotrafiquant. Je rencontre à son tour ce Mick, qui, par maladresse et par chance pour moi, m'informe qu'il connaît lui aussi le père Hitoine et que le curé, avec l'aide financière de Drésamaire et de Xomatos, a lui aussi crée une association d'aide à la réinsertion des détenus (Toujours un lien avec les fonctions de Jean Néchier) mais qu'en plus, et c'est là que la maladresse de Mick m'a percuté de plein fouet, tout ce beau monde fait partie d'un truc machin appelé Filii Dei. Alors voilà, nous y sommes. C'est quoi ce Filii Dei ? Hein ? C'est quoi ? Et bien, accroche-toi ! C'est parti d'un plombé du cerveau qui aurait reçu la visite d'un ange alors qu'il était incarcéré dans une taule italienne dans les années soixante. Son bol de café d'une main, son morceau de pain rassis de l'autre, il eut le regard détourné vers la porte qu'un gardien venait d'ouvrir. Enfin ça, c'est ce qu'il croyait, car en y regardant mieux, la porte n'était pas ouverte et ce n'était pas un gardien. La luminosité ne venait pas de la coursive mais d'une créature lumineuse munie d'un tube néon en forme de cercle au-dessus de la tête et prête au décollage grâce aux deux grandes ailes qui émergeaient de sa toge blanche derrière ses épaules. Le peu de cerveau dont disposait le prisonnier l'informa que tout ça n'était pas franchement normal. Il sentit soudain une forte chaleur humide au niveau de son cul. De fait, il venait de lâcher son quart de café brûlant sur ses cuisses et, par la même occasion, de se pisser inconsciemment dessus. Un peu pétrifié d'incompréhension pendant quelques instants, il bafouilla quelques borborygmes en direction de la silhouette lumineuse.

- *Oh vas-y hé bouffon, t'es qui cousin ? Qu'est-ce que tu fous là ? Vas-y dégage ! Nique Ta mère !*

Loin d'être déstabilisée par les paroles hautement intellectuelles du taulard, l'apparition tandis les bras vers lui et deux rayons laser vinrent percuter son front. Peu gênés par la matière molle qui bouillonnait à l'intérieur du crâne aux trois quarts inoccupé, les lasers traversèrent l'épaisseur de l'os en rigolant et rebondirent sur le mur de la cellule pour disparaître dans la cuvette des chiottes. Une voix un peu trop gavée de réverbe s'engouffra dans les trous de ses oreilles saturées de cérumen. Portée par le violent courant d'air entre les deux orifices, elle sifflait et tentait d'interpeller les quelques neurones affolés qui cherchaient à se barrer.

- Je suis l'ange Hélus, ton messager venu des confins de l'univers. J'ai été chargé de t'annoncer que tu avais été choisi pour remplir une grande mission sur cette terre.

- Oh vas-y, c'est quoi ces conneries ? J'suis pas missionnaire moi, j'vends juste de la came. J'me suis fait serrer par les condés. Je sors dans trois jours. Vas-y, lâche-moi les baskets avec ta mission !

L'Ange Hélus commença à péter les plombs face à cette caricature humanoïde qui sentait la pisse. Il gonfla ses poumons et envoya la sauce tout en triplant l'intensité de ses phares à iodes. Cette fois, à l'intérieur du crâne malmené, la tempête se leva. Un véritable ouragan s'engouffra dans l'espace vide. Il lui fallut même se calmer un peu car des fissures commençaient à apparaître sur la face interne de l'os.

- Oh ! Tu la boucles et tu m'écoutes ! Tu te crois où là ? Devant les juges ? Je suis l'ange Hélus et moi, tu vas me respecter si tu ne veux pas que je me fâche pour de bon. Alors je recommence. Que tu le veuilles ou non, tu as été choisi et tu feras ce que je te dis. Merde alors ! Il va me foutre en rogne ce résidu de sanibroyeur. Je recommence. Tu as été choisi face de crabe, afin de rassembler un maximum de volontaires dans le but de venir en aide aux frères et soeurs qui assistent impuissants et isolés au délabrement des édifices religieux chrétiens à travers le monde. Tu vas donc créer la loge Filii Dei

(enfants de Dieu) en français. Tu ne seras pas seul longtemps. Commence par monter une boîte de nettoyage, spécialisée dans l'entretien des églises, chapelles, cathédrale etc.... Tu embaucheras d'abord quelques sous merde dans ton entourage, puis peu à peu, tout ça prendra de l'ampleur. On parlera de toi. Tu feras des émules.

- Des émules, c'est quoi des émules ?

- Ta gueule primate ! Tu recruteras dans la jeunesse perdue, qui ainsi, retrouvera une raison de vivre. Tu essaimeras dans divers pays du monde. Ton nom restera dans les mémoires. À propos c'est quoi ton nom, je me rends compte qu'on ne me l'a pas donné ? Tu t'appelles comment ? Moi c'est Hélus. Tu te rappelleras quand on te demandera ? L'ange Hélus. Répète-le.

- Ouais, ça va. C'est bon ! C'est bon ! Langèluz.

- Mais non crétin ! Pas Langèluz ! L'ange Hélus. Et ton blaze à toi, c'est comment ?

- Dino.

- Dino comment ?

- Dino Magdo.

- Bien Dino. Il est temps pour moi de repartir. Je sais que tu feras ce que je t'ai demandé. J'ai agi en conséquence. J'ai un peu éclairci tes idées. Un petit lavage de cerveau était nécessaire. Tu vas me dire, il n'y avait pas grand-chose à laver, mais tu vas voir, tu vas te sentir tout léger après mon départ, comme si t'étais tout neuf. Tout ce qui encombrait inutilement ta boîte crânienne a été effacé. Je t'ai même implanté une pelletée de neurones inaltérables. Aller, je retourne là-haut. Faudra quand même qu'on m'explique pourquoi c'est précisément toi qui as été choisi. Remarque je te dis ça, mais ça ne me regarde pas. Je n'ai pas à discuter les ordres. Je ne suis qu'un messager. Comme on dit « Les voies du seigneur sont impénétrable ». Ah, une dernière chose. Demande à prendre une douche. Tu sens vraiment trop la pisse !

À peine eût-il prononcé ces mots, que l'ange Hélus s'effaça pour se confondre avec la porte. Ses rayons lumineux s'estompèrent puis disparurent.
Et voilà ! Voilà mot pour mot, ce que m'a dit Mick Xomatos, au sujet de Filii Dei. Tout s'est déroulé comme ça devait se dérouler. Oh bien sûr, ça n'a pas été simple pour le Dino. Il n'a pas parlé tout de suite de la visite de l'ange. Il marchait sur des oeufs. Au moment de sa libération, il a un peu étonné le juge des libertés en lui disant que la prison l'avait remis sur le droit chemin et qu'il avait décidé de se remettre au boulot.

- Et qu'est-ce que tu veux faire ?

- Je veux ouvrir une boîte de nettoyage.

- Une boîte de nettoyage ? Pour nettoyer quoi ?

- Des magasins, des bureaux.

- Ta façon de nettoyer les magasins, on la connait. Tu ne serais pas un peu en train de te payer ma tête par hasard ?

- Non non, m'sieur l'juge, j'vous jure. J'veux pas retourner en prison.

Et c'est ainsi que Dino Magdo fit ce qui lui avait été ordonné. Il monta une petite boîte de nettoyage, décrocha quelques contrats avec des agents immobiliers, des syndics. Engagea quelques migrants plus ou moins en règle avec les autorités, réussit à convertir quelques branleurs des zones de non droits, proposa ses services aux évêchés de la région, gagna en popularité et s'orientera peu à peu vers l'entretien unique, des édifices religieux. Il se fit ainsi des amis parmi les membres du clergé et par un tout beau jour, décrocha un contrat au sommet de la pyramide : Le Vatican. S'il avait suivi son chemin, il gardait profondément incrusté dans sa mémoire ce rêve étonnant, vécu dans sa cellule, quelques jours avant sa libération. Il fallait qu'il s'en libère. Il fallait qu'il en parle, mais à qui ? Quel individu normalement constitué serait en mesure d'entendre ce genre de confession ? En faisant le tri parmi ses relations cléricales, il s'arrêta sur un nom. Le cardinal Barack Affrit. Un vieil homme d'église chargé d'enquêter sur les miracles ou pseudo miracles, observés ici ou là à travers le monde, avec une spécialité : les apparitions. Il avait beaucoup écrit sur Lourdes, Fatima etc... Dino obtint finalement un rendez-vous avec le prélat, dont je te donne en gros un résumé.

- Alors Dino, en quoi puis-je t'être utile ? Tu as un problème avec quelqu'un en particulier ?

- Oh non Eminence, aucun problème ! Non, c'est juste que... comment dire ? C'est pas facile. Aller, je me lance. Figurez-vous que je dois ma réussite professionnelle à une visite réelle ou imaginaire, alors que j'étais prêt à sortir de prison, pour usage et trafic de drogue.

- Une visite réelle ou imaginaire ? Tiens donc !

- Et oui éminence. Vous allez me prendre pour un fou ou un illuminé, mais voilà. J'étais à trois jours de ma libération quand, alors que je buvais mon café assis sur mon lit, j'ai vu apparaître dans une grande lumière un être tout de blanc vêtu, auréolé, et porteur de grandes ailes immaculées. D'abord stupéfait puis apeuré, j'ai cru devenir fou. Je vous jure sur la tête de ma mère que c'est vrai.

- Effectivement tu as dû rêver mon pauvre Dino.

- Attendez Eminence, attendez. L'apparition m'a parlé.

- Pour te dire quoi ?

- D'abord son nom. « Je suis l'ange Hélus »

- L'Ange Hélus ! Ben voyons !

- Oui éminence. Je sais que vous ne me croyez pas, mais je vous jure encore que tout est vrai.

- Et qu'est-ce qu'il te voulait cet ange ?

- Que je rassemble les bonnes volontés pour sauvegarder les monuments religieux abandonnés par l'état, l'église, ou les communes. Je comprends que vous soyez sceptique, mais je ne mens pas, croyez-moi.

- Et pourquoi « l'ange Hélus » t'aurait-il choisi toi, pour entreprendre un pareil travail ?

- C'est pas lui qui m'a choisi. Il m'a dit que j'avais été choisi là-haut.

- Et qu'est-ce qu'il t'a dit d'autre ?

- Que j'allais essaimer à travers le monde en créant la loge Filii Dei. Vous voyez, je ne peux pas avoir inventé tout ça. Où je serais allé chercher un nom pareil ? Il n'y avait pas plus con que moi à l'époque. Même qu'il m'a assuré avoir fait un grand lavage de cerveau dans mon crâne où, pourtant, d'après lui, il n'y avait pas grand-chose à laver et qu'il avait rajouté quelques neurones inaltérables.

Sur le cul le cardinal. Sur le cul ! Effectivement, l'histoire de Dino pouvait être crédible. Car le chemin de ce professionnel du nettoyage, si on voulait bien se pencher dessus, n'était pas banal. Parti de moins que rien, employant des bras cassés recrutés dans les bas-fonds des cités, il était finalement parvenu à manager au niveau international plusieurs sociétés, réunies sous l'enseigne « La Serpillère Immaculée ».

- Bon, laisse-moi réfléchir quelques jours. J'ai besoin d'analyser tes propos. Surtout ne va pas raconter tout ça à qui que ce soit d'autre. Ici, tu n'es pas chez n'importe quel curé de campagne. Ici tu es au Vatican. Au Vatican, on ne rigole pas avec ce genre de déclarations. Je compte sur toi. Tu la fermes. Ok ?

- Ok ! Merci de m'avoir écouté votre éminence. Je savais que c'était avec vous qu'il fallait que je parle de ça. Une intuition.

Et c'est ainsi que quelques mois plus tard, dans la discrétion la plus totale Filii Dei voyait le jour. Ses ramifications s'étendirent sur la planète. Plus de cent mille membres laïcs ou religieux composent aujourd'hui cette organisation. Voilà qui va peut-être m'ouvrir quelques horizons. Je ne vais pas tarder à reprendre la soutane pour rendre une visite à mon employeur, monsieur Jean Nechier.

Chapitre X

Au supermarché de l'info, j'ai quoi dans mon caddie ? Une ferme qui accueille des délinquants sortis de taule et une organisation secrète vaticane dont le but est la restauration, rénovation, et entretien des monuments ou des lieux de culte chrétiens à travers le monde. Le lien direct entre les divers protagonistes, c'est le milieu politico-judiciaire, apparemment international. J'en viens même à me dire que c'est Filii Dei qui chapeaute tout ça... Si pour la centième fois, je résume le contenu de mon caddie, j'ai un ex-ministre viré pour de vaseuses raisons de complaisance vis-à-vis d'un mini trafic de came au ministère, j'ai un curé ami du ministre qui racole des racailles libérées de prisons pour leur faire traire des vaches dans une ferme paumée, un milliardaire, président d'une association gauchiste prônant la libération des détenus, également copain avec les deux autres, un brésilien marchand de lapins, fils d'un narcotrafiquant exilé en Amérique latine, lui aussi cul et chemise avec les premiers nommés, et tout ça, c'est parti de la vision d'un amputé du cerveau qui déclare avoir reçu la visite d'un messager lumineux connecté à l'espace interstellaire. Alors avec tout ça, je fais quoi ? Je retourne pour la troisième fois, racoler chez Néchié et Pilate ? J'en suis là de mes hésitations, quand des cris à l'extérieur m'interpellent. Je jette un oeil vers le balcon. C'est quoi cette fumée qui grimpe vers l'azur ? Je n'aime pas ça du tout. Je me précipite. Oh ma caisse ! Ma Yamazaki bi-turbo, elle crame les mecs, elle crame ! Elle crame, et toute tentative de la sauver serait vaine. Sur le parking c'est l'affolement. Les proprios des bagnoles qui stationnent aux côtés de la mienne sont en ébullition. Malgré la proximité des flammes et la chaleur, ils s'engouffrent dans les habitacles, démarrent et fuient le danger. Les locataires des bureaux voisins du mien sortent avec des extincteurs. Je fonce sur le palier, dégringole les escaliers, parvient sur le parking alors que plusieurs personnes bien intentionnées aspergent ma tire de dioxyde de carbone comprimé, liquéfié et gazeux. De la mousse si tu préfères. Ouf, les flammes s'étouffent. Merci messieurs. Sans eux, c'était parti pour un remake d'Hiroshima. Le grand boum et des débris partout. Tu vas me dire que les débris ils sont là, sous mes yeux, en un seul morceau, mais des débris quand même. Ah ! Voilà les pompiers et la volaille. Questionnaire habituel… et c'est a qui la bagnole ? Et vous transportiez des matières dangereuses ? Et elle ne manquait pas un peu d'huile ? Et vous fumez en conduisant ? Et tout et tout. Une heure trente plus tard, je regarde partir mon moyen de locomotion sur le plateau d'une dépanneuse. Alors ça, si tu veux mon avis, c'est pas normal... Oui je sais, c'est complètement con de dire ça, évidemment qu'une bagnole qui crame ce n'est pas normal. Ce que je veux dire, c'est que ça sent l'avertissement. Genre « Occupe-toi de ton cul s'il te plaît sinon ! ». Je rentre penaud dans le hall, je remercie les intervenants et m'apprête à remonter dans mes locaux lorsqu'une intuition me dit de jeter à tout hasard un coup d'oeil à ma boîte à lettres. Qu'est-ce que je viens de te dire ami lecteur ? Une feuille pliée dont je devine le contenu, n'attendait que moi. « Espérant vous avoir convaincu de vous mêler de vos affaires, nous sommes de tout coeur avec vous dans la recherche d'un nouveau véhicule ». Ni signature, ni formule de politesse. Bon, ben évidemment, je ne suis pas surpris. Il fallait bien m'y attendre. J'ai un rayon laser pointé sur le front. Va falloir faire gaffe et le mot est faible. Si je ne savais pas quoi faire avant cette agression, maintenant je sais. Je dois disparaître des écrans radars, comme un planche-à-voiliste dans le triangle des Bermudes. Mais ne crois pas pour autant que je vais laisser pisser le mérinos sur l'assassinat par le bûcher de ma bagnole. Ceux qui ont commis cet acte digne de l'évêque Cochon, celui qui a cramé Jeanne d'Arc, vont me payer ça avec les intérêts. Et crois-moi, ils vont être très élevés. Moi, faut pas me faire chier ! Je les imagine déjà, se tordant de douleur sur le bitume, implorant ma pitié, hurlant leur désespoir de ne pouvoir se reconnaître à nouveau un jour dans un miroir. Je les imagine déjà, un fer rouge dans le fion, les mains dans le dos, collées à l'Araldite, les pieds chaussant du quarante-huit en travers et du trois ans en longueur, la langue pendante jusqu'au nombril, les globes oculaires inversés, les oreilles nouées derrière le crâne. Une apaisante vision qui finit par me calmer un peu les nerfs. J'y mettrai le temps, mais je les aurai ces fonds de calcifs. Aller, je respire profondément, je prends place sur mon canapé en peau de chaussures, en cuir si tu préfères, et je remets les compteurs à plat. Il faut que je donne le change, que je fasse croire à mes incendiaires que j'ai les miches à zéro, que j'ai compris la leçon et que j'ai décidé d'abandonner mes recherches. Il me vient une idée, et si en toute discrétion, j'allais faire un tour du côté de Fépachié-le-Bonome ? Voir un peu à quoi elle ressemble cette ferme pour délinquants repentis. « Bon sang, mais c'est bien sûr… » Comme disait Raymond Souplex dans « Les cinq dernières minutes »… Laisse tomber tu peux pas comprendre, c'était dans la télé des années soixante, t'étais même pas en projet d'existence. Bref, je disais bon sang mais c'est bien sûr ! Je ne téléphone à personne, je n'avertis personne, simplement je disparais soudainement, comme ta paye le dix du mois. D'abord ça va sérieusement déstabiliser Jean Néchié, ensuite perturber mes suiveurs qui vont se dire que finalement, je n'étais qu'une fiotte pétocharde qui ne valait même pas le prix de l'allumette jetée sur ma voiture. Allez, pour fêter cette décision radicale je vais m'envoyer un doigt de Bourbon derrière la cravate. Me levant pour atteindre ma réserve de boutanches apéritives, je jette un oeil à la fenêtre d'où je peux apercevoir l'emplacement ou stationnait jadis ma toto-mobile. Il est en deuil. Il ne reste qu'une grande trace noire et quelques débris sans la moindre valeur désormais. Je me perds dans mes pensées, repositionne la carrosserie au bon endroit, revois les admirateurs qui tournaient autour, n'osant même pas mettre un doigt dessus, s'imaginant au volant de ce bolide accompagnés d'une Miss Courgette bio, filant vers la principauté de Monaco un soir d'été. Bref, j'essaie d'oublier la triste réalité, lorsque quelque chose me sort de mes rêveries. Un imperceptible mouvement derrière la vitre chauffeur d'un véhicule déguisé en fourgonnette de la poste. Je dis déguisé, car je réalise que sa présence à une place visiteurs date de plusieurs heures. Qu'est-ce qu'une fourgonnette de la poste ferait stationnée aussi longtemps sur le parking ? Dans l'affolement général déclenché par l'incendie, mon cerveau hyper développé avait inconsciemment enregistré sa présence sans s'y arrêter mais enregistré quand même. C'est vrai ça, la poste, elle arrive, livre le courrier ou les colis, puis repart aussitôt vers de nouveaux horizons. Or, voilà que non seulement elle n'est pas repartie, mais que son chauffeur est assis pour ne pas dire tapis, derrière son volant. Si tu veux mon avis, si tu ne le veux pas je te le donne quand même, ça sent la surveillance. Peut-être même que mon ou mes incendiaires pourraient bien être toujours sur place pour voir mes réactions. Tu vois, genre, ils arrivent, personne fait gaffe, c'est normal c'est la poste, ils attendent le bon moment pour intervenir et foutre le feu à ma voiture sans se faire remarquer puis ils retournent s'installer aux premières loges pour assister aux événements causés par leur action. Ils voient les tentatives des bonnes volontés qui tentent de combattre le feu avec des extincteurs, me voient désespéré devant le spectacle, assistent à l'intervention des pompiers, à l'arrivée de la police, puis au retrait de la carcasse avant de me voir regagner mon appart. Tout ça, ça colle ! Je suppose qu'ils attendent à présent de me voir ressortir pour me filer le train, voir comment je vais réagir. Je sais bien que tout ça n'est que suppositions, mais je fais le choix d'y croire. Alors le mieux est de m'en assurer. Je vais donc gagner l'air de rien, un peu abattu peut-être, l'arrêt de bus le plus proche, sans oublier de brancher mes radars intérieurs afin de m'assurer du bien-fondé de mes suppositions. Aller c'est parti ! Mon godet de Bourbon, ce sera pour plus tard. Je sors du hall, prends volontairement l'air du mec désespéré, m'approche de ma place de stationnement cramée, contemple, frotte deux ou trois fois le goudron noirci avec mes godasses, hausse les épaules et me dirige vers la sortie du parking sans jeter le moindre coup d'oeil à la camionnette jaune de la poste. Je viens de parcourir une centaine de mètres lorsque je m'arrête brusquement pour fouiller mes poches, comme si j'avais oublié quelque chose. Je fais demi-tour comme pour regagner mon appart, puis d'un geste qui signifie « aller tant pis » je repars en direction de l'arrêt de bus. Bingo ! J'avais raison. J'ai bien un gugus sur les talons. La fausse bagnole de la poste manoeuvre également pour quitter la résidence. Voilà un gaillard qui ne va pas être déçu du voyage. J'arrive à l'arrêt, jette un oeil à ma montre pour donner le change, mon poursuivant débarque l'air de rien, l'air du mec qui m'ignore totalement, l'air du mec qui attend son bus quoi ! Et le bus, le voilà d'ailleurs qui arrive, tandis que la tache jaune de la poste s'engage sur l'avenue et s'éloigne. C'est l'heure de la jouer fine. Les portières s'ouvrent, une femme et deux ados descendent par l’arrière, je fais semblant de leur jeter un coup d'oeil, puis d'un geste élégant, j'invite mon suiveur à monter le premier. Il me fait signe que non, j’insiste, il monte, s’engage dans le couloir, tout en gardant un regard arrière sur moi. Je monte à mon tour puis juste au moment où les portes vont se refermer, je m’expulse d’une détente aérienne sur le trottoir. Niqué le pèlerin. Bon voyage mec. Même si je sais qu’il va descendre à l’arrêt suivant, pour lui je ne serai plus qu’un souvenir. Ce qui est certain, c'est que je ne peux pas retourner chez moi. Il est évident que la planque va reprendre. Voyons, j’ai mes papiers, un minimum de liquidités, ma carte de crédit, mon téléphone, je prends donc une décision rapide. Je dois gagner la capitale par le prochain bus, trouver un hôtel pour la nuit, faire un minimum d'emplettes, de quoi me vêtir et me laver, puis louer une voiture discrète afin de prendre demain matin la direction de Fépachié-le-Bonome.

Chapitre XI

J'ai fait le choix ne me rendre à Fépachié-le-Bonome par le chemin des écoliers. Les routes de la France profonde sont plus peinardes que les nationales ou l'autoroute. Bon, c'est sûr, je vais galérer un peu avec quelques tracteurs, caravaniéristes paumés et autres usagers locaux, mais d'un autre côté je pense qu'il me sera plus facile de repérer d'éventuels suiveurs. En général sur les départementales, bon nombre d'utilisateurs finissent par tourner à droite ou à gauche assez rapidement. Si un véhicule persistait, même de loin, à me coller au train, je m'en apercevrais assez vite. Parti de Paris ce matin vers huit heures trente au volant d'une berline banale, à la couleur banale, je ne te donne pas la marque, je ne peux pas faire de pub, mais avec elle je suis sûr de passer totalement inaperçu. Tu peux laisser tourner le moteur en bouffant au resto, personne ne te la piquera. Même les clebs pissent contre les roues, c'est te dire. Il va être onze heures trente et n'ayant pas le feu au lac, comme disent les Suisses lémaniques, je décide précisément de faire halte dans un resto routier au nom hautement symbolique. « La fourchette à 3 dents ». J'espère ne pas y laisser les miennes. Comme pour la voiture de location banale, tout ici est banal. Le décor, la bouffe, les clients, pas nombreux, nous sommes huit en tout et pour tout, donc je n'ai rien à signaler à quatorze heures quand je reprends la route. « *J'suis bin contint* » comme dirait un canadien en traversant cette région valonneuse. Plus peinard que les gens du cru, ça ne me paraît pas possible. Ici le temps semble s'être arrêté. Je trouve des bleds figés dans l'espace. Deux ou trois mamies, cabas à la main et quelques franchouillards, cigarettes au bec, assis aux terrasses des cafés à l'ancienne. La France profonde quoi... Faudra que j'envisage de m'installer dans le coin un jour. Pas conne l'idée de mon curé, pas conne du tout. Accueillir des paumés, dans une ferme paumée, dans une région paumée, ça limite les possibilités de problèmes majeurs. Il n'allait pas réaliser ça dans le 16ème arrondissement à Paris. Tu vois une concentration de branleurs illettrés avenue Foch par exemple ? Là où il n'y a pas une vache, pas un âne, quoi que… faut voir, pas une brebis, ou alors galleuse éventuellement. Tout à mes pensées paysannes, je file sur l'asphalte au gré des kilomètres. Il va être seize heures lorsque je vois les premiers panneaux indiquant la proximité de

Fépachié-le-Bonome. Y a-t-il seulement un hôtel dans le coin ? Je n'ai même pas eu l'idée de m'enquérir sur le sujet avant de partir. Tant pis, nous verrons bien. Encore une vingtaine de kilomètres et je serai renseigné. Seulement je ne veux pas résider dans le bled. Je risque d'attirer l'attention, surtout que je pense rester plusieurs jours. Ah ben tiens, voilà un coin sympa inattendu. Beau plan d'eau, beaucoup de verdure, hôtel isolé à l'aspect sympa, je suis où là ? Ah voilà l'information « Pedzouille-les-Eaux ». Cherche pas ce n'est pas sur la carte, c'est trop petit. Juste un lieu-dit. Treize habitants l'hiver. Allez, direction l'hôtel. Je traverse un pont qui enjambe le plan d'eau et je suis arrivé. Plus peinard tu ne trouveras pas. Un calme que tu n'imagines même pas. Tellement calme que lorsque tu descends de ta bagnole, tu commences à roupiller. Un plouf de temps à autre, celui de quelques poissons au décollage qui tente de choper une libellule ou un moustique. Je gare ma limousine d'ouvrier spécialisé sur le parking. Une bonne trentaine de places, mais seulement quatre véhicules stationnés en comptant le mien. Je chope mon sac de chez Louis Voitton contenant les emplettes faites hier et je me dirige vers l'accueil. Quinze minutes plus tard, je pose mes affaires sur ce qui va être mon lit durant quelques jours. Voyons un peu le confort. Pas mal, pas mal du tout. Pour te dire, la literie est de chez « Maison Duplumard ». Finalement, je décide de rester allongé une petite heure afin de détendre mon dos totalement disloqué lors du voyage. Je gamberge au déroulé de ces dernières vingt-quatre heures. Voilà une escapade totalement imprévue hier matin. Entendons-nous bien, je n'ai pas fui suite aux avertissements calorifiques de mes ennemis inconnus, j'ai juste fait le choix de poursuivre mes investigations à l'abri des pressions malveillantes. Ce n'est pas du tout la même chose. Comment j'aurais pu continuer à travailler en devant me faire greffer des yeux derrière la tête ? Ah, une décision importante à concrétiser dans les meilleurs délais, l'achat d'un téléphone portable prépayé. Pas de trace, numéro inconnu, donc écoute impossible. Il me reste aussi une question en suspens, qui sont les chiens de chasse lâchés à mes trousses ? Qui les a lâchés sur ma piste ? Avec les précautions prises par Pilate et Néchié, à savoir, le voyage dans la caisse d'une fourgonnette, la visite chez le ministre dans la peau d'un curé Black, les rendez-vous avec Mick Xomamatos, Ivan Dressamaire et Pilate soigneusement préparés, il a bien fallu que quelqu'un alerte les voleurs de documents. J'écarte évidemment Pilate, puisque c'est lui qui m'a branché sur Néchié. Dressamaire m'a paru assez francs du collier. Mick Xomatos aussi, bien qu'il m'ait bêtement révélé l'existence de Filii Dei ce qu'il a, de toute évidence, regretté aussitôt. Clément Thine, qui a dût bien évidemment faire un rapport sur notre entretien au cours du déjeuner alsacien. Finalement, c'est quand même sur lui que se portent en priorité mes soupçons. En insistant pour avoir un rencard avec Madame Élisabeth De Somme, j'ai fourni quelques infos sur moi et sur les raisons de ma démarche. J'ai quelque part foutu un coup de pied dans la fourmilière ministérielle. Plusieurs personnes sont donc forcément au courant puisqu'elles m'ont envoyé Clément Thine. Brusquement, après réflexion, je me persuade que c'est bien de ce panier de crabes que sont sortis mes poursuivants. En tout cas, c'est de là qu'ils ont reçu l'ordre de me dissuader de continuer. Quoi qu'il en soit, de là ou d'ailleurs, j'ai des pisteurs aux miches et ils ne reculeront apparemment devant rien pour me convaincre. Le coup du bus hier soir puis ma disparition de leur champ de vision, leur a sûrement fait comprendre que je n'avais aucunement l'intention d'abandonner. Bon, ben à présent n'étant qu'à quelques kilomètres de Fépachié-le-Bonome, je vais y faire un saut. Prendre un peu mes repères. Essayer de trouver cette ferme. J'ai encore largement le temps avant l'heure de passer à table. J'enfile mes godasses et en route. Parvenu dans le hall de l'hôtel, sans trop y réfléchir, je m'adresse à la personne de l'accueil.

- Dites-moi cher monsieur. Avez-vous entendu parler de cette ferme à Fépachié-le-Bonome, qui accueille des délinquants sortis de prison savez-vous où elle se trouve ?

- Si je connais vous pensez ! La Ruche qu'ils ont appelé ça. On peut dire que ça a fait du foin cette histoire dans la région. Personne ne voulait de ce genre d'endroit. Il y a eu de l'opposition je peux vous

l'assurer. C'est à cause de ce ministre de la délinquance que ça a fini par aboutir. Celui-là, je vous jure qu'il y a plus d'un qui le mettrait volontiers au bout de son fusil.

- Vous parlez de Jean Néchié ? Il a été viré, vous ne l'ignorez certainement pas ?

- Lui a été viré, mais sa ferme elle, elle est restée !

- Et il y a des problèmes avec ?

- Jusqu'à présent non. En tout cas je n'en ai pas entendu parler, mais forcément ça va venir. Avec ce genre d'individus, on peut tout craindre.

- Et vous pouvez m'indiquer le chemin pour m'y rendre ?

- Oui bien sûr ! Tenez, prenez un petit plan de la région sur le comptoir. Je vais vous tracer le parcours. Mais pourquoi voulez-vous aller là-bas ? Vous êtes du milieu de la délinquance ? Enfin je veux dire...

- Non non ! Je suis juste un ami du curé qui a mis la machine en route. Je lui ai dit que j'avais l'occasion de passer dans le coin et que j'aimerais bien jeter un oeil à son travail de réinsertion.

- Et il ne vous a pas donné l'adresse ?

- Si bien sûr ! Mais je l'ai égarée. Je suis un peu fouillis pour être franc.

Là, je me suis un peu laissé avoir. Le regard du mec vient de changer un peu. Il m'a vu débarquer avec mon sac estampillé Louis Voitton, ce qui lui laissait entendre que j'avais un niveau de vie plutôt à l'aise et voilà que je lui annonce que je suis ami avec un cureton qui contamine la région en important de la vermine taularde, élevée dans les bas-fonds des cités de non-droit françaises. Cependant faisant contre mauvaise fortune bon coeur, il trace au stylo rouge le trajet qui doit me conduire à la ferme de Pilate. Un peu penaud, je tente de faire diversion.

- A partir de quelle heure servez-vous le souper ?

- Le dîner est servi de dix-neuf heures trente à vingt et une heures trente monsieur, je vous réserve une table ?

Le dîner ! Évidemment qu'on dit le dîner. Quel con j'ai été de lui parler de souper. Je viens encore de dégringoler de quelques échelons sur son échelle graduée. Le souper ! Non mais quel plouc. Le souper ! Je gagne mortifié le parking. Il ne manque plus qu'il me voie grimper dans ma charrette de prolo. Ah il est chouette Aubin le magnifique. Il est chouette ! C'est la deuxième fois que je passe pour un beauf professionnel. Une fois à Paris au Grillon devant le groom et cette fois dans cet hôtel pour touristes au RSA. Va falloir que je me reprenne d'urgence. Aller, c'est parti. Je sors du parking, traverse le pont, tourne-à-droite et direction Fépachié-le-Bonome. C’est à côté. Sept kilomètres. Je les couvre en moins d'un quart d'heure. Alors c'est ça Fépachié-le-Bonome ? Même pas un hameau, tout juste un lieu-dit. Une poignée de baraques éparpillées, qui ne forme même pas une esquisse de village. Ah ! Voilà un panneau qui me file l’information « La Ruche » je n'ai qu’à suivre la flèche. Je n'avais même pas besoin du plan de l'hôtelier. Tout est indiqué « La Ruche ». Sans doute Pilate espère-t-il transformer une poignée de jeunes cro-magnons en un essaim de petites abeilles laborieuses. Voilà, je crois que c'est ici. Quelques bâtiments plantés au milieu des champs. Un grillage sans prétention entoure les quelques hectares de terrain. Aucune sécurité particulière. Tu peux entrer et sortir sans autre. Quelques vaches pas stressées broutent tranquillos, côtoyées par des moutons et une vingtaine de chèvres. Un chien aboie quelque part. Un tracteur traverse la cour pour disparaître derrière un des bâtiments. Une ferme tout simplement. Une ferme comme il y en a des milliers dans le pays. Je m'attendais à tout sauf à ça. Encore une fois, j'ai manqué de réflexion. Ce n'est pas une taule. Ils en sortent de taule. Ils ne sont plus prisonniers. Ils sont là volontairement pour essayer de réintégrer l'espèce humaine, avec ses codes et ses lois. Ils sont donc totalement libres de rester ou de partir. Bon je me sens un peu fatigué. Le voyage sans doute. Je retourne à l'hôtel. Miam-miam et dodo. Demain il fera jour.

Chapitre XII

C'est le téléphone interne de l'hôtel qui me sort du sommeil. Il va être neuf heures. Finalement, j'ai quand même réussi à roupiller quelques heures. Je ne pense pas qu'on m'appelle pour le petit déjeuner. Alors c'est qui ? C'est quoi ? Je décroche.

- *Oui ?*

- *Bonjour monsieur, désolé de vous réveiller si vous dormiez encore mais des gendarmes souhaitent vous parler. Ils montent.*

- *Des gendarmes ? C'est quoi ce bordel ? Qu'est-ce qu'ils veulent ?*

- *Ils montent monsieur.*

Ben vl'a aut'chose ! Aurais-je commis une infraction avec ma bagnole de location ? Raté un stop, un feu rouge, une priorité à droite, qu'est-ce qui peut bien justifier que des gendarmes souhaitent me parler alors que personne ne sait que je suis dans ce bled et encore moins dans cet hôtel ? Ben le mieux, c'est d'attendre qu'ils arrivent pour le savoir. Effectivement ça toque à la porte. En robe de chambre de l'hôtel j'ouvre. Deux militaires me saluent.

- Bonjour monsieur Merdhalors. Désolés de vous importuner mais nous devons vous poser quelques questions quant à votre présence dans la région.

- C'est ce que j'ai cru comprendre oui. Que se passe-t-il ?

- Vous êtes ici pour raison professionnelle ou touristique ?

- Touristique. Envie de me balader un peu dans le coin. Je ne connais pas cette région.

- C'est en touriste que vous êtes allé rôder devant La Ruche ?

- Paf, prends-toi ça en pleine poire ! Je ne l'avais pas vu venir cette question-là. Impossible de dissimuler ma déstabilisation. Je reste quelques secondes incrédule, ne sachant que répondre.

L'enfoiré de brigadier enregistre mes hésitations et saute sur l'occasion.

- Vous avez sollicité le patron de l'hôtel hier après-midi, au sujet du trajet à suivre pour aller à La Ruche. Vous lui avez parlé d'un ami curé qui aurait un rapport avec la ferme. C'est quoi votre relation avec cet environnement ? Nous pouvons aussi poursuivre cette conversation à la gendarmerie.

- Non, mais attendez un peu, c'est quoi cet interrogatoire ? Effectivement, je suis venu pour me rendre compte de ce qu'est la ferme La Ruche, car je connais très bien Pilate et je connais ses engagements vis-à-vis de la réinsertion des délinquants libérés.

- Pilate ?

- Oui, enfin, je veux dire le père Hitoine. Pilate est son surnom. Mais lui-même ne sait pas que je suis venu ici. J'ai juste voulu voir, rien de plus. Mais comment savez-vous que j'y suis allé hier après-midi ?

- Les caméras tout simplement ! Vous êtes allé spécialement sur place pour voir la ferme. Vous l'avez dit à l'hôtelier et vous y avez été filmé.

- Des caméras ? Ah oui d'accord ! Aucune surveillance particulière en apparence, mais des caméras camouflées quand même. Bon ok, je vais

tout vous expliquer. Nous pourrions peut-être descendre parler de ça devant un café ? Laissez-moi le temps de m'habiller. Prendre un café on ne peut pas dire que ce soit une tentative de corruption. Je ne suis encore accusé de rien je suppose ?

Dix minutes plus tard nous pénétrons dans la salle de restauration de l'hôtel. Mon barman, qui s'attendait sans doute à me voir partir entre les gendarmes menottes aux poignets, est un peu surpris de nous voir nous servir un jus à la machine avant de gagner une table un peu en retrait. Pour un petit déjeuner complet, ce sera pour la prochaine fois. J'ai le cerveau un peu embrouillé par la rapidité des événements. Décidément, je crois que je vais devoir changer de boulot. Depuis plusieurs jours, c'est conneries sur conneries. Si tu ne connaissais pas l'inspecteur la bavure, et bien c'est fait. Remarque, comment j'aurais pu deviner qu'il y avait des caméras à La Ruche ? Un centre ouvert. Comment je pourrais bien expliquer les raisons de ma présence aux forces de l'ordre sans aborder le sujet de la disparition des documents chez Jean Néchié ? Il va falloir la jouer fine. Parler pour ne rien dire, si tu vois ce que je veux dire. Je n'ai même pas le temps de mettre un sucre dans ma tasse.

- *Pourquoi un véhicule de location ?*

- *Le mien est en panne à Paris.*

- Ah oui ça, pour être en panne il est en panne ! Comme vous voyez, les nouvelles vont vite aujourd'hui. Un coup de fil chez « Locacaisse » et ils nous communiquent les infos nécessaires. Nom, adresse et téléphone du client. Ensuite avec ces renseignements nous entrons en relation avec les services de police et gendarmerie de votre lieu d'habitation, et en quelques minutes, nous savons tout ou à peu près. Vous êtes ce qu'on appelle un enquêteur privé. Vous évoluez principalement dans les sphères supérieures, rarement pour des privés. Il se trouve qu'avant-hier, votre véhicule une Yamasaki bi-turbo à injection inversée a eu un coup de chaud. Alors vous comprendrez qu'apprenant votre malheur, nous puissions être surpris de vous retrouver dès le lendemain aux abords d'une ferme de réinsertion de délinquants, où des disparitions étonnantes, autant qu'inquiétantes, ont eu lieu précisément hier ?

- Des disparitions ? Mais les disparitions de qui, de quoi ? Je vous avoue que j'ignore tout de ces disparitions. Bon je crois que vous m'obligez à vous donner quelques tuyaux qui ne devraient pas sortir du confessionnal comme dirait le père Hitoine. Cependant je ne vous cache pas que des intérêts nationaux sont en jeu, et là-dessus, ne comptez pas sur moi pour vider la corbeille sur votre bureau, si vous voyez ce que je veux dire. Un nom devrait suffire à vous faire comprendre la situation. Je suis en mission pour Madame Élisabeth De Somme,

ministre de la délinquance irrécupérable et des cas sociaux. Si vous ne me croyez pas, vous pouvez toujours contacter monsieur Clément Thine, un de ses adjoints les plus proches. Vous voyez ça vole haut. Tout cela doit rester secret, jusqu'à ce que j'ai résolu le problème. Vous saisissez le rapport entre ma mission et ce centre de réinsertion ? Vous comprenez à présent ma présence ici, et la raison de mon premier repérage à La Ruche. Mais comme je vous le dis et je le répète, je ne sais rien de ces disparitions dont vous me parlez. C'est quoi ces disparitions ? Des jeunes volontaires sortis de prison ? Mais puisqu'il y a des caméras, vous ne devriez pas avoir trop de boulot pour voir ce qui s'est passé ?

- C'est bien là le problème. Hier, lorsque les responsables de la ferme nous ont signalé la disparition de ces deux jeunes arrivés il y a environ un mois, nous nous sommes rendus sur les lieux. Nous avons tout inspecté. Effectivement, aucune trace de ces gamins sur le territoire de la ferme, mais aucune trace non plus sur la vidéo-surveillance. Evaporés, ventilés, dissous les ados. Et voilà que précisément le jour même, vous débarquez, vous observez, avouez qu'il y a de quoi se poser des questions. Alors grâce à la plaque minéralogique de votre véhicule, nous l'avons repéré ensuite à l'hôtel. Vous connaissez la suite.

- Et le père Hitoine, vous l'avez mis au courant de cette disparition ?

- Je suppose qu'à l'heure qu'il est, il le sait oui !

- Et vous lui avez signalé ma présence ici, à Fépachié-le-Bonome ?

- Non, pas à ce stade de l'enquête. Comme vous le disiez tout à l'heure, pour l'instant nous n'avons rien à vous reprocher. Vous n'êtes même pas entré dans la ferme.

- Alors écoutez, je vous demande de ne pas y faire allusion pour le moment. Comme je vous l'ai dit, je suis en mission pour la ministre de la délinquance. Des documents dont j'ignore moi-même le contenu, ont été dérobés. Madame De Somme peut soupçonner tout le monde. La direction de La Ruche est dans son collimateur, tout comme le père Hitoine. Il ne faut surtout pas qu'il soit au courant de ma présence ici. Je ne peux même continuer à mener mon enquête à côté de vous tout en cherchant à percer le mystère de cette disparition. Bien que je suppose qu'elle n'a aucun lien avec le vol des documents. Nous voyageons sur le même bateau pour des raisons différentes. Sans vouloir vous faire de chantage, si je ne suis pas en mesure de continuer mon travail, je vais devoir en informer la ministre en lui en expliquant les raisons. Laissez-moi mener mes investigations et comme je viens de vous le dire, si je

découvre quoi que ce soit qui vous intéresse, je vous le refile illico. Est-ce que ça vous va ? J'insiste sur ce point, je n'empièterai absolument pas sur vos plates-bandes. Juste quelques jours, si vous jugez que ce n'est pas possible, alors j'adresserai mon rapport à Madame De Somme !

- Ok. Nous oublions votre présence dans l'immédiat. Mais attention, suite à la disparition des deux jeunes, il va y avoir des contrôles. D'autres brigades vont être sur le coup. En ce qui nous concerne, nous aurons beaucoup de mal à justifier du fait que nous vous avons laissé partir sans vous mentionner sur notre rapport. Ne nous foutez pas dans la merde.

- Je vous donne ma parole que je vais être d'une discrétion exemplaire. Je suis ici en touriste. Mais si j'obtiens quelques infos qui vous intéressent, Je fais comment pour vous les communiquer ?
- Utilisez la boîte aux lettres de mon collègue. Une maison au volet bleu et blanc juste à côté de la poste de Contpasurnou. C'est à six kilomètres après Pedzouille-les-Eaux. Pas d'appel sur mon téléphone, d'ailleurs je ne vous le donne pas, et encore moins à la gendarmerie, j'yhabite. J'espère que nous ne faisons pas une connerie. Ne nous foutez pas dans la merde !

- Je vous en donne ma parole.

Nous nous serrons la paluche sous le regard interloqué du taulier, qui devait s'attendre à me voir embarquer manu militari. Il doit en conclure que je suis un client peu ordinaire. Je débarque avec la tronche et les bagages d'un nanti, puis je lui demande le chemin de La Ruche, un centre de rééducation pour délinquants libérés et le lendemain les gendarmes débarquent, prennent un café avec moi, puis s'éloignent après m'avoir serré la louche. Je lis dans son regard brillant, légèrement humide, qu'il s'imagine en présence d'un 007 en mission secrète. Des étoiles Michelin s'impriment sur le fronton de son auberge. Merde, je viens de faire de la pub pour un guide dont je me fous totalement. Je leur demanderai un peu de blé quand mon enquête sera terminée. Ouf ! Je ne m'en suis pas mal sorti avec la maréchaussée. Seulement à présent il y a un gros problème, c'est la disparition des deux fiottes. Il a fallu que ces deux petits connards choisissent précisément le jour où je débarque. Avec la volaille qui va forcément vadrouiller dans le coin, je vois mal comment je vais pouvoir continuer mon enquête sans attirer l'attention. Rester planqué à surveiller dans les environs n'est plus possible. Je vais me faire repérer. Finalement je cherche quoi à La Ruche ? J'ai déboulé ici pour distancer mes ennemis. C'est trop con, j'aurais pu glaner quelques renseignements ici ou là, me faire une idée sur le fonctionnement de ce refuge pour délinquants, mais après ce qui vient d'arriver c'est cuit. C'est quand- même pas de bol. Et si foutu pour foutu je contactais Pilate ? Si je lui disais ce qui m'est arrivé ces derniers jours ? Après tout, c'est lui qui m'a balancé cette affaire. S'il pouvait me trouver une bonne raison d'accéder à La Ruche ? En premier, je dois me procurer un téléphone prépayé. Je vais certainement trouver ça à la poste de Contpasurnou. Oh et puis merde, aller, ça donnera ce que ça donnera, j'y vais.

Chapitre XIII

Bien que je me sois procuré un téléphone prépayé, j'ai fait le choix de ne pas appeler Pilate avec. J'ai donc contacté son cousin le boulanger. Ce dernier a accepté de se prêter à un petit subterfuge afin de passer outre les services d'écoute. Il a fait passer le message à Pilate de venir à la boulangerie à quinze heures. Heure à laquelle je vais appeler. Il est précisément quinze heures. Je suis installé sur un banc, au bord du plan d'eau qui s'étale devant la terrasse de l'hôtel. Je compose le numéro et la communication est établie aussitôt.

- *Oui, Pilate à l'appareil.*

- *Bonjour cher ami. Veuillez m'excuser pour ces précautions mais je n'ai pas le choix. J'ai eu quelques démêlés avec une bande d'hurluberlus qui n'ont pas fait dans la dentelle. Ils ont brûlé ma voiture sur mon parking, ce qui démontre qu'ils ont rapidement su qui j'étais et où je vivais.*

- Et vous dites qu'ils ont mis le feu à votre belle voiture ?

- Tout à fait, et en plein jour, sur mon parking. Ils ont cependant bêtement attiré mon attention. J'ai fait en sorte de les obliger à se montrer. Seulement, ne pouvant plus rester chez moi, j'ai fait le choix de m'éloigner de la région parisienne. Ne sachant trop où trouver un point de chute, il m'est venu à l'idée de partir pour Fépachié-le-Bonome, là où se trouve votre centre d'accueil pour délinquants.

- Vous êtes à Fépachié-le-Bonome ? Mais qui vous a parlé de...

- Peu importe mon père, j'ai appris l'existence de ce centre dont vous ne m'aviez pas dit un mot. Sans doute aviez-vous vos raisons, tout comme Jean Néchier d'ailleurs ! Oui, j'y suis depuis quarante-huit heures. Je dois dire que je suis arrivé au plus mauvais moment. Voulant aller jeter un oeil sur votre ferme le jour de mon arrivée, j'ai été repéré par les caméras de surveillance, dont bien sûr j'ignorais l'existence. Comme vous devez le savoir, c'est pile le jour ou deux de vos pensionnaires se sont fait la malle. Alors évidemment j'ai eu ce matin la visite de la gendarmerie.

- Mais qu'est-ce que vous êtes allé faire là-bas ? Il y a des centaines d'endroits pour vous planquer.

- Et bien en fait, au départ, je n'ai pas vraiment réfléchi. Je me suis dit qu'une fois sur place je vous contacterai afin que vous me trouviez une bonne raison de débarquer là-bas. Je veux dire une bonne raison, aux yeux de vos collaborateurs qui dirigent l'endroit. Je ne sais pas moi... genre... une retraite au calme par exemple. Seulement voilà, il y a eu cette disparition et comme je me suis arrêté un bon moment pour contempler les lieux, les gendarmes ont supposé que je pouvais avoir un lien avec cette disparition. En résumé repéré pour repéré, si vous pouviez faire en sorte que ma présence soit justifiée, ce ne serait pas mal.

- Mais qu'est-ce que vous voulez que je leur dise ? En plus c'est vrai, c'est juste au moment où ces deux jeunes crétins ont choisi de déguerpir.

- Eh bien, je pense que le mieux serait de leur dire que vous m'avez demandé un service puisque je devais passer dans le coin par exemple.

- Un service, mais quel service ? Vous me prenez au dépourvu. Faut que je réfléchisse. Ce que je ne comprends pas, c'est comment, avec les précautions que nous avons prises, ces gens qui ont brûlé votre voiture, ont pu savoir que vous étiez lancé sur les traces de nos voleurs. Surtout aussi rapidement.

Nous ne sommes que trois au courant, moi, Jean et vous.

- Ah mais c'est très simple mon père ! Ils sont derrière vos portes et fenêtres depuis qu'ils se sont emparés des documents. Simplement, ils ont une longueur d'avance, c'est tout ! Vous pensez bien qu'ils se sont doutés que Jean Néchié n'allait pas crachez des millions comme ça, juste à la demande. Ce qui est certain, c'est que le contact est établi entre eux et moi et qu'ils vont tout faire pour me dissuader de poursuivre. D'où ma fuite ici, a Fépachié. Pour l'instant ils ne peuvent pas savoir que je suis ici. J'ai un véhicule de location et un téléphone prépayé, anonyme si vous préférez. Mais dans l'immédiat, je suis pieds et mains liés. Il faut que je puisse circuler librement, mais toujours dans l'anonymat. J'en reviens à ce que je vous ai demandé tout à l'heure. Trouvez-moi une bonne raison de pouvoir pénétrer à La Ruche.

- Mais à quoi cela vous servira-il ? Ce n'est pas à vous d'enquêter sur la fuite des deux ados, la gendarmerie est déjà sur le coup. Je ne vois vraiment pas ce que ça pourrait changer à votre situation.

- Ça changera que je pourrais circuler, ayant une bonne raison d'être dans la région. À cet instant, même si la gendarmerie ne me cherche pas de

noises, absolument rien ne justifie que je traîne autour de la ferme.

- Bon, écoutez, laissez-moi quelques heures pour inventer quelque chose. Donnez-moi votre numéro d'appel et je vous recontacte dès que j'ai une idée.

- Non ! Ou alors si, mais rappelez-moi de la boulangerie, surtout pas du presbytère. Surtout pas. Je vous demande également de ne surtout rien dire à Jean Néchié. Officiellement, nous ne nous sommes pas contactés. Vous n'avez aucune nouvelle de moi. Je compte vraiment sur vous.

- D'accord ! Je vous rappelle le plus vite possible.

Attendre, c'est tout ce qui me reste à faire. En y réfléchissant, j'ai mal joué dans cette partie d'échecs. J'ai été déstabilisé par l'action inattendue des pyromanes. Je n'ai finalement pas pris la bonne décision. La bonne aurait été de me laisser filer le train, puis de trouver un moyen d'inverser les rôles afin de coller discrètement à mon tour aux basques de mon suiveur. Il m'aurait forcément amené quelque part et à quelqu'un d'autre. Son donneur d'ordres peut-être. Quoi qu'il en soit, ressasser tout ça ne changera pas ma situation actuelle. J'ai été d'une nullité impardonnable. Je mériterai d'être dessaisi de cette enquête. Je ne sais pas ce qui me retient de me virer moi-même. Retourner chez Jean Néchié, lui avouer mon incompétence, lui rendre tout penaud son pognon, me répandre en larmoyantes excuses. *« M'sieur, m'sieur, y m'ont suivi m'sieur, j'les avais pas vu m'sieur. Y m'ont cramé ma caisse m'sieur ».* J'me foutrais presque mon poing sur la gueule dit donc. J'ai perdu ma bagnole par ma faute, ma très grande faute. Je ne sais pas ce qui me retient de porter plainte contre moi-même. L'ennui si je fais ça, c'est que je vais devoir prendre un avocat pour me défendre. Devoir me demander des dommages et intérêts assez élevés afin de pouvoir me payer une autre Yamasaki et payer également les deux défenseurs, celui de Aubin le plaignant et celui de Aubin l'accusé. Et si je ne suis pas content du résultat du procès, faudra faire appel. Ben oui, car la partie de moi qui aura gagné sera contente mais la partie perdante ne va sûrement pas vouloir en rester là. Non tu vois, décidément porter plainte contre moi-même, n'arrangerait rien. J'abandonne cette idée. Pendant que je débite mes conneries, j'espère que Pilate prie Saint Euréka de lui ouvrir un peu l'esprit. Il faut absolument qu'il trouve le bon motif me permettant d'engager le pare-chocs avant de ma bagnole dans l'allée de La Ruche. C'est long le temps quand tu attends. Ça va bientôt faire deux heures que Pilate m'a dit *« je vous rappelle dès que j'ai une idée ».* Alors, il fout quoi le cureton ? Ah ! Ça carillonne dans ma poche. C'est la boulangerie.

- *Oui mon père je vous écoute.*

- Désolé d'avoir été un peu long, mais finalement, contrairement à ce que je vous ai dit, j'ai fini par admettre que la seule raison plausible de vous avoir envoyé à La Ruche, c'est bien la fuite des deux lascars. J'ai appelé la directrice du centre, Madame Agathe Acristi qui, voyez comme le monde peut parfoi être étonnant, rêvait étant jeune de devenir détective privée. Je vous dis ça comme ça, juste pour l'anecdote. Donc pour revenir à ce qui nous intéresse, je lui ai dit que je lui avais envoyé un ami détective privé afin qu'il mène ses propres recherches, non pas en fouillant la campagne environnante, ça c'est le boulot des gendarmes, mais en essayant de découvrir comment ils avaient pu disparaître alors que les caméras n'ont rien enregistré de particulier. Vous voyez c'est assez plausible finalement comme raison.
- Une femme à la direction d'un centre de rééducation pour délinquants ? C'est un peu risqué non ? Je veux parler au niveau autorité bien sûr, pas au niveau gestion.

- Ah ! Voilà le côté macho masculin qui prend le dessus. Quand vous ferez sa connaissance vous comprendrez. Passez-moi l'expression, mais comme on dit, faut pas la faire chier l'Agathe. Je lui envoie un courriel afin de concrétiser tout ça, et demain nous vous pointez à La Ruche sans autre. Vous pourrez d'ailleurs, si vous le souhaitez, y loger. Si la gendarmerie vous cherche des noises, Agathe n'aura qu'à leur faire voir mon courriel. Voilà, j'espère

avoir pu vous aider. Je suis désolé pour votre voiture. Je ne sais vraiment pas comment ces gens ont pu savoir que vous étiez sur le coup. Vraiment pas.

- Parfait mon cher Pilate. Maintenant, je peux vous le dire, en vérité, avec la gendarmerie, c'est déjà en ordre. Je leur ai monté un scénario et j'ai pu obtenir l'autorisation de continuer mon boulot. Il me fallait juste une confirmation d'un donneur d'ordre. Voilà qui est fait. Merci à vous. Je vous tiens au courant de la suite dans les meilleurs délais. Toujours par le téléphone de votre cousin boulanger. A très bientôt cher ami.

Clac, je raccroche. Je ne lui ai pas laissé le temps de respirer au Pilate. Demain dans la journée, je fonce à La Ruche rencontrer cette mystérieuse Agathe Acristi qu'il ne faut surtout pas faire chier, d'après le père Hitoine. Je reste encore un moment à admirer le plan d'eau puis je décide d'aller me taper un petit remontant à l'hôtel. J'aime quand les choses bougent. Pilate doit cogiter sur qui à bien pu me parler de La Ruche. Il va obligatoirement en informer son pote l'ex-ministre. Petits cachotiers va !

Chapitre XIV

J'ai passé une bonne nuit. Je suis pressé de rencontrer Madame Acristi. Je vais descendre prendre un petit déjeuner à la hauteur puis je l'appellerai afin d'avoir la certitude que Pilate lui a bien adressé le mail et savoir vers quelle heure elle serait disposée à me recevoir. Il n'y a pas un chat dans la cafétéria. Je me sers mon kawa, pose deux croissants sur mon plateau, un verre de jus de fruit et je m'installe. Voilà mon hôtelier qui apparaît.

- Ah ! Bonjour monsieur. Tout se passe bien ?

- Très bien cher monsieur. Comme sur des roulettes.

- Vous voyez ce que je vous ai dit avant-hier, au sujet des occupants de la ferme, je savais qu'un jour ça ferait du grabuge.

- Du grabuge ? Faut pas exagérer, c'est juste une escapade de deux couillons qui vont se faire reprendre et puis finalement, c'est un centre libre, ouvert, pas un camp retranché. Ils étaient là volontairement. Ils ont accompli leur peine, ils ne risquent donc pas grand-chose.

- Oui, mais j'ai entendu dire que les caméras n'avaient pas enregistré leur sortie. Ça ne vous paraît pas étrange ?

- Of, ils ont pu sortir en profitant d'un véhicule ou se barrer en franchissant la clôture, là où il n'y a pas de caméra. À ce stade on peut tout supposer. Sinon dites-moi, c'est plutôt calme dans le coin. Pas grand monde chez vous.

- C'est à dire qu'ici, ce n'est pas un lieu de villégiature. C'est plutôt des gens de passage, comme vous.

- Eh bien figurez-vous que je vais finalement rester un peu. Comme je vous l'ai dit, je connais bien le curé qui a ouvert le centre, alors, si je peux l'aider à rétablir une situation normale ?

- Eh bien tout le plaisir sera pour moi. Bonne journée. Je vous laisse à votre petit déjeuner.

Effectivement, il est temps pour moi de me préparer à rejoindre La Ruche. Je remonte dans la chambre, me met en ordre de marche et je gagne le parking. En route pour Fépachié-le-Bonome. Comme précédemment, le trajet est fait dans les plus brefs délais. Cette fois je ne me planque pas. La grille est ouverte, je m'engage dans l'allée. Parvenu dans la cour, au milieu des bâtiments, je repère un panneau administration. Je me gare. Aller c'est parti. Je pousse la porte vitrée et je pénètre dans les lieux. Un ado balade sa serpillère sur le carrelage mouillé. Il me jette un regard en coin crache dans le seau d'eau puis reprend mollement son activité. Il doit me prendre pour un flic. Peu de chance pour que l'on sympathise.

- Tu bouges un peu ton cul ? Après t'as la cour à nettoyer !

La voix vient de l'arrière. Je me retourne. Alors c'est elle Madame Agathe Acristi ? Du moins je le suppose. Effectivement, c'est pas Alice au pays des merveilles, ce serait plutôt la frangine de Dracula, la belle-doche de Blanche-Neige, genre zombie et Cie. La cinquantaine bodybuildingnée. Qu'elle colle une mandale dans la tronche creuse du serpillèriste et il pourra jouer à Louis XVI sous la guillotine quand il ramassait sa tête.

- Bonjour vous êtes Aubin je suppose ? Je vous ai vu arriver. J'ai reçu un email de Pilate. Je ne vois pas

ce que vous allez faire de plus que les gendarmes, mais je ne peux pas refuser d'accéder à la demande de mon cureton préféré.

- Bonjour Madame. Effectivement, je suis Aubin. Nous pourrions peut-être aller discuter dans un coin tranquille ?

- Bien sûr. Je vous propose de nous entretenir en marchant dans la propriété ?

- Excellente idée ! Je vous suis.
Nous sortons à l'air libre. Quelques jeunes vaquent à leurs occupations. Je ne sais d'ailleurs pas trop en quoi elles consistent. Un gamin tire de l'eau dans un seau à l'aide d'une pompe à bras, un autre pousse une brouette de fumier fumant, un bruit de scie à bois s'échappe d'une grange. La vie classique et normale d'une ferme quoi !

- Vous avez combien de candidats en moyenne ?

- Ça dépend. Entre huit et dix. Difficile d'en prendre plus. En principe ils sont ici pour une durée maximum de deux ans. Il faut renouveler et essayer de donner leur chance à d'autres. Nous voyons rapidement ceux qui souhaitent réellement remettre un pied dans la société.

- Et les autres ?

- Ils retournent vers leur galère. La délinquance, la drogue, les agressions.

- Il y a beaucoup d'échecs ?

- Oh, depuis l'ouverture de La Ruche, ça représente environ soixante pour cent.

- Et pour les autres, celles et ceux qui ont réussi l'examen de passage ?

- Ceux seulement, car il n'y a pas de fille. C'est déjà difficile à gérer comme ça, alors imaginez si c'était mixte.

- Rien pour les filles ?
- Si ! L'association a fait une tentative dans le nord. C'est ouvert depuis quelques mois. Pour l'instant, ça fonctionne plutôt bien.

- C'est la première fois que vous avez des fugues ?

- Pas vraiment. Il est arrivé que des gamins aillent traîner dans les villages alentour, mais la plupart reviennent au bout d'un jour ou deux. Avec la surveillance vidéo, il n'est en principe pas possible de partir sans être vu. Ça peut se comparer avec l'époque du service militaire obligatoire quand un ou deux appelés faisaient le mur.

- Vous pensez qu'ils ont pu profiter d'un véhicule pour se barrer ?

- Il n'y a pas tellement de véhicules sur la ferme. Un minibus pour les emmener faire les courses nécessaires, les voitures des deux éducateurs et la mienne. Elles sont toujours fermées dans un garage fermé également.

- Pour en revenir à leur emploi du temps, ça se passe comment ?

- Réveil à six heures, aération des lits, douches, petit déjeuner au réfectoire et répartition des tâches. Soigner les bêtes, s'occuper du potager, entretenir les bâtiments, le matériel agricole etc, puis déjeuner à treize heures, repos jusqu'à quinze heures trente, reprise des activités jusqu'au dîner à dix-neuf heures trente, ensuite quartier libre si je peux dire, avec télé, jeux vidéo, foot, basket, salle de sport etc, jusqu'à vingt-deux heures trente.
- Ils ont des portables pour communiquer avec leurs amis ou leurs familles ?

- Oui bien sûr ! Ils ne sont pas en prison. Nous essayons simplement de leur inculquer les principes d'une vie normale dans un monde normal.

- D'accord, mais il doit bien y avoir des moments de tension, des refus d'obéir, des provocs contre vous où les grands frères ?

- Alors je vais être très claire avec ça. Ils sont avertis dès leur arrivée. Une agression à l'encontre de l'un des membres de l'encadrement, c'est la porte illico avec dépôt de plainte à la gendarmerie. Quand je parle agression, je ne parle pas de petites engueulades ou accrochages verbaux, tout le monde peut péter un câble. Je parle de propos ou gestes inacceptables.

- C'est arrivé ?

- Jamais. On s'explique, on se tape dans la main et c'est reparti.

- J'ai quand même eu un peu l'impression, que le gamin à la serpillère subissait une punition.

- Oui, mais c'est juste pour qu'il comprenne ce qu'il n'avait pas voulu comprendre lors de son arrivée. Ce ne sont pas non plus les travaux forcés. Juste un petit rappel à l'ordre.

- Qu'est-ce qu'il avait fait, si ce n'est pas indiscret ?

- Il rentrait les bêtes avec un peu trop de bastonnades. Je lui ai donc donné à choisir. Vingt coups du même bâton, sur son dos d'âne bâté, ou faire un peu de ménage. Vous voyez, rien de bien méchant.

- En tout cas vous, vous n'avez pas la silhouette ou le physique de quelqu'un qui va se laisser agresser. Sauf le respect que je vous dois vous faites plutôt Rambo que soeur Emmanuelle.

- Ben dans la vie, faut faire un choix. Pour tout vous dire, j'ai failli choisir le couvent. À l'âge de douze ans, j'ai fait ma communion solennelle, comme c'était la règle dans les familles catholiques de l'époque. Ce jour-là j'ai été, allez savoir pourquoi, touchée par une forme de grâce qui s'est révélée à table, au moment du dessert, c'était une religieuse pleine de chantilly. Une de mes tantes nous avait pendant une grande partie du repas parlé d'une période où elle avait été novice dans un couvent avant de choisir de revenir à la vie civile, si je puis dire. Alors au moment du gâteau, elle m'a demandé si je savais ce que je voulais faire plus tard. Prise à l'improviste, sans réfléchir, j'ai répondu « je veux faire comme toi, je veux devenir sœur ». Tout le monde s'est marré sauf elle. Ça m'a profondément vexée. J'étais en aube, avec une grande croix autour du cou, je venais de communier pour la première fois, recevoir le corps du Christ, je me suis senti humiliée. J'ai quitté la table folle de rage. Ma tante m'a rejointe pour me dire de ne pas prendre tout ça au sérieux, que Jésus me ferait signe si je devais venir à lui. Alors, j'ai décidé qu'il allait me faire signe. Je l'imaginais lui aussi vexé de la réaction de ma famille. De ce jour et jusqu'à ma majorité, j'ai, autant pour les emmerder que par esprit de

vengeance, continué à déclarer que je serai bonne soeur. J'allais à la messe le plus souvent possible. Je communiais. Bref pour eux j'étais perdue. C'est ma tante, ex-novice, qui lorsqu'elle a compris que j'allais aller au bout de mon idée juste par esprit de vengeance, m'en a dissuadée. Elle m'a conseillé, si je voulais faire plaisir à Jésus, de m'orienter vers l'aide aux personnes dans la détresse. Trouver un job pour gagner ma vie et donner un peu de mon temps libre à une association de soutien aux délaissés de l'existence.

- Et vous l'avez fait ?

- Oui ! Seulement voilà, c'est aussi au contact de ce milieu que j'ai pu constater qu'il n'y avait pas seulement de pauvres gens largués par la vie, le malheur ou la malchance. Il y avait aussi un pourcentage non négligeable de sacrés branleurs, plus prompt à te chouraver ta montre qu'à te dire merci quand tu arrivais avec ta bouffe, tes fringues ou autres médocs. Alors pour moi, la vapeur s'est un peu inversée. Je suis devenue un peu moins sensible aux pleurnicheries et un peu plus direct dans mes propos. Ça n'a pas plu à tout le monde. Un jour, un père de famille à qui je venais de balancer ses quatre vérités, à savoir qu'il n'avait qu'à bouger son cul de faignasse de sa chaise, aller au turbin au lieu de picoler afin d'assurer la survie de sa famille, je me suis mangé un parpaing en pleine poire qui m'a envoyé sur le cul, éclaté le pif, d'où sa forme

aujourd'hui, fendu la joue, d'où la cicatrice et niqué l'arcade, d'où son manque de sourcils. Je me suis retrouvée en bas de l'escalier, sans avoir touché les marches, propulsée par un coup de pompe dans le derche inoubliable. Je me suis relevée tant bien que mal en me promettant de faire en sorte que ce genre d'événement ne se reproduise plus. En guise de robe de bonne soeur j'ai endossé le kimono. J'ai pris des cours de karaté, j'ai fait des séances de muscu dans une salle et rajouté les gants de boxe pour faire bonne mesure. Alors autant vous dire qu'aujourd'hui, vaut mieux pour eux que ces gamins évitent de m'emmerder.

- Je savais cela de la bouche de Pilate. Il m'avait fait de vous un portrait, certes résumé, mais incroyablement ressemblant.

- Alors finalement monsieur Aubin, vous êtes venu faire quoi à La Ruche ? Ne me dites pas que c'est pour filer un coup de main à la maréchaussée qui n'a sûrement pas besoin de vous. Surtout que ces petits trous du cul n'ont fait que quitter un lieu où ils n'étaient pas tenus à résidence.

- Vous avez raison et tort à la fois. Ce n'est pas tant d'aider les forces de l'ordre à mettre la main sur ces garnements qu'à découvrir comment avec votre système de surveillance ils ont pu partir sans être repérés. Ça, c'est le premier prétexte. Il y en a un autre dont je ne peux pas vous dire grand-chose,

sinon que quelques esprits mal intentionnés font des misères à notre ami Pilate. Alors, il craint que ces méchants personnages ne viennent semer le désordre dans le centre afin de le discréditer aux yeux de l'opinion publique, si vous voyez ce que je veux dire.

- Il se peut donc qu'il y ait un lien entre eux et la disparition de ces deux délinquants ?

- Je ne peux malheureusement rien vous dire de plus. Je n'y suis pas autorisé.

- Mais pourquoi n'en a-t-il pas parlé aux gendarmes ?

- Il pense comme moi. Il vaut mieux laver le linge sale en famille. Mais dites-moi, il m'a dit aussi que vous aviez envisagé de devenir détective privée ?

- Oh ça, c'était après l'agression dont j'ai été victime. Je voulais débusquer les resquilleurs, les dénoncer, leur faire sauter les subventions, sucrer les allocs, me venger quoi !

- Et ce poste de directrice de La Ruche, c'est Pilate qui vous l'a fait obtenir ?

- Oui et non. J'ai participé un soir à un dîner avec quelques professionnels des milieux anti-délinquance. J'y ai fait la connaissance du président de l'association « Libérez les détenus », Monsieur

Ivan Drésamaire. Pilate était là lui aussi. Les discussions tournaient bien évidemment autour des solutions possibles pour les problèmes de réinsertion. J'ai appris qu'ils envisageaient la création de centres dans plusieurs régions françaises. J'ai un peu raconté ma vie au père Hitoine en lui disant que je trouvais cette idée de centres excellente et que j'aimerais bien participer à ce genre de travail. Je lui ai dit que si je pouvais l'aider lui et ses amis dans cette entreprise, j'en serais très heureuse. Enfin, voilà en gros les grandes lignes. Voilà comment je suis arrivée ici, à La Ruche. Bien, tout cela est bien beau, on parle, on parle, je vous ai raconté ma vie, mais le temps passe. Je vous invite à partager le repas de treize heures avec nos pensionnaires. Vous rencontrerez aussi nos deux animateurs.

- C'est que ça me gêne un peut. Ma présence va peut-être perturber vos ados. Ils vont peut-être me prendre pour un flic.

- Mais vous n'êtes pas un flic ! Vous êtes un journaliste de la télévision qui vient préparer un reportage sur notre ferme. Je crois, au contraire, que ça va leur donner une certaine importance. Ils vont pour une fois intéresser quelqu'un. Alors c'est ok ?

- Journaliste ? Pourquoi pas. C'est ok !

Chapitre XV

C'est pour moi le jour J. Je vais quitter l'hôtel pour m'installer à La Ruche. J'ai pu, au cours du déjeuner d'hier, faire connaissance avec l'ensemble des occupants du centre. Les deux, disons moniteurs, tentent de veiller sur les huit ados qui restent après le départ des deux autres. Ils essaient tant bien que mal, de les intéresser à la vie campagnarde. J'ai surtout eu l'impression que cette brochette de futurs anciens délinquants n'était là que pour éviter un retour à la case prison trop rapide. Ils sont pris en charge, mangent à leur faim, dorment dans des lits propres et touche un petit pécule pour les sorties autorisées en minibus. J'ai bien évidemment dû répondre à quelques questions concernant ma présence parmi eux.

- Et t'es qui toi ? Et c'est quelle télé, quelle chaîne, quelle émission, est-ce que ma mère va me voir, et mes copains de la cité ? Est-ce que ce sera sûr les réseaux ?

Qu'est-ce que tu veux que je réponde à tout ça mon lecteur (euse) préféré(e) ? Elle m'a pris au dépourvu l'Agathe. J'ai baragouiné quelques réponses qui ne les ont pas convaincus, la télé n'étant apparemment pas leur passe-temps favori. Ils sont plutôt réseaux sociaux. Je dois cependant jouer le jeu. J'ai donc préparé hier soir une liste de questions pour une future émission qui ne verra jamais le jour et pour cause. Il me reste à retourner à La Ruche, utiliser l'ordi et l'imprimante de madame Cristi, n'ayant pas pris le mien quand j'ai quitté Paris et tenter de reprendre mon enquête, la vraie, tout en jouant les journalistes pour justifier la fausse. Je me sens toujours autant paralysé. Bloqué ici, à Fépachié-le-Bonome. Je n'ai plus mes suiveurs aux miches, mais je n'ai pas d'ouverture sur le moindre chemin à suivre ou à prendre. Il est quatorze heures lorsque je suis de retour à la ferme. La mère Cristi me reçoit.

- Ah, Aubin ! J'ai eu le père Hitoine. Je lui ai dit que le journaliste de la télé était bien arrivé. Il a mis un moment à déchifrer le sens caché de mes propos, mais il a fini par comprendre qui était le journaliste en question. Forcément hein, il m'envoie un enquêteur que je transforme en journaliste aux yeux des gamins, mais venez, entrez, je vous ai préparé un

coin de bureau pour que vous puissiez vous sentir chez vous. Nous avons aussi préparé une chambre sous les combles. Vous y serez peinard.

- Très bien merci. Aucune nouvelle de vos disparus ?

- Non. Ni pour nous, ni pour la police, enfin je veux dire les gendarmes. Et vous alors ?

- Et bien moi, comme je vous l'ai annoncé hier, j'ai préparé un faux dossier télé pour les ados et les grands frères. Il me reste à taper et imprimer tout ça, pour le sérieux qu'il faut apporter à ce mensonge.

- Bien sûr ! Il nous reste encore deux ordis mis à la disposition de nos jeunes, mais je ne leur ai pas encore donnés. Ils en ont quatre en service, ça suffit pour l'instant. Je vais vous procurer une imprimante que vous connecterez. Voilà, je vous laisse vous installer.

Comme dit comme fait. Je dispose d'une table dans ce qui fut jadis une cuisine. Je prends possession des lieux, d'un ordinateur portable, d'une imprimante et de mon téléphone prépayé. Démerde toi avec ça Aubin. A toi de jouer. Précisément, il sonne mon téléphone.

- Oui Aubin, j'écoute ?

- Ah Aubin, c'est Pilate.Je suis heureux de vous entendre. Alors c'est fait, vous êtes dans les lieux, vous y trouvez vos repères ?

- Bonjour Pilate. Ce n'est pas franchement le terme qui convient. Je me demande encore comment je vais pouvoir continuer à honorer mes engagements en étant planqué ici. Je commence à envisager un retour discret sur Paris en évitant évidemment de regagner mon appart. Je n'ai aucun lien avec mes adversaires. Je ne sais pas du tout où aller les dénicher. Je crois que j'ai fait une belle connerie en me taillant comme un lapin.

- Vous n'avez rien à vous reprocher. Vous avez agi dans l'instant, c'est tout.

- Mais de votre côté mon père, rien de nouveau ? Pas de contact, pas de relance ?

- Non ! Pas que je sache. Vous pensez bien que si c'était le cas, vous en seriez le premier informé.

- Bien ! En ce qui me concerne, je gamberge ici encore quarante-huit heures ensuite je prendrai une décision. Merci de votre appel mon père. À très bientôt.

- Vous avez déjà oublié ? Pour vous c'est Pilate, pas mon père... Pilate ! Allez tenez-moi au courant.

Au courant de quoi ? Il est marrant le curé. Ma décision est prise. Après-demain, je quitte La Ruche. Faut que je renoue le contact avec mes « Colle-au-derche » Ils ne risquent plus de cramer ma bagnole, je n'en ai plus. En attendant je me mets au boulot. Je branche l'ordi, l'imprimante, et je joue au journaliste télévisuel. Une heure trente plus tard, c'est fait. Je dispose d'un dossier bidon, plus vrai que nature. Je vais pouvoir interviewer les prix Nobel du QI de moules marinières qui s'activent dehors. N'ayant évidemment aucune équipe de tournage sous la main, je vais leur raconter qu'il s'agit d'une répétition, histoire de les mettre à l'aise pour le jour J. Sans caméra ni micro, faut être inventif hein ? J'en suis là de mes réflexions, lorsqu'Agathe Acristi pousse la porte.

- Tout va bien ?

- Oui. Je vais de ce pas commencer mon numéro. Vers quels ados me conseillez-vous de m'orienter ?

- Je ne sais pas, personne en particulier. Balladez-vous dans le terrain et accrochez ceux que vous croiserez. L'important c'est qu'ils pensent qu'ils vont devenir des vedettes de téléréalité. Plus vous serez crédible, plus ils tomberont dans le piège. Je ne vous accompagne pas, ça les perturberait. Il est important qu'ils parlent ouvertement. Aller, le rideau est levé, entrez en scène. Ah ! Encore une chose. Prenez ce téléphone portable, filmez- les avec, il appartient à

l'association. Il est aussi équipé d'un enregistreur MP3. Pour être franche, je suis curieuse d'entendre leurs réponses. A tout à l'heure pour le dîner.

Je prends un grand bol d'air et c'est parti. Je n'ai pas fait cinquante mètres qu'une main m'attrape le bras. Je jette un oeil. Ce gamin doit avoir dans les quinze ans. Pas l'air bien dangereux avec sa binette Louis XIII posée sur l'épaule droite. Tu va me dire, elle serait posée sur la gauche, on s'en taperait totalement.

- Et m'sieur, c'est quand q'vous nous filmez ?

- Dans deux ou trois jours. Pour l'instant, je fais du repérage. Tiens, si ça t'intéresse, nous pouvons faire une répétition. Tu veux bien répondre à mes questions pour t'entraîner ?

- Ouais, je veux bien ! C'est quoi que vous voulez savoir ?
- Un peu tout. Pourquoi t'es ici, est-ce que tu as choisi de venir, qu'est-ce que ça t'apporte, est-ce que ça te plaît ? Un peu tout quoi ! Si tu veux, on va s'asseoir sur le banc devant le hangard à foin. Comment tu t'appelles ?

- Wesh, je m'appelle Lucas.

- Wesh ? Ça veut dire quoi wesh ?

- Et Ben ça veut dire que j'suis d'accord.

- Eh bien en ce cas allons-y. Je suis wesh aussi.

Nous nous dirigeons vers le banc. Je tente d'analyser mon premier repenti du coin de l'oeil. C'est marrant, je commence à me prendre au jeu. Envie de savoir ce que ce gamin fout ici, à La Ruche. Qu'est-ce qu'il a bien pu faire pour finir en taule avant d'atterrir entre les pattes de la clique à Pilate ? M'a pas l'air farouche du tout. Sur le fond, je m'en balance totalement de ce qu'il a pu commettre comme conneries, mais puisque j'ai du temps à perdre allons-y.

- Donc, tu t'appelles lucas ? Et tu viens d'où Lucas ?

- De Marseille.

- Attends, tu veux bien que j'enregistre, même si on fait semblant ?

- Non ! J'préfère pas. Pas maintenant.

- Comme tu voudras. De quoi tu veux qu'on parle ? C'est toi qui choisis. Tu vois, je ne te force pas.

- J'suis ici depuis un an. J'ai voulu venir après la prison, à cause qu'ici, c'est Gucci à côté de chez ma daronne. C'est sa faute si j'ai été en taule.

- Et ça veut dire quoi Gucci ?

- Ben, que c'est cool quoi ! Ma parole, t'es vraiment shlag !

- Ah bon ? Ça ne va pas être facile. Le langage des ados, pour moi tu vois, c'est un peu de l'hébreu.

- De l'hébreu ?

- Oui. Compliqué si tu préfères. Alors si tu pouvais parler en vieux français, ce serait pas mal. Donc tu me dis que c'est à cause de ta mère que tu es allé en prison, mais pourquoi ?

- Elle a eu le crush pour un thug. Un sale con de michto.

- Stop, stop, attend ! Là vraiment, je ne pige rien à ce que tu me dis. Ça ne va pas le faire si on ne se comprend pas. Essaie de m'expliquer ça avec les mots de l'école, pas de la rue.
- D'accord. Ma mère à kiffé, ça tu comprends kiffé ?

- Oui voilà là je pige. Donc ta mère a kiffé pour qui ?

- Pour un thug, un caïd quoi. En fait, un sale con de baratineur. Du coup il m'a fait bosser pour lui. J'ai cru son baratin. Je devais gagner beaucoup de fric, mais en fait il ne me filait jamais de thunes. Il

couchait chez nous, bouffait chez nous, mais il bougeait pas son cul. Genre, un gros connard tu vois ? Un vieux débile de trente-deux balais. Une grosse merde de profiteur. Moi aussi au début je le kiffais. Mais après il m'a mis la haine.

- Je vois qu'on se tutoie ? Tu as raison. C'est plus simple. Qu'est-ce que tu faisais pour lui ?

- Surtout du chouf, mais aussi des livraisons.

- Tu livrais de la came c'est ça ?

- Je sais pas. C'était enveloppé. Je livrais, je prenais une enveloppe et je lui ramenais.

- Tu devais bien te douter de ce qu'il y avait dans les colis ?

- Hé, mais c'est quoi ces questions ? T'es un keuf ou quoi ? C'est quoi le plan-là ?

- Non, non, excuse-moi, non, je ne suis pas flic. On discute comme ça, mais le jour du tournage personne ne te posera ce genre de questions.

- Alors efface ton enregistrement tout de suite. Tu crois que j'ai pas vu que tu enregistrais quand même quand j'ai dit non ? Efface, sinon, tu vas te faire mettre avec ton interrogatoire et je vais prévenir les autres.

- Ok ok, ne t'énerve pas, j'efface. Allez, on se calme et on recommence. Voilà tout est effacé. D'ailleurs tiens, je te confie le téléphone. Excuse- moi. Tout ça ne me regarde pas. Tiens, si tu veux, on change de sujet. Tu es au courant de la disparition de tes deux copains ? Tu les connaissais bien ?

- Ouais, j'étais pote avec les deux. Ici on est tous potes au bout d'un temps.

- Tu sais pourquoi ils se sont fait la malle ?

- La malle mon cul !

-Qu'est-ce que tu veux dire ?

- Tu vois, tu recommences avec tes questions. Terminé, moi je me casse. Va te faire mettre. Je te dis plus rien. T'es un keuf. Va niquer ta mère !

Merde quel con. Mais quel con. Toujours ma putain de manie de foncer direct. Je l'avais à ma pogne ce petit trou du cul. Il se lève et me balance le téléphone sur les genoux. Putain Aubin, réagi, trouve un truc, s'il se casse, il va me griller auprès des autres. Vite, une idée vite !

- Attends bordel. Je te jure que je ne suis pas flic. Mais tu sais les journalistes, ça pose toujours des questions. Ce n'est même pas enregistré. C'est toi qui avais le téléphone. Ne te barre pas. Tiens, si tu veux-

je te prends comme adjoint sur le tournage. Je te file mille euros si tu acceptes. Mille euros de salaire pour une journée.

Ouf ! Voilà un point de marqué pour moi. Il s'arrête, se retourne.

- C'est encore du baratin pour me faire parler ?

- Croix de bois croix de fer, si je mens je vais en enfer. Aller, reviens, je te donne ma parole que je t'engage. Tu toucheras officiellement mille euros en liquide.

- J'en veux la moitié tout de suite !

- Ça, ce n'est pas possible. Je ne les ai pas sur moi. Demain matin, je vais aller les tirer à la poste. J'ai un compte postal. Je te promets. Demain, tu les as dans ta poche.

- Dans ma poche, impossible. Je me les ferai chourer. Faudra les donner à Terminator. Elle les gardera pour moi.

- Terminator ? Tu veux sûrement parler de madame Cristi ?

- Ouais. C'est son nom ici.

- Et bien, je lui filerai ta thune comme tu dis. A partir de tout de suite, tu es mon associé. Top là !

- Hé, si c'est tout de suite, c'est plus mille euros. T'as dit mille euros pour une journée, le jour du tournage.

- Hé ben dis donc, tu perds pas le nord toi. Et combien tu veux ?

- Trois jours, trois mille !

Respire Aubin ! Respire un grand coup ! Détend ta musculature ! Je vois mon bras qui grimpe vers le ciel, ma main qui chope son oreille gauche, sa tronche de babouin qui vient s'exploser sur mon genou droit venu à sa rencontre, splatch !!! Du sang plein mon falzar. Et vas-y que je recommence encore deux ou trois fois, histoire de bien lui faire rentrer dans le crâne, que moi, Aubin, faut éviter de me prendre pour une truffe. Bon, pour cette fois, je me contrôle. Tout ça, ce n'était que dans mon imagination, portée au rouge par ce petit connard. Il est toujours en face de moi et en parfaite santé, j'ai juste rêvé que je lui explosais la tronche. Tout va bien. Je reprends le cours normal des choses.

- Ho ! Non mais ça va pas bonhomme ? Tu décabanes complètement. La direction n'acceptera jamais. Tu crois que les gars de l'équipe de tournage touchent mille euros par jour ? Je te file mille cinq

cents en tout et pour tout. La moitié demain. C'est à prendre ou à laisser. Si c'est non, tu peux partir.

- D'accord. Mille cinq cents.

- Aller, pose ton cul sur le banc et raconte-moi. Pourquoi tu as dit « la malle mon cul ». Tu n'y crois pas ? Tu crois qu'ils ont été libérés ?

- On n'est pas en taule ici. Pas besoin d'être libérés. On part quand on veut. Suffit de le demander.

- Tu penses à autre chose ? Un kidnapping ?

- On sait pas, mais ouais, c'est déjà arrivé ouai. Sauf que ceux qui se barrent, ils reviennent. Ils vont juste faire un tour dehors, pas longtemps. Terminator prévient quand même les keufs, mais il n'y a pas d'histoire. Ils se font gueuler dessus et c'est tout.

- Et tu en connais qui ne sont pas revenus ?

- Oui. Deux. On n'a plus jamais eu de nouvelles. Les condés sont venus pendant deux ou trois jours et puis plus rien.

- Ils sont peut-être simplement rentrés chez eux sans l'avoir demandé à la direction du centre ?

- Je t'ai dit. On a des portables. On a essayé d'avoir des nouvelles. Ils ne sont pas rentrés chez eux, jamais !

- Tu les connaissais bien ?

- Non. Je venais d'arriver. Il faut demander à Kali. Il est ici depuis longtemps. C'est lui qui répare le tracteur quand il est en panne. Bon, faut que j'aille désherber le potager. L'éducateur doit m'attendre

- C'est bon je te laisse. Merci pour avoir joué le jeu des questions réponses. Je vais aller interviewer quelques-uns de tes copains.

Lucas se débine, si je peux dire, puisqu'il repose le manche de sa binette sur son épaule. Je devrais, n'étant pas là pour ça, me foutre royalement des problèmes de fugues d'ados à La Ruche, mais voilà, va savoir pourquoi, une intuition peut être, envie de découvrir si les fois précédentes les caméras avaient enregistré leurs sorties. Je me balade entre les bâtiments. Ça sent la ferme, l'herbe, le foin, le fumier. Quelques poules picorent ici et là. Combien de générations de paysans ont travaillé cette terre, construit ces hangars, ces bâtiments, labouré, semé, récolté, élevé leur bétail, sans se douter qu'un jour, ils laisseraient leurs places à un camp de travail pour délinquants, sous couvert de l'appellation « Centre de réinsertion La Ruche » ?

Chapitre XVI

J'ai pas mal gambergé durant la nuit, sous les combles de La Ruche. Les propos de Lucas continuent de m'interpeller. J'ai même dû me lever un peu avant l'aube, histoire d'aller prendre l'air une petite demi-heure à cause d'une de ses réponses. Nous verrons ça plus tard. Tout cela ne me concerne pas mais jusqu'à ce que je reparte sur Paris, ça va m'occuper un moment de jouer au détective à deux balles. Tenter de découvrir comment se sont barrés ou se sont volatilisés nos deux lascars. Petit déj terminé, douche prise après les ados dans les sanitaires du centre, je gagne mon bureau. Je sens que Madame Agathe Acristi à des questions à me poser. Ce qu'elle n'a pas pu faire à la table du petit déj. Je l'aperçois qui fait semblant de ramasser quelques détritus, probablement répandus exprès par elle-même, devant l'entrée de l'administration. Il est évident que mine de rien c'est moi qu'elle attend.

- Alors, finalement, ils ont marché dans la combine ? Ils ont répondu à vos questions ?

- Oui, assez facilement. Par contre pour l'enregistrement, macache. Ils n'accepteront des interviews enregistrées que le jour du tournage officiel. Je vois à votre expression que cette réponse vous contrarie. Non ?

- Oui. J'aurais aimé entendre ce qu'ils pensent de leur séjour ici, à La Ruche.

- Alors là-dessus, je peux vous répondre. Rien de négatif. Pour la plupart, n'étant là que pour deux ans maximum, étant bien traités, pas stressés par le travail, ils laissent passer les jours.

- Ils vous ont parlé de la cavale de leurs deux copains ?

- A peine. Pour les quelques-uns que j'ai pu interroger sur le sujet, les deux disparus vont revenir. Ils reviennent toujours apparemment. D'après eux c'est juste un besoin de liberté supplémentaire, durant quelques heures ou quelques jours. Ah si ! L'un d'eux m'a interpellé en me disant qu'il y a quelques mois, deux autres stagiaires ont disparu de chez disparu. Jamais revenus, jamais

donné de nouvelles. Les familles auraient signalé leur disparition à la police, mais à ce jour aucune nouvelle. Vous n'avez pas d'idée là-dessus je suppose ?

- Non ! Effectivement ces crapu... enfin, disons stagiaires, ont volontairement mis fin à leur séjour de la façon la plus stupide. Par contre, qu'ils aient fait le choix de ne pas rentrer chez eux, là ce n'est plus notre problème. Notre travail est de les aider à retourner à la civilisation, mais pas contre leur gré.

- Je comprends votre point de vue, mais imaginez que les deux derniers ne reviennent pas et ne donnent plus de nouvelles à leur tour. Ça risque de jaser dans les chaumières.

- Que voulez-vous que je fasse ? Ils ne sont pas détenus. C'est un centre de rééducation, enfin non, de réinsertion, ce qui n'est pas du tout la même chose. Ce qu'ils font une fois à l'extérieur ne nous regarde plus. Ils partent, je signale cette fugue à la gendarmerie, point final. Et puis qu'est-ce qui vous fait penser qu'ils ne vont pas revenir ? Nous en avons eu qui sont partis jusqu'à près d'une semaine. Mais vous-même, qu'est-ce que vous comptez faire finalement ? Car le coup du reportage télé, ça ne va pas pouvoir tenir bien longtemps hein ? Vous m'avez parlé de malveillants qui semblent vouloir s'en prendre à Pilate par l'intermédiaire de notre centre, mais jusqu'à présent, à part la fugue de nos deux

pensionnaires, il n'y a rien à signaler. Si ces personnes avaient réussi à notre insu à soudoyer nos gamins pour qu'ils sèment la pagaille aux alentours, le bazar aurait sûrement déjà commencé. Vols, agressions, destructions, les conneries habituelles des délinquants de base, mais vous pouvez constater qu'il ne se passe rien.

- Heu... rien, rien ! La disparition des ados ce n'est tout de même pas rien. Imaginez que le bruit court que des pensionnaires de votre centre disparaissent régulièrement sans laisser de traces ? C'est pour le coup que les journalistes et la télé, vous allez les avoir pour de bon.

- Alors on fait quoi ? Vous faites quoi ?

- Je continue comme hier. Je fais croire aux gamins que je fais une répétition de l'émission de télé, je les interroge encore mine de rien et si c'est un échec je rentrerai sur Paris.

- Bien, bon travail et bonne chance. Mais je suis et resterais frustrée de ne pas avoir d'enregistrement de leurs réponses. A tout à l'heure pour le déjeuner.

Je m'éloigne en me disant qu'elle commence à se demander ce que je suis venu foutre ici en réalité. Ma présence la turlupine. Quant à moi j'ai peu à peu la conviction qu'elle ne me dit pas tout sur la disparition de ses locataires. J'ai eu l'impression de la perturber en lui parlant des deux premières fugues. Cette nuit comme je l'ai dit tout à l'heure, j'ai repensé aux réponses de Lucas. Une en particulier « Faut demander à Kali. C'est lui qui répare le tracteur quand il est en panne ». Ça m'a filé une idée. Comme je l'ai dit tout à l'heure j'ai éprouvé le besoin de me lever cette nuit, histoire d'aller prendre un peu l'air. J'ai erré un peu dans la cour. Je suis même passé tout à fait par hasard.... Si si cher (e) lecteur (euse), je te donne ma parole, tout à fait par hasard, devant le hangar du matériel, et quelque chose me dit que quand je suis retourné me coucher, le tracteur venait d'avoir un malaise. Malaise qui normalement, enfin je suppose, devrait nécessiter l'intervention de Kali. Ma présence à La Ruche étant désormais admise, personne n'est surpris de me voir aller et venir. Les portes grandes ouvertes m'invitent à entrer. Mon idée de la nuit était bonne. Kali est bien là, le nez dans le moteur du tracteur. Je me dirige vers lui.

- Salut. Alors c'est toi Kali, le super mécano du centre ? C'est une belle bête ce tracteur. Ça t'ennuie si on discute quelques minutes ?

- Discuter de quoi ?

- De la vie d'ici en général. Rien d'indiscret. Je pose toujours les mêmes questions à chacun d'entre vous. Si ça vous plaît d'être à La Ruche, si le boulot n'est pas trop dur, un peu tout quoi ! On peut s'asseoir si

tu veux. On peut s'asseoir dans la cabine du tracteur ?

- J'ai rien à dire. Faut que je répare cette vieille merde. C'est là hass !

- La hass ? Ça veut dire quoi la hass ?

- La misère quoi. La galère.

- Ah bon ? C'est vrai qu'il n'est pas tout jeune ton tracteur, qu'est-ce qu'il a ?

- Chéap....il a été niqué ! Sa race à ce bâtard qu'à fait ça. Ça me prend trop la tête.

- Je vais te faire gagner du temps. À ta place, je jetterai un oeil au delco ! À mon avis, les câbles du faisceau doivent avoir été inversés.

- Putain, c'est quoi ce zbeul, comment vous le savez ?

- Je sais parce que c'est moi qui l'ai foutu en panne. J'ai juste inversé l'ordre du branchement.

- Pourquoi vous m'avez fait ce prank ?

- Pour être sûr de te trouver ici ce matin, le pif sur ton moteur. Il fallait que je te parle, alors je l'ai mis en panne cette nuit et tu vois, ça a marché.

- La vie de ma mère, mais pour parler de quoi ?

- Des deux qui se sont fait la malle. Pas les derniers, ceux d'avant, paraît que c'étaient des potes à toi ? Tu ne trouves pas bizarre qu'ils aient disparu des radars ? Je te rassure tout de suite je ne suis pas flic, juste journaliste et je ne cite jamais mes sources. Je veux dire que je sais fermer ma gueule et que personne ne saura jamais que mes infos viennent de toi. Tu peux me parler sans crainte. Et si un jour t'es dans la merde, je pourrais même t'aider. On a beaucoup de relations chez les journalistes, on connaît beaucoup de monde. Tu ne veux pas m'aider à comprendre ce qui a pu leur arriver ?

- Pour eux, j'en sais rien cousin. Il y a juste un truc chelou, pour les deux potes que les condés recherchent.

- Tu veux parler des deux derniers ?

- Ouais. Les derniers. Mais je suis pas sûr !

- Dis toujours.

- C'est le jour où ils se sont cassés. Le matin avant le p'tit déj, Terminator et les matons nous ont demandé de fouiller partout pour les retrouver.

- Les matons ?

- Ben Ouais quoi... les éducateurs, les baltringues, les grands frères quoi ! Ils nous ont réunis dans la cour pour nous poser des questions. Il a fallu qu'on cherche partout pour essayer de les retrouver. Je suis venu ici, dans le garage. C'est le souk, mais c'est dead de se planquer. Y avait personne. Ma parole, personne.

- C'est quoi la grande cuve sur roues dans le fond ?

- C'est pour donner à boire aux bêtes. Y en a trois. On fout de la flotte dedans et on les pose dans les champs avec le tracteur. Celle-là, c'est la plus pourrave, elle sert pas souvent.

- Donc tu disais qu'il n'y avait personne. Et après ?

- Ben justement, j'avais cru entendre du bruit du côté de la cuve. Je me suis approché, mais non, j'entendais rien. C'était sûrement un rat. A ce moment-là, des igos sont arrivés dans le garage.

- Des igos, c'est quoi des igos ?

- Des amis quoi ! Des frères.

- Ok. Et alors ?

- Alors un maton est arrivé. Il nous a dit « vous voyez bien qu'ils sont pas là. Restez pas groupés, cherchez ailleurs ». On est sorti mais juste avant,

j'ai ramassé la chaîne de Minos. Elle était un peu enfoncée dans la terre comme si on avait marché dessus.

- Hé, mais attends, c'est hyper important ce que tu dis ! Elle est où cette chaîne ?

- Dans mes affaires. J'ai rien dit à personne.

- C'est qui Minos ? Qu'est-ce qui s'est passé après ?

- Minos c'est un des deux qui se sont fait la malle. Après, comme on n'avait rien trouvé, on est allé au petit déj et les hendecks sont arrivés.

- Les hendecks ?

- Ouais, les gendarmes, les condés, les flics quoi ! Ils nous ont aussi questionnés, ils ont fouillé un peu partout avant de se barrer.

- Ton histoire de chaîne trouvée près de la cuve plus le fait que tu ais cru entendre du bruit dans le secteur, moi ça m'interpelle. Comme tu dis, c'est chelou !

- Ouais, mais y a encore un truc. Pendant qu'ils étaient là, un maton est passé dans la cour au volant du tracteur. La cuve était accrochée derrière.

- Tu veux dire pendant que les gendarmes étaient là ?

- Ouais. Il est parti vers la sortie.

- Et ça arrive souvent qu'il sorte avec les cuves d'eau ?

- Non ! Celle-là elle est presque toujours au fond du garage.

- Tu l'as vu revenir ?

- Non, mais elle était à sa place le lendemain.

- Bon, ben je te laisse à ton boulot. Fais ce que je t'ai dit. Repositionne les câbles de bougie sur le delco. Ton tracteur il va repartir comme en quatorze.

Je quitte le garage avec un gros point d'interrogation. Voilà un gamin qui prétend avoir entendu du bruit en direction de la cuve, puis plus rien. Mais en quittant le hangar il repère et ramasse une chaîne ayant appartenu à l'un des deux déserteurs. Un peu plus tard, au nez et à la barbe des gendarmes, la cuve est attelée au tracteur et quitte le centre. Pour aller où et avec quoi à l'intérieur ? Avec quoi ou avec qui ? Je crois de moins en moins qu'il n'y ait pas de rapport entre ces différents éléments. Je crois même de plus en plus que les deux lascars se sont planqués dans l'abreuvoir à vaches, que l'un d'eux, le fameux Minos, a paumé sa chaîne en se glissant à l'intérieur et que la complicité d'un éducateur leur a permis de quitter le camp sans attirer l'attention de la maréchaussée. Quoi de plus normal qu'un tracteur à l'ouvrage dans une ferme ? Je retourne vers le garage. Kali a déjà le nez sur le delco.

- *Excuse-moi p'tit gars, mais tu m'as parlé d'un éducateur au volant du tracteur, tu peux me dire son nom ? Je te donne ma parole qu'il ne saura jamais que c'est toi qui m'as rencardé.*

- *C'est Géronimo. On l'appelle comme ça parce qu'il a une gueule d'apache.*

- *Il sait que vous lui avez donné ce surnom ?*

- *Ouais, mais il s'en balec. Ça lui plaît même.*

Bien. Ben voilà un nouveau personnage dans ma collection. C'est marrant comme je me suis pris au jeu dans la recherche d'indices concernant la disparition de deux morveux, dont finalement, je n'avais au départ strictement rien à foutre. Je débute avec un problème de documents chouravés chez un ex-ministre et me voilà à racoler des infos pour une enquête, qui ne me concerne absolument pas. D'un autre côté, faut bien que je justifie ma présence auprès de la mère Agathe. C'est marrant le destin. Je me barre de la région parisienne pour semer des mecs que finalement je voudrais bien retrouver. Je me planque dans cette ferme appartenant à la clique de Filii Dei, en demandant à Pilate de me trouver un prétexte bidon pour enquêter sur une fugue afin d'y résider officiellement quelques jours. La directrice du centre me fait passer pour un journaliste de la téloche afin de pouvoir interroger les pensionnaires et je plonge tête baissée dans le sac de noeuds, sans savoir finalement lequel je vais finir par dénouer. Bon, ben en attendant la réponse, je vais tenter de dialoguer avec le grand chef indien Géronimo.

Chapitre XVII

Au milieu des vaches qui ne me calculent même pas le cul sur le socle de l'abreuvoir, j'attends Géronimo. Au moment de quitter le réfectoire à la fin du déjeuner, je lui ai glissé un petit mot dans le creux de la main, l'invitant à venir me rejoindre pendant l'heure de la sieste pour une balade à travers la propriété. Il est facile à reconnaître, avec effectivement, un physique amérindien assez prononcé. J'espère qu'il va venir au rendez-vous. Va falloir la jouer fine. Pour lui, comme pour tout le monde, je suis là pour préparer mon reportage. Pas que j'aille lui filer des doutes avec des questions trop orientées. Son boulot d'éducateur m'incite à penser qu'au niveau cérébral, il doit comporter un peu plus de connexions que l'ensemble des demeurés dont il a la charge. C'est bon, le poisson a mordu. Je le vois qui s'approche. C'est lorsqu'il n'est plus qu'à deux mètres de moi, que mon téléphone m'interpelle. Tu avoueras que ce n'est pas de bol. Je fais un léger signe d'excuse vers Géronimo et je prends la communication. C'est Pilate.

- Bonjour Aubin, c'est Pilate. Alors ça se passe comment là-bas ? Je ne vous dérange pas trop ?

- Bonjour patron. Non tout va bien. Je vais être prêt pour le reportage. Tout le monde est bien disposé à jouer le jeu. Les jeunes sont accessibles, les éducateurs aussi, je vais d'ailleurs m'entretenir avec l'un d'eux, dans quelques minutes. De votre côté vous débarquez quand ? Allô ? Allô ? Merde, on a été coupés !

Evidemment qu'on a été coupés ! C'est moi qui ai interrompu la fausse discussion, avec mon faux patron, de la fausse chaîne TV. Il doit faire une drôle de trombine le Pilate, dans sa boulangerie. Mais que faire d'autre ? J'espère qu'il aura compris.
Je me lève et fais face à l'éducateur. Il me dépasse d'une bonne tête.

- Excusez-moi c'était le patron de la chaîne. Il veut savoir si tout se présente bien. Toujours une petite inquiétude avec ce genre de reportage sensible. J'ai souhaité vous parler tranquillement puisque vous êtes un des responsables du centre.

- Qu'est-ce que vous voulez que je vous dise ?

- On peut peut-être discuter en se promenant ? Je suppose que vos jeunes vous ont branchés sur les entretiens que j'ai eus avec eux ?

- Oui un peu. Surtout que, apparemment, vous questionnez beaucoup sur la disparition de Miros et de Jamel.

- Ben, ça me paraît un peu normal. J'arrive juste au moment où deux de vos pensionnaires se font la malle. Difficile de ne pas aborder le sujet. Je ne vois pas comment on va pouvoir éviter d'en parler le jour du tournage. C'est un reportage sur un centre de réinsertion.

- Je ne sais pas quoi vous dire. Je suis au centre depuis sa création, j'ai été choisi par la direction et, en général, ça fonctionne plutôt bien. Il y a des cas plus ou moins difficiles, mais on arrive toujours à gérer les problèmes.

- Il y a quand même des échecs, des irrécupérables ?

- Oui, mais pas beaucoup. La plupart veulent vraiment s'en sortir.

- À votre avis, puisque c'est un centre libre, pourquoi certains se barrent sans rien dire ? C'est un peu con

franchement ! Ils n'avaient qu'à demander de quitter la ferme, pour une raison ou une autre.

- Vous savez, ce sont des gamins qui depuis l'enfance sont confrontés aux juges et aux flics. S'ils demandent à quitter la ferme, on va encore leur poser des tas de questions. La porte est ouverte, ils partent et c'est tout. D'ailleurs, en général, ils reviennent après quelques jours.

- Oui, comme vous dites, en général. Sauf les deux derniers.

- Ça fait cinq jours qu'ils sont partis, si ça se trouve ce soir ils seront là. C'est arrivé plusieurs fois, je viens de vous le dire.

- Oui, vous avez raison, et puis moi, je ne suis pas là pour faire le boulot de la gendarmerie. Mais vous, sans indiscrétion, votre parcours pour finir éducateur, c'est quoi ? On va vous poser la question le jour du tournage.

- Un parcours classique. Je suis né dans une cité, j'ai connu tout ce qui la compose. Le manque de fric, la surpopulation, la cohabitation avec des gens peu recommandables, les petits coups foireux, les premières interpellations, les petites condamnations, tout ça quoi ! Mais un jour, j'ai été contacté à cause de ma taille pour jouer au basket, une équipe créée par des curés dans le neuf trois.

- Des curés ! Vous êtes chrétien ?

- Je ne suis rien du tout. J'ai dit oui pour me barrer de ma cité de merde. On allait en bus à droite à gauche. Ils ne m'ont jamais emmerdé avec leurs conneries religieuses. J'avais dix-sept ans. Il y a un peu plus de trois ans, ils m'ont demandé si je serais intéressé pour encadrer des jeunes sortis de taule et volontaires pour rejoindre un centre de réinsertion. J'allais être payé, nourri, et logé. J'ai donc encore dit oui. Et voilà.

- C'est un curé qui vous a fait cette proposition ?

- Non ! Un président d'association. La LLT.

- Monsieur Ivan Drésamaire ?

- Oui, c'est lui. Mais il n'était pas seul. Il y avait aussi deux autres personnes, dont j'ignore les noms. Ça s'est décidé très vite.

- Et vous avez atterri ici, à Fépachié-le-Bonome !

- Oui. Et tout va bien. Personne ne vient nous emmerder. Ça roule.

- À propos de rouler, c'est vous qui êtes chauffeur du tracteur ? Je crois vous avoir vu dessus il y a quelques jours !

- Ça dépend, mais oui, c'est souvent moi, effectivement. Pourquoi ? C'est important ?

- Oh non, simple curiosité. Il sert à quoi ce tracteur ? Il y a peu de cultures à la ferme, surtout des animaux.

- Il sert un peu à tout. Labourer le jardin, tracter du matériel, comme les réservoirs d'eau pour les bêtes, un peu tout quoi !

- Il vous arrive de quitter la ferme avec ?

Là, je viens d'abattre une carte maîtresse. Par elle, tout peut basculer. Mon chef indien marque un temps d'arrêt. Je viens de jouer mon As. Je ne sais pas lequel, de coeur si Géronimo m'a à la bonne, de trèfle s'il a quatre feuilles, de carreau si je peux toujours voir à travers, de pic si c'est foutu ! Je m'en veux déjà d'avoir posé cette question alors que nous ne venons que de faire connaissance. Surtout que logiquement elle n'a rien à voir avec l'objet de ma présence ici. Grosse envie de me botter le cul. J'en appelle à Saint Lagaffe, patron des connards. Le silence semble interminable. Depuis le début, je piétine dans l'enquête qui m'a été confiée, donc qui me concerne, je fais conneries sur conneries et je merdouille dans celle qui ne me concerne pas. Putain, nous venons de faire quatre pas en silence. C'est long quatre pas. J'avance pour le cinquième lorsque… ouf !

- Oui. Quelques fois. Il y a un papy à trois kilomètres, un ancien entrepreneur de transport. Il vit seul dans une vieille cambuse. Il a deux ou trois poules, un ou deux lapins, et un bout de terrain, qu'il n'a même plus la force de cultiver. Alors, par compassion, Madame Agathe Acristi nous envoie lui remplir un réservoir d'eau d'environ trois cents litres installé dans le jardin. Ca lui évite de porter des arrosoirs trop lourds depuis la maison.

- Et la dernière fois, c'était il y a longtemps ?

- Pourquoi ? C'est important pour votre reportage ?

- Oui. Enfin moi, je trouve que oui. Que d'anciens délinquants prennent soin d'un grand-père, ça peut toucher du monde. Moi en tout cas, perso, je trouve ça super !

Ouf ! J'ai réussi à rattraper le coup. Lui aussi d'ailleurs, parce qu'on ne m'enlèvera pas de l'idée que ma question au sujet d'éventuelles sorties du tracteur l'avait pris de court. Il lui a fallu quelques secondes pour trouver une réponse. Cela dit, elle est très plausible. Ce qui reste à savoir, c'est ce que contenait la cuve, de l'eau ou deux évadés ?

- La dernière fois, c'était le jour ou Minos et Jamel ont disparus du centre. La livraison était prévue depuis la veille.

- C'est étonnant que les gendarmes n'aient pas contrôlé ce qu'il y avait dans le réservoir, non ?

- Vous croyez peut-être que les deux gars s'étaient planqués à l'intérieur ? En ce cas je les aurais forcément découverts en arrivant chez le vieux, vous ne croyez pas ?

- Oui évidemment. Par moments, je manque un peu de réflexion. Sinon, vous ne voyez rien de particulier qui pourrait être dit dans le cadre de l'émission ?

- C'est vous le journaliste. Posez vos questions, tout le monde vous répondra. Par contre, évitez de leur demander pourquoi ils sont allés en taule. Pas la peine de les piéger devant une caméra.

- Ah mais, il n'est pas question de les piéger. Ils répondront ce qu'ils voudront. De plus, si tout par hasard, il y avait des dérapages, ils seraient supprimés au montage.

- En fait vous voulez qu'on parle de quoi ? De moi, des jeunes, du boulot, du centre ? Parce que là, jusqu'à présent, on a parlé que des deux qui se sont barrés !

- Non, c'est bon ! Vous m'avez parlé de vous en tant qu'éducateur, un peu des occupants, non, pour moi c'est bon. Je vais continuer à préparer l'émission. Merci pour cette petite balade. Je vais retourner au

bureau. Ah si ! Encore une question. Elle est un peu perso, mais je garderai la réponse pour moi. Terminator, comme disent vos protégés, vous en pensez quoi ? Comment elle se comporte avec vous et les jeunes ? Parce que pour la surnommer Terminator, elle ne doit pas être très facile ?

- Avec le personnel, pas de soucis tant qu'il reste à sa place. Il y a l'administration, l'encadrement, et les volontaires. Pour eux en revanche, elle ne fait pas de cadeaux et c'est bien comme ça. Ils la craignent. Si, au niveau des éducateurs nous avons des problèmes avec un ou plusieurs candidats, nous devons rester dans nos limites et lui rapporter la situation. En cas de conflits vraiment ingérables, c'est elle qui intervient. Aucun de nos gamins ne lui fait peur. Je l'ai vu empoigner quelques fortes têtes pour les conduire jusqu'au bureau. Leurs baskets touchaient à peine le sol. En général, ceux-là, on ne les revoit pas. C'est transmis plus haut et ça dégage. Mais franchement, c'est très rare.

- Elle ne les fout pas quand même pas dehors comme ça, si ?

- Bien sûr que non ! Ils sont remis à la gendarmerie, qui les emmène vers leur destin. Nous, on n'entend plus parler d'eux.

- Et bien, encore merci pour cette discussion. Je vous laisse à vos activités. Je remonte jusqu'à l'administration.

Géronimo s'éloigne vers le secteur plantation. Quant à moi, j'ai très envie d'aller inspecter un peu la fameuse cuve réformée. Elle a peut-être des choses à me raconter. Ah c'est vrai, il faut que je rappelle Pilate à la boulangerie. C'est le cousin qui décroche.

- Oui bonjour, c'est Aubin. Pilate est encore chez vous ?

- Oui, il attend. Je vous le passe.

- Bonjour mon père. Désolé pour tout à l'heure. Vous aviez compris que je ne pouvais pas parler ?

- Ça m'a un peu surpris sur le moment, mais effectivement, j'ai compris. Alors, vous en êtes où ? Vous rentrez sur paris ?

- Non ! Finalement, pas tout de suite. A force de faire semblant de m'intéresser à la vie du centre, j'ai peut-être levé un lièvre dans l'affaire des disparitions. Je vais rester encore un ou deux jours, pour m'assurer d'une chose. Je ne vous dis rien au téléphone, mais je vous promets de vous informer en priorité si mes soupçons sont fondés.

- Quoi, quoi ! Quels soupçons ? Soupçons de quoi ? Dites-moi au moins un minimum, s'il vous plaît !

- Et bien le minimum, c'est que je crois avoir compris pourquoi leur disparition n'apparaît pas sur les vidéos. Il se pourrait même qu'ils aient profité d'une complicité interne. Ne m'en demandez pas plus pour le moment. Je vous tiendrai informé.

- Quoi ? Mais attendez ! Quelle complicité ? De qui ? Parlez bordel de Dieu !

- Non ! Je vous en ai déjà trop dit. Je vous promets, je vous rappellerai si j'en ai confirmation. Ne parlez de rien à Jean Néchié.

Et clac ! Je coupe la communication. Bizarre l'affolement du Pilate. Je veux bien que mon propos l'ait interpellé mais il m'a donné l'impression d'une angoisse soudaine sur une info inattendue. C'est quoi ce merdier ?

Chapitre XVIII

C'est aujourd'hui que la décision de retour sur Paris doit être prise. Je ne peux plus faire croire un jour de plus que la télé va débarquer. Je dois, soit confirmer mes soupçons dans la disparition de Minos et de Jamel et les transmettre à la gendarmerie, soit laissez tomber cette histoire qui ne me concerne pas, ramasser mes billes et quitter le centre de réinsertion. J'ai un autre dossier en attente qui, lui, me concerne. Quoi qu'il se passe dans la journée, demain matin à l'aube, retour sur la capitale. J'en suis là de mes décisions irrévocables, lorsqu'Agathe Acristi pousse la porte de mon bureau.

- Toujours à préparer cette fausse émission ?

- Non ! Je crois que nous avons assez mené ces gamins en bateau. Non, je me prépare à repartir sur Paris demain matin.

- Ah bon ? Mais sur la fuite de nos jeunes gens, vous n'avez rien de nouveau ?

- Non... Le mystère reste entier. Personne n'a rien vu rien entendu. Cependant, j'ai appris une chose inattendue, c'est que nos recrues apportent une aide logistique à un vieux bonhomme. Une livraison d'eau pour son jardin. C'est vraiment très sympathique de votre part. Rien que ça, ça mériterait un reportage.

- Merci ! Mais franchement, ce n'est pas grand-chose.

- De la part d'anciens délinquants, moi je trouve ça plutôt étonnant.

- Ils n'y sont pour rien. C'est une décision personnelle, et seul un de nos éducateurs s'occupe de cette livraison quand c'est nécessaire, pas de quoi en faire un fromage. Donc vous nous quittez demain ?

- Oui. Si les lascars qui font des misères à Pilate avaient dû agir, je pense que ce serait déjà fait. Alors, même si l'endroit est agréable et reposant, je dois poursuivre l'enquête qui m'a été confiée. Reconnaissez qu'il ne se passe absolument rien

d'anormal ici. Sauf bien sûr la fuite de vos deux garnements. Je laisse ce boulot aux gendarmes. Je vais passer cette dernière journée à me balader dans le coin. Je vous laisserai une charge bien peu sympa en vous quittant à l'aube. Celle d'annoncer à vos pensionnaires que l'émission n'aura pas lieu, que le tournage est abandonné. Vous trouverez sûrement une bonne raison. Qu'avec la fuite inattendue de leurs copains, vous devez reporter par exemple !

- Oh oui, je trouverai. Vous avez prévenu Pilate ?

- Pas encore, je le ferai ce soir. Il n'y a pas d'urgence. Je vous rends votre ordi et tout le reste. Il faut détruire le faux dossier de la fausse émission. Je vous remercie encore pour votre accueil. Je vais aller me balader un peu sur les terres, parmi le bétail, avant de retrouver l'enfer parisien. Il se peut que je déjeune à l'hôtel ce midi. Je partagerai donc un dernier dîner ce soir, ici, avec tout le monde.

- Comme il vous plaira. Et bien bonne journée à vous.

Je suppose cher (e) lecteur (euse), que tu te demandes pourquoi j'ai menti au sujet du coup de téléphone à Pilate ? Je n'en sais rien. Une de mes intuitions habituelles. Je lui annonce à elle que je mets les voiles demain et à lui que je reste encore un ou deux jours, car j'ai découvert un truc bizarre au sujet de l'escapade des deux minos. Il y a de quoi les interpeller l'un comme l'autre non ? Chacun d'eux va se dire que je lui cache quelque chose d'une importance peut être capitale. Alors non ! Jusqu'à ce soir, il faut éviter qu'ils entrent en communication. Je suppose que lui va attendre mon appel et que Madame va patienter jusqu'à voir les plaques arrière de ma bagnole franchir définitivement le portail du centre. Évidemment, il se peut que je me gourre totalement et que l'un des deux contacte l'autre. Alors là, c'est sûr il faudra être inventif pour noyer le poisson. Je mise sur mon instinct qui me dit qu'ils vont patienter chacun dans leur coin. Inch Allah ! J'ai une petite idée dans la tête. Je vais aller jeter un oeil du côté de la masure du papy. Il y a un lien direct entre lui et le centre, et ce lien c'est la cuve de flotte. Va te voir pourquoi, mais je suis sûr d'avoir ouvert une brèche dans la fortification. Une toute petite brèche, mais je vais m'y glisser. Ce n'est pas loin, trois kilomètres il a dit l'éducateur. Aller, c'est parti. Je sors de la ferme. Ça ne peut pas être à droite puisqu'à droite, c'est Petzouille-Les-Eaux et qu'il n'y a pas de masure de ce côté. S'il y avait, je l'aurais forcément remarquée. C'est donc à gauche. Je roule peinard et j'observe, je scrute, j'épie, je mate. J'ai bien fait les trois Kils, lorsque je vois un chemin de terre sur ma droite. Je ralentis, au fond là-bas, à quelques centaines de mètres, une vieille ferme à demi délabrée. Ce doit être ça. Seulement pour la discrétion, t'as le bonjour. Le papy, il va me voir arriver. Va falloir improviser. Quelques ornières plus loin, je débouche dans une cour de ferme classique.

Un poulailler ouvert, des poules qui fouillent et grattent, quelques clapiers à lapins avec des lapins, du vieux matos rouillé ici et là, un puits qui, jadis, a dû contenir de l'eau, un tas de fumier inaccessible sans des bottes de sept lieues, mais surtout un vieux camion-citerne qui comporte encore le logo du propriétaire « Transports Marcel Devélo ». Quelque chose m'interpelle sur ce camion, mais je ne sais pas quoi. Je descends et je toque à la porte. J'entends un feulement, elle s'ouvre. Si c'est lui le papy, ça me conforte dans mon idée. Le papy en question, il n'a pas plus de cinquante balais et me semble particulièrement en forme.

- Excusez-moi monsieur. Je suis un peu paumé. Je cherche le centre La Ruche. On m'a dit que c'était dans le coin ?

- Oui, c'est à trois kilomètres, sur votre droite. Vous ne pouvez pas le rater.

- Merci. Désolé pour le dérangement. Et bien dites donc, vous êtes plutôt tranquille ici. C'est pas le bruit qui doit beaucoup vous déranger ? Vous faites du transport ? C'est vous monsieur Devélo ?

- Oui !

Pas bavard le Marcel Devélo. Le peu de temps que je passe en sa compagnie me permet cependant de comprendre ce qui m'a interpellé avec son camion.

C'est son apparence. Tout est pourri dans la ferme sauf le camion, lui il est vieux mais en parfait état. Un camion- citerne en parfait état, si tu vois ce que je veux dire. Tu ne m'enlèveras pas de l'idée que le lien avec la ferme et le centre La Ruche n'a rien à voir avec une simple livraison de flotte. Je tente une diversion.

- Ah, excusez-moi encore. Je vais au centre La Ruche, pour une histoire de disparition de gamins. Je suppose que les gendarmes vous ont déjà posé la question, mais vous n'avez rien vu ou entendu de particulier dans votre secteur ?

- Pourquoi vous êtes flic ?

- Non, pas vraiment, juste enquêteur. On m'a demandé de filer un petit coup de pouce à la gendarmerie. Avec ce genre d'individus dans la nature, il faut rester prudent et vigilant.

- Non je n'ai vu personne. S'ils se sont barrés, ce n'est sûrement pas pour rester dans le coin. Quoi qu'il en soit, si ces petits connards devaient venir me faire chier, j'ai de quoi les accueillir et même les reconduire à La Ruche. Je suis chasseur. Je ne chasse que le gros. Les lapins je les élève, et la volaille aussi.

- Ah oui, je vois ! Bon, et bien encore merci. Bonne journée.

N'ayant plus rien à faire ici, je remonte dans mon véhicule et je rejoins la route. J'ai dit à Agathe que je passerai la journée dehors. Alors je vais aller perdre un peu de temps devant un verre à l'hôtel. Prendre un peu la température. Une vingtaine de minutes plus tard, je me gare sur le parking. Tiens donc, le véhicule de la gendarmerie y est stationné. Je m'en fous, j'y vais. Je n'ai rien à me reprocher.

- Hé, bonjour Messieurs !

- Ah tiens, voilà monsieur Sherlock Holme ! Alors, toujours dans le coin ?

- Et oui ! Je repars demain. Et de votre côté, rien sur vos deux délinquants ?

- Non ! Nous comptons sur vous pour nous fournir de nouvelles infos ! C'est bon je plaisante. Vos démarches à vous ça avance ? Elle va être contente Madame la ministre ?

- Très franchement non. Il n'y a plus rien pour moi ici. C'est pour ça que je remonte sur Paris demain matin. Je suis venu déjeuner une dernière fois ici, au calme. Je peux vous offrir quelque chose ?

- Non merci. On repart. Bonne route demain.

On se serre la pogne. Je m'installe à une table. Mon aubergiste semble content de me voir. Il me propose un apéro, j'accepte. Il prend place à côté de moi, nous parlons de tout et de rien. J'avale mon repas en prenant mon temps. Après mon café, je décide d'aller encore perdre un peu de temps au bord du plan d'eau. Quelques poiscailles tentent toujours de décoller. Les libellules leur font un doigt d'honneur. Quelques-unes servent de plat du jour à la faune sous-marine. Rien de plus naturel quoi ! J'ai dit à Agathe que je dînerai ce soir à la ruche, je vais donc de ce pas rejoindre le parking. Je roule depuis moins de cinq minutes, quand mon troisième oeil, mon rétro, me dit fais gaffe, t'as un suspect à l'arrière. Je n'ai pas dit suce pet, pas confondre ! Il se peut que je me goure, mais tout en faisant comme si de rien n'était, je surveille quand même. J'arrive à La Ruche, je mets le clignotant, j'entre, je gagne les emplacements administratifs, et j'attends. Cinq minutes. C'est très long cinq minutes. Mais voilà la preuve que mon rétro avait raison. Au volant de cette suiveuse, devine c'est qui ? Géronimo ! Il se gare, descend, s'empare d'un sac de supermarché, et l'air décontracté, il regagne ses pénates. Ce qu'il n'a pas compris le chef indien, c'est qu'il a à faire à Aubin. Et Aubin, il ne faut pas le prendre pour une courge. En faisant la connerie de me filer le train, l'éducateur me confirme que j'ai mis un pied dans la fourmilière. Ok, je repars demain, mais avant, je vais rédiger un petit rapport sur mes déductions et allez le déposer demain dans la boîte à lettres d'un certain gendarme. Après ils en feront ce qu'ils voudront. Je gagne ma chambre sous les combles, et j'écris, j'écris, j'écris.

L'heure du dîner est en approche, je décide d'aller retrouver Agathe Acristi à l'administration.

- Ah Aubin, alors toujours demain le départ ? Vous allez nous manquer. Toujours rien de nouveau ?

- Non que pourrait-il y avoir de nouveau ?

- Je ne sais pas, mais j'ai été informée que vous aviez pris un verre avec les gendarmes ce midi ?

- Ah oui, mais rien à voir avec ce qui nous préoccupe. Je suis juste allé à l'hôtel pour déjeuner, dire au revoir au taulier et la maréchaussée était présente. Nous avons pu trinquer ensemble et juste échanger quelques mots, rien de plus. Si j'avais du nouveau, vous en seriez la première informée, n'en doutez pas.

Elle secoue la tête dans un mouvement significatif du genre « Ah oui d'accord ». Mais moi en revanche, sa remarque, je l'ai prise en pleine poire. Elle a tellement de doutes en ce qui me concerne que j'ai probablement été filé toute la journée. Ma visite chez Marcel Devélo a probablement été rapportée. Depuis le début, je me comporte comme un débutant. Cela dit, je m'en fous. Je me casse demain et je reprends l'enquête qui me concerne. Nous verrons bien comment. Adieu La Ruche ! Nous dînons comme si de rien n'était. Géronimo ne me calcule même pas. Fin du repas, salut la compagnie, Je grimpe dans le grenier. Voilà, je suis prêt à mon grand retour parisien. Ah, une dernière chose ! Je vais tout de même aller prendre un peu l'air du côté du garage. Discrètement évidemment. Juste envie de faire passer un scanner à la cuve. Mais attention à bien surveiller mes arrières. Je sors, je fais quelques pas dans la cour quelques mouvements d'extension, je fais le pitre quoi ! Je donne le change au cas où. Tout est calme. Je ne repère rien de suspect. Un renfoncement bien noir, je m'y planque un instant. Toujours le grand calme. C'est cependant par un grand crochet que je me glisse jusqu'au garage. Je reste encore un bon moment planqué, je distingue la baladeuse de Kali, m'en empare et, sans l'allumer pour le moment, je grimpe sur la cuve. Je soulève un couvercle, allume la baladeuse et la fait glisser à l'intérieur. C'est drôle, je plonge brutalement dans le noir absolu. Je ne suis plus connecté. Plus de réseau. Même pas eu le temps d'avoir mal au crâne !

Chapitre XIX

Je dois être à la gare TGV ou à l'aéroport de Fépachié-le-Bonome. Peut-être dans la soute d'un avion au décollage. Un bruit d'enfer me traverse le crâne. Je suis complètement raplapla. Grosse fatigue. J'ouvre les yeux. C'est apparemment la nuit. Une nuit sans lune, sans étoile, pour tout dire, il fait aussi noir que dans le cul d'un migra... Stop ! Tu allais dire une connerie Aubin. On ne dit plus de choses comme ça de nos jours, même pour résumer un état de fait, on dit « Oh mon Dieu, comme la nuit est épaisse ce soir ! ». C'est plus élégant et tu ne risques pas d'être poursuivi par « SOS trouduc ». Faut faire gaffe à tout ce qu'on dit, tout ce qu'on prononce par habitude. Tu as vite fait de te faire botter le cul. Ah ben tiens, puisque nous en sommes parvenus aux fondements, si j'ose dire, de l'anatomie humaine... Ben si hein ! « Trouduc et cul » j'interromps mon récit pour une petite page de pub comme à la télé. « Cul fendu ? Lézardé ? Va chez…Cagarnus ! Carganus répare, Carganus remplace ». Tu auras même un rouleau de PQ connecté, en cadeau. Bien, revenons-en à nos moutons. Moutons que je n'ai pas eu besoin de compter pour m'endormir lorsque j'ai mis le nez dans la cuve. Rien vu ni entendu venir dit donc. Un éclair, que dit-je ? Un flash, et salut les copains. Réveillez-moi vers cinq heures, faut que je reparte sur Paris. Bien qu'aucun réveil n'ait sonné, me voici de retour dans le monde des vivants. Où suis-je ? Quelle heure peut-il bien être ? Le mieux pour le savoir, c'est de jeter un oeil à ma montre, elle est lumineuse. Je pige illico que ce mouvement ne sera pas possible dans l'immédiat. J'ai les mains menottées dans le dos. C'est quoi ce pataquès ? Voyons, même si je suis encore vaseux, j'essaie de piger la situation. Ça me revient peu à peu. J'entre dans le garage, personne ne me suit, je me dirige vers l'outillage du mécano, je m'empare de la baladeuse que je n'allume que lorsque je la fais descendre dans le réservoir, et aussitôt paf ! Aux abonnés absents le Aubin. Après ? Ben après, c'est maintenant. Et maintenant, j'ignore où je suis et depuis combien de temps. Il fait noir comme dans le cul d'un nèg... Oh putain, j'allais remettre ça ! Il fait noir donc, et j'ai les pognes attachées dans le dos. Cette fois, je n'ai plus le moindre doute. J'ai mis le nez là où il ne fallait pas. Bien que n'ayant abouti à rien de concret, le peu que j'ai remué a mis en alerte rouge les narines des responsables ou des complices de la disparition des deux loubards. Je constate que j'avais raison. Les apiculteurs de La Ruche ne sont pas là pour récolter du miel. Bien ! Maintenant, comment je sors de là ? Depuis combien de temps je suis immobilisé dans les ténèbres ? D'ailleurs, je suis où et dans quoi ? La cuve, une cave, une cellule, un cul de basse fosse ? Je suis sur du mou, je racle avec les doigts. C'est quoi ce truc-là ? A mon avis, c'est de la paille. Une couche de paille. Ils ne m'ont quand même pas foutu à l'étable avec les vaches ? Non je ne pense pas, l'odeur d'une étable est particulière et dans le cas présent, pas d'odeur. Le boucan qui m'a ébranlé le crâne en reprenant mes esprits a laissé la place à un ronronnement permanent un peu lointain. Tiens, il me semble que je ne suis pas seul. Tiens, ça gémit non loin de moi, je tente une question.

- *Ya ek in ?*

Ben quoi ? V'là que je peux plus parler dit donc. Ah, ok. Je pige illico que j'ai un bâillon sur la bouche. Je ne l'avais même pas encore senti, pas plus que je n'ai senti que j'ai un masque sur les yeux. La totale quoi ! Pas étonnant que je n'ai pas eu de réponse à ma question qui était simple *« Il y a quelqu'un ? »*. J'en déduis que s'il y a effectivement quelqu'un, il doit être lui aussi ficelé et bâillonné. Bon, il ne me reste qu'à attendre. Il va bien finir par se passer quelque chose, le temps passe bien lui ! Ça ronronne toujours. Je pique un roupillon, me réveille, roupille encore, me réveille, je commence à avoir soif. Fait chaud ici ! Ah, cette fois c'est sûr ! Il y a une présence à côté. Ça bouge. Un bruit de verrou ou de chaînes, je ne sais pas, je ne suis sûr de rien. Une porte s'ouvre. Ça marche sur la paille. Un pied me percute légèrement. Je me redresse quand une voix m'interpelle.

- *Allez, on se réveille là-dedans, le farniente, c'est terminé !*

Une main me restitue la vue. Il me faut un moment pour m'adapter à la lumière du couloir. Des parois métalliques nous entourent. Je dis « nous » car nous sommes trois, dans un réduit d'environ douze mètres carrés au sol tapissé de paille. Aucune ouverture sur l'extérieur en dehors de la porte.

- *Aller, dehors ! Sortez de là. Suivez- nous.*

Pas le temps de poser de questions. Pas le temps, pas envie, toujours bâillonné et encore trop vaseux. Un peu dans le coltard. Les deux autres ne valent pas mieux. Trois zombies évacuent la cellule. Je crois que je pige ou nous sommes, à fond de cale dans un bateau, d'où le ronronnement permanent, celui des moteurs. Nous longeons le couloir, grimpons un escalier de ferraille pour aboutir à l'espace réservé au chargement du cargo. Car vu le gigantisme de l'espace en question, il ne peut s'agir que d'un cargo. Putain, mais je suis où là ? Nous sommes où ? Un grand carré de ciel apparaît au-dessus de nous. Un bras de grue me fait comprendre que nous sommes parvenus dans un port, mais lequel ?

- *Vous deux-là, entrez ici !*

Mes deux compagnons d'infortune, toujours bâillonnés, sont poussés dans une pièce où j'ai juste le temps d'apercevoir quelques meubles, tables, chaises, un carré de repos pour les marins peut-être ?

- *Toi, tu prends le monte-charge.*

Je ne demande toujours rien. J'obéis c'est tout. L'ascenseur nous élève vers le pont supérieur. J'émerge au soleil. Beau temps, mer calme, ciel bleu, légère brise. Un vrai temps de croisière. Là-haut, c'est le poste de pilotage. Immense, vitré comme la pyramide du Louvre. Nous suivons une coursive le long du bastingage.

- *Aller, entre ici, assieds- toi.*

Rien de comparable à la cellule où j'ai repris connaissance. Je pose mon derche sur une chaise devant une grande table de bois sur laquelle un repas m'attend. Pain, pinard, poisson, riz, fromage. Le grand luxe ! Tu vas me dire que bouffer tout ça, bâillonné et les mains attachées dans le dos, ça ne va pas être facile. Alors, je te répondrai que mon accompagnateur me libère de ces entraves, et que donc, je peux attaquer. Je n'ai toujours pas envie de poser la moindre question. D'abord, parce que je sais que ce mec-là n'est qu'un larbin sans la moindre autorité, ensuite parce que j'avais la dalle et que ma priorité c'est de ravitailler mon estomac qui ne demande qu'à faire le plein. Je bouffe en silence, mais je gamberge. Quelque chose me dit que les deux minus embarqués avec moi sont les deux pseudo-évadés de La Ruche. Je miserais là-dessus, à quatre-vingt-dix-neuf pour cent. Cette fois, je suis bien loin de l'affaire des documents volés chez l'ex-ministre. Ne maîtrisant plus la situation, j'attends simplement la suite. La voilà précisément qui se présente. Le gugus qui me surveillait quitte la pièce pour laisser la place à une gravure de mode masculine des années cinquante. Costard noir à rayures, chemise blanche, cravetouse et pompes vernies. Une montre de chez Pastèque et Philippe, une bagouse de chez VanClebs et Archipel complètent le personnage. Il s'invite à ma table, sans que je ne le lui propose.

- Bien ! Vous êtes rassasié ? Nous allons donc pouvoir faire le point. Je me présente. Je suis monsieur César Ticho, un des lieutenants de monsieur Sharam Shaham. Vous avez entendu parler de lui ?

- Sans plus. Il semblerait que ce monsieur ait la main mise sur la distribution du Smart drugs, une drogue censée implanter des neurones dans le cerveau des crétins ? Mais en quoi ça me concerne ?

- Distribution et fabrication. Mais ça, ce n'est qu'une partie de ses activités. Vous avez mis les pieds sur ses plates-bandes en débarquant à La Ruche. Vous auriez pu vous éviter des ennuis en vous contentant de rechercher les voyous qui ont volé les documents chez monsieur Jean Néchié. C'est une affaire qui ne concerne absolument pas monsieur Sharam Sharam. Il ne va pas aller s'abaisser à un minable chantage pour rafler deux misérables millions d'euros ! Alors à présent, vous allez me dire pourquoi vous êtes venu fourrer votre pif à La Ruche ?

- Et bien mon passage à La Ruche n'était pas du tout au programme. Lorsque Jean Néchié ma confié la mission, qu'apparemment vous connaissez, je n'avais qu'un seul but. Retrouver le, ou les, auteurs du vol des documents. Seulement, j'ai assez vite eu des ennemis derrière les talons. Des varlopes qui n'ont pas hésité à faire cramer ma bagnole. Une Yamasaki bi-turbo. Un bijou de technologi, qui m'avait coûté un bras, pour me faire comprendre que je devais lâcher l'affaire. Avec moi ce genre de procédé fait l'effet inverse. Ils m'ont foutu la haine et je n'avais plus qu'une idée fixe, les trouver et leur faire payer leur intervention incendiaire. Seulement j'ai agi sur le coup de l'émotion et j'ai fait une connerie. J'ai fait en sorte de les perdre en route au lieu de les piéger pour qu'ils me conduisent à leur patron. D'où ma fuite à Fépachié-le-Bonome. Sur place, grâce à l'intervention d'un curé, le père

Hitoine, copain de Néchié, j'ai pu passer quelques jours en faisant croire à Agathe Acristi que les voleurs de documents voulaient venir foutre le bordel dans le centre afin de le discréditer aux yeux de la population. Pour justifier ma présence auprès des jeunes volontaires, nous avons, sur une idée de Mme Cristi, fait croire aux résidents que j'étais un journaliste qui venait préparer un reportage sur le centre. Seulement pas de bol, je suis arrivé le lendemain de la disparition de deux locataires. La suite vous la connaissez. À quelques heures près, je repartais et j'oubliais La Ruche !

- En laissant un courrier destiné à la gendarmerie avec le détail de vos doutes et certitudes au sujet de la disparition des deux petits cons !

- Oui ! Et finalement sur place, en questionnant les jeunes sur les raisons qui les avaient poussés à être candidat à la réinsertion, j'ai obtenu des infos étonnantes. Que ce n'était pas la première fois que d'autres étaient aussi partis sans jamais plus avoir donné de nouvelles. J'ai donc commencé à m'intéresser à ces mystérieuses disparitions. En seulement deux jours, j'ai eu l'intime conviction que ces gamins avaient profité d'une complicité pour se barrer sans être vus, ou encore, pour avoir été purement et simplement kidnappés. Je sais aujourd'hui que c'était le cas. Comme je sais que ces gamins sont ceux qui étaient enfermés dans la cale

de votre cargo avec moi. A ce propos, nous sommes où précisément ?

- À Marseille. Bientôt en route pour la Colombie.

- Qu'est-ce que vous voulez que j'aille foutre en Colombie ? Et les deux gamins, ils partent aussi la-bas ?

- Oui ! En ce qui vous concerne, vous en savez beaucoup trop à présent. Nous pourrions vous balancer dans un sac plastique en pleine mer, mais la disparition d'un détective qui fricote toujours avec les stars de la République ferait un peu trop de remous. Vous allez donc nous accompagner et garder le contact avec vos clients en leur donnant régulièrement des nouvelles. Nouvelles, que nous nous chargerons de leur faire parvenir à votre place, évidemment. Disons que votre enquête vous aura obligé à quitter la France quelque temps. Quant aux deux lascars qui vous accompagnent, ils vont être invités à travailler pour le compte de monsieur Sharam Sharam. Contrairement à vous, ces deux-là, personne ne se souciera de leur sort !

- Les familles peut-être, non ?

- Les familles ? Et bien si elles s'étaient occupées correctement de leurs rejetons, ils n'auraient pas fini à La Ruche.

- Quand vous dites travailler ça veut dire quoi ?

- Bon, je vais vous exposer la situation, le plus simplement possible. Filii Dei, ça vous dit quelque chose ?

- Pas du tout ! Juste entendu parler lors de mes divers entretiens. J'en sais tout juste le minimum.

- Alors je complète. C'est une organisation dont le but est la sauvegarde de la religion Chrétienne Catholique pour être précis et de tenter de rétablir les règles et les valeurs de ce qui a gouverné une grande partie du monde depuis plus de deux mille ans. Elle regroupe des prélats mais aussi des civils, si je puis dire.

- Sauf votre respect, si moi aussi je puis dire, puisque vous m'avez fracassé le crâne puis kidnappé, Filii Dei a vu le jour suite aux conneries racontées par un ex- taulard décérébré qui prétend que je ne sais quel ange lui est apparu en cellule. Fallait être un peu fatigué de la caboche pour accorder du crédit à ce genre d'individu et lui donner suite, non ?

- Ne m'interrompez pas ! Filii Dei, si je peux en faire une image, c'est un arbre qui a été planté par un membre du clergé à la suite de son entretien avec le taulard en question. Faut croire qu'il a dû être convainquant, car cet arbre à maintenant beaucoup

de ramifications. L'une d'elles nous concerne. Extraire les brebis galeuses du troupeau. Le monde est ainsi fait qu'il faut participer à son développement par le travail. Tout homme doit gagner sa vie. C'est une immense fourmilière et dans une fourmilière, chaque individu à ses fonctions et responsabilités. Pas de feignasse, pas de branleur, pas de parasite. Il est donc impératif de tenter de faire le ménage.

- Et vous en faites quoi des jeunes que vous kidnappez ?

- Ils sont dispersés dans des camps de travail en Europe ou ailleurs à la demande des différents responsables internationaux. Les deux qui nous concernent vont être acheminés vers la Colombie. Il y a parfois des pertes et nous devons les compenser. Bien ! Je considère que je vous en ai assez dit. Vous allez être reconduits dans vos appartements. Une cabine de marin. Vous y serez enfermé jusqu'au départ. Une fois en pleine mer, vous pourrez vous balader sur une partie du bateau.

- Et vous croyez que personne ne va s'inquiéter de ma disparition soudaine ? Je disparais de la Ruche, comme les deux locataires et vous vous imaginez, que ça ne va pas interpeller les gens qui m'ont confié un travail ?

- Je viens de vous le dire. Officiellement, vous avez dû partir en Colombie car c'est de là-bas que sont dirigés les maîtres-chanteurs en possession des documents volés. D'ailleurs, il est fort probable que monsieur Néchié ait déjà reçu votre message. Nous avons fait le nécessaire.

- Vous vous doutez bien que je vais tout faire pour vous fausser compagnie. A ce propos, comment je suis arrivé sur ce bateau depuis La Ruche ?

- Comme les deux crétins, dans une cuve, puis dans un camion-citerne. Quelques somnifères ont dû vous être injectés afin que vous dormiez tranquillement durant le transport. Sur ce, je vous prie de bien vouloir suivre votre guide jusqu'à votre nouvelle cabine. Quant à nous fausser compagnie, ne le tentez même pas. Il vaut mieux être vivant en Colombie, que mort en France !

- Chacun son destin monsieur Ticho. Ah ! Juste une dernière question, vous devez bien savoir à qui je dois ma présence ici sur ce cargo ? Je veux parler de celui qui m'a fracassé le crâne dans le garage. Si vous me donniez son nom que je puisse le remercier au plus vite ?

- Désolé, mais je ne suis pas cafteur, et je doute que vous vous retrouviez un jour.

- Ne pariez pas là-dessus cher monsieur !

Chapitre XX

La terre est en vue. Trois semaines que nous surfons sur la vague. Interminable croisière sur un rafiot dépourvu de confort. Aucune maltraitance, aucune distraction non plus. Quand chaque heure de chaque jour ta ligne d'horizon c'est le ciel et la mer, tu deviens rapidos neurasthénique. Perso, je n'ai pas à me plaindre par rapport aux deux futurs esclaves. Car en ce qui les concerne, les balades sur le pont, c'est niet ! Je me doute évidemment qu'ils sont vivants puisqu'ils sont attendus par leur employeur. Ils sont d'autant plus vivants que j'ai été averti dès le départ « si vous parveniez à vous barrer, malgré la surveillance accrue dont vous bénéficiez, ces deux déjections humaines seraient exécutées et balancées aux requins. Leurs vies sont entre vos mains ! ». Cette menace, que j'ai préféré prendre au pied de la lettre, m'a interdit toute tentative de vouloir quitter mon arche de Noé. Une arche, qui à l'inverse de celle de la Bible, ne contient pas des couples d'animaux, mais une concentration plus modeste de spécimens humanoïdes des plus primaires sur l'échelle sociale. Un agglomérat de licenciés bac moins douze, option pâté de sable. J'en suis là de mes élucubrations internes quand César Ticho me rejoint le long du bastingage.

- La fin du voyage maritime approche. Vous piétinerez bientôt la terre ferme.

- Et nous arrivons où ?

- À Barranquilla. En Colombie, comme prévu.

- Et ensuite ?

- Ensuite ? Un voyage aérien pour changer de la monotonie de la mer. Mais avant, vous allez devoir endosser les habits d'un haut dignitaire français en visite de courtoisie afin de rencontrer des personnalités colombiennes de haut rang.

- Vous semblez oublier que je n'ai strictement rien avec moi, ni papiers, ni documents, ni téléphone. Je n'ai pas eu le loisir de me munir de ce minimum en quittant La Ruche !

- Vous n'aurez besoin de rien dans l'immédiat. Vous verrez. Vous allez réaliser à quel point Filii Dei est influent, même là où nous arrivons.

- C'est-à-dire ?

- Patientez. Chaque chose en son temps. Votre nouvelle tenue vous attend dans votre cabine. Vous avez tout le temps de vous préparer. Les manoeuvres d'accostage sont longues.

- Et les deux gamins, vous en faites quoi ?

- Arrêter avec vos « et ». Contentez-vous de vous arranger pour devenir une personnalité française d'importance. À plus tard !

Il me sera tout arrivé dans ma vie. Outrageusement kidnappé dans un centre de réinsertion pour délinquants, je vais, aux dires de ce monsieur César Ticho, débarquer officiellement dans un port colombien sans la moindre pièce d'identité française sous les traits d'un haut dignitaire. Je n'ai pourtant pas fait une école de sorcier comme un certain Harry ! N'ayant, quoi qu'il en soit, rien d'autre à faire, j'obtempère. Je regagne ma cabine. Le Père Noël est passé en mon absence. Là, sur la couchette, étalé jusqu'à la provocation, un costard beige à faire pâlir un proxénète des années trente, un lot de chemises, cravates et noeuds pap, spécial Buckingham Palace, mais aussi et surtout un larfeuille plein cuir, estampillé « Trans-Europe-Express », contenant, tu ne vas pas me croire, des papiers d'identité tellement bien réalisés, que les vrais à côté feraient figures de faux. Je ne sais pas comment ils ont pu se procurer ma tronche pour la photo, mais ils l'ont eu. Je m'appelle désormais Tom Edgéri, né au château d'Ô, à Herpès-Labial. Pour te dire, je ne sais même pas où ça se situe. Je suis censé être premier secrétaire de l'amicale des PD (Prêtres Défroqués) affiliée à Filii Dei. Différents montages de photos me représentent en compagnie de chefs d'État, de ministres, d'officiers supérieurs et de cardinaux. L'une d'elles me surprend à donner une accolade au président colombien, monsieur Illa Malodo. Une fausse moustache fini de me transformer en un « Môssieur le premier secrétaire » tout à fait insoupçonnable. Il me faut une petite demi-heure pour être redevenu un citoyen français haut de gamme. J'attends la suite en me demandant pourquoi mes kidnappeurs me traitent avec autant de considération. Tu m'avoueras que la question se pose. Ça cache forcément un truc, mais quoi ? Lequel ? Un message glissé sous la porte me convoque dans le carré des officiers. Je ne sais même pas où il se trouve. Ah ! Voilà la réponse. Un petit plan est dessiné, au dos de la missive. Allons-y. Je ne peux pas dire que je marche là où l'homme n'a jamais mis le pied, mais le mien si. Je peux pour la première fois depuis trois semaines franchir les limites qui m'étaient imposées. Voilà j'y suis. Je frappe et j'entre. Ils sont trois. César Tichot et deux autres, dont une femme.

- Messieurs, Madame, bien le Bonjour. Permettez-moi de me présenter, Tom Edgéri pour vous servir.

Mon humour, n'est pas du goût de monsieur Ticho. Quelque part, je sens que je lui tape sur les nerfs à toujours le provoquer. Il est évident qu'il est aux ordres de quelqu'un à qui il doit obéir sans discuter.

- Ça suffit ! Asseyez-vous et écoutez avec beaucoup d'attention ce que nous allons vous dire. Madame Mercedes Sicent, va vous exposer la situation.

- Monsieur Ticho a raison, ne faites pas le fanfaron. Nous pouvons vous faire disparaître avec la plus grande facilité. Je suis fonctionnaire au ministère de la délinquance et des cas sociaux, tout comme ma consoeur française, Madame Elisabeth De Somme. Vous ne semblez pas comprendre qu'afin d'éviter de vous effacer purement et simplement de la surface du globe, ce qui entraînerait des désagréments du genre recherches, enquêtes, etc, nous avons choisi de vous laisser vous discréditer vous-même. Vous allez apparaître en public, ici en Colombie, sous une fausse identité, auprès de personnalités de haut rang, mais également d'individus peu recommandables et bien connues des services spéciaux français. Nous allons faire en sorte que les images de ces rencontres parviennent à vos relations d'affaires, comme monsieur Jean Néchié ou Le père Hitoine. Vous saisissez le sens de mes propos n'est-ce pas ? Pour parler cru, vous allez vous griller tout

seul auprès de vos amis et relations. Car vous pensez bien que ce ne sont pas vos moustaches bidon qui vont vous rendre méconnaissable, bien au contraire. Imaginez leur stupéfaction lorsqu'ils vont découvrir que l'honorable Aubin, hautain, méprisant et prétentieux, le détective incontournable pour une partie de l'élite dirigeante française, n'est autre qu'une fiotte, c'est comme ça qu'on dit chez vous non ? Prête à bouffer à tous les râteliers, un traître, un faux-cul, un scélérat quoi ! Nous nous réjouissons d'avance du résultat. Je crains bien que vous ne soyez devenu colombien pour longtemps, si non définitivement.

- Et si je refuse d'entrer dans votre jeu ? Si ma réponse c'est un non catégorique et définitif ?

- En ce cas, ce sont les deux racailles qui en paieront les conséquences. Deux balles, deux sacs poubelles, et aux requins. Quant à vous, ça ne changera pas votre avenir, car en plus d'être devenu un vendu aux yeux des Français, vous serez retrouvé, drogué et bourré comme une outre dans un quartier mal famé de Bogota. Vous voyez, vous ne pouvez pas refuser. A présent, laissez-moi vous présenter votre guide permanent, monsieur Ipeira Lapéro. Conseiller occasionnel auprès de l'ambassade de France.

Effectivement je suis fait comme un rat. Je ne peux rien refuser. La vie des deux lopettes est entre mes mains. Mon avenir aussi. J'ai connu quelques situations délicates dans mes enquêtes précédentes, mais là, franchement, je ne vois pas l'issue. Du moins dans l'immédiat. Le bateau est désormais à quai, je suis fatigué, j'ai des papiers, un guide qui ne me lâchera pas d'une semelle, et un programme tout prêt dont j'ignore tout. Monsieur Lapéro se lève et m'invite à le suivre.

- *On y va ?*

- *On y va, je vous suis !*

Nous déambulons dans les coursives du cargo. Le déchargement est commencé. Des grues, des containers, des dockers, ça grouille. Un port de commerce normal quoi. Enfin normal, pas tout à fait. Quelques véhicules que je qualifierais d'officiels attendent sur le quai. Un groupe d'individus au comportement de journalistes s'agite au pied de la passerelle. Nous descendons. Après trois semaines en mer, je remets un pied sur la terre ferme. Un des diplomates m'accueille à bras ouverts, comme si j'étais son concubin et je devine à la tenue de celui qui l'accompagne qu'il doit être évêque, archevêque, ou cardinal. Son col Romain blanc le dénonce, tout comme la petite croix fixée sur sa poitrine. Mon guide fait les présentations. Je joue le jeu. Et que je te balance des sourires genre dentifrice « Chicos Blanc », des serrages de pognes à te déboîter l'avant-bras, des tapes sur l'épaule à faire gicler ton dentier, bref je suis une star française de haut niveau, accueillie en grande pompe, même si je suis dans mes petits souliers.

- Venez cher ami, vous répondrez plus tard aux questions des journalistes. Un accueil vous est réservé à l'évêché. Monseigneur Ramon Tontarin, ici présent, se fait une joie de vous y accueillir.

Je me fends d'une courbette pour venir lécher la bagouse qui lui occupe les trois quarts d'un doigt et nous nous dirigeons vers une des limousines noires. Un larbin nous ouvre la portière. Je suis invité à m'engouffrer le premier dans l'habitacle où je m'installe sans autre. Ah tiens, ceux-là, je ne les avais pas encore repérés. Quatre motards de la police colombienne nous escortent. Nous quittons le port. Les vitres teintées ne m'empêchent pas de découvrir Baranquilla. Plutôt sympa, moderne, arborisée. Je ne sais pas si j'ose quelques questions. Aller j'ose ! Je m'adresse au prélat.

- À quoi rime cette plaisanterie ? Je ne suis qu'un simple détective privé français. C'est quoi cette réception à l'évêché ?

- Je pensais que vous le saviez. Filii Dei à des tentacules qui pénètrent partout. Nos membres sont infiltrés dans tous les milieux. Nous apportons beaucoup, très officiellement, dans de nombreuses organisations et associations. Ecoles, hôpitaux, centres sportifs, il est donc évidemment hors de

question que qui que ce soit, pour quelque raison que ce soit, vienne mettre en danger le bon fonctionnement de notre entreprise. Et vous êtes un danger pour nous. Nous devons officiellement vous discréditer auprès de vos compatriotes. Le mieux pour nous est de vous contraindre à vous afficher avec nous, images à l'appui. Certes, votre crédibilité va en prendre un coup mais au moins vous pourrez retrouver votre terre natale, d'ici quelques temps. En attendant, nous vous offrons l'hospitalité ce soir après une petite réception télévisée. Soyez naturel, détendu, souriant, à l'aise quoi ! Demain, un déplacement vous permettra de rencontrer monsieur Sharam Sharam en personne.

- Où ça ?

- Chez son fils, Mick Xomatos. Du moins dans son fief. Il possède un gros élevage de lapins en liberté. Il en exporte jusqu'en Europe, et bien sûr en France. Mais vous savez déjà tout cela puisque vous l'avez rencontré il y a peu. Ce déplacement sera lui aussi suivi par des journalistes, il est important que monsieur Sharam Sharam vous accueille comme un vieil ami.

- Finalement Monseigneur, sous vos habits cléricaux, vous êtes pire que la clique de salopards que j'ai mis en déroute en France. Mais chapeau ! Vous avez su me contraindre à vous obéir.

- Je préfère le mot convaincre que contraindre. On convainc par le dialogue, on contraint par la force. Et puis je vais vous dire, nous sommes aujourd'hui dans un monde en pleine mutation. Les valeurs qui furent les nôtres durant des décennies n'ont plus cours. Il faut s'adapter. Ah, pardonnez-moi mais nous arrivons.

Effectivement, nos motards pénètrent sous un porche aux portes déjà grandes ouvertes. Nos portières s'ouvrent, nous descendons, je serre des pognes qui m'invitent à entrer. La salle de réception est au premier. Comme précédemment, il y a là quelques micros et caméras autour une grande table couverte de verres, bouteilles, plats et assiettes aux contenus spécial apéro etc. Et toujours, des mains de faux culs à serrer sous l'oeil des objectifs. Si on ne m'a pas vu, c'est vraiment qu'on n'aura pas voulu me voir. Filii Dei a bien fait les choses. Monseigneur Tontarin m'invite à venir répondre à quelques questions, et comme je n'ai pas le choix j'obtempère. Mais attends un peu, je vais les soigner, ils ne vont pas être déçus.

- Monsieur Merdhalors, vous qui êtes un dirigeant de l'amicale des P. D. (Les prètres défroqués) ancien curé donc, quelle est votre opinion sur la création par des membres de Filii Dei, de centres de réinsertion dans divers pays, y compris en France ?

- C'est louable comme décision, mais vous savez, je suis comme Saint-Thomas, j'attends de voir !

- Vous n'y croyez pas ?

- Ce n'est pas que je n'y crois pas, mais en France, le pourcentage de candidats est faible et celui de la réussite encore plus. Je vais vous dire, la délinquance c'est comme la barbe. Je m'explique. La barbe, vous la coupez elle repousse. Vous la recoupez, elle repousse encore. Et c'est comme ça tout au long des jours. Si vous voulez éradiquer le système pileux il faut arracher les racines. Tant que les racines sont présentes, le poil repousse. Je vais vous paraître brutal mais, comme je viens de vous le dire, la délinquance c'est une barbe. Elle pousse plus ou moins drue, ça pique, c'est laid, ça pue, si si, j'vous jure, voyez les barbes rousses par exemple, ou encore les barbes noires, on en rase bien autant qu'on peut, on désépaissis, on tire dans le tas, oh pardon, je voulais dire on taille dans le tas, mais ça revient encore et toujours.

- Et vous avez une solution ?

- Oui, mais vous plaira-t-elle ? Les délinquants, en tout cas les irrécupérables, sont malgré tout issus bien évidemment d'une famille. Il y a, ou il y a eu, un père et une mère. Père qui dans bien des cas a mis les voiles et laissé le ou les rejetons livrés à eux-mêmes. Dans ces clapiers que sont devenues les cités, ça pond comme des lapins, c'est une image bien sûr, les lapins ne pondent évidemment pas mais vous l'aurez compris. D'ailleurs puisque je parle de

lapins, permettez-moi d'ouvrir une parenthèse. (Je suis invité à me rendre demain, en visite à l'élevage intensif du fils de monsieur Sharam Sharam, que je vais avoir l'honneur de rencontrer, puisque l'invitation vient de lui. Je parle du père. Le fils je connais. Refermons cette parenthèse). Donc, puisque j'ai abordé le sujet du lapin comment à votre avis peut-on interrompre sa pullulation ? Hein, Comment ? Et bien de la façon la plus simple ! En stérilisant les femelles !

- Vous osez comparer les femmes à des lapines ?

- Mais, ai-je dit une chose pareille ?

- Oui, un peu quand même ! Vous sous-entendez qu'il faudrait stériliser les mères des délinquants, pour les éradiquer ?

- Et bien voilà ! Vous avez compris mon exemple. Car ce n'était qu'un exemple. Je ne parlais pas des femmes en général, je parlais de celle qui ne mettent au monde que des parasites. Vous avez des familles spéciales délinquance. Garçons ou filles d'ailleurs. Ces familles-là coûtent une fortune aux ressortissants des pays concernés. En France par exemple, je vous épargne les détails du genre frais de justice, frais d'incarcération, de soins de nourriture, et j'en passe. Sans compter les allocs de toutes sortes depuis leur sortie du moule jusqu'à leur majorité ! Non non, analysez bien mes propos.

Empêcher légalement ces procréations nuisibles d'arriver à terme, c'est travailler à la sauvegarde de l'humanité et à son équilibre moral et financier ! Quant à celles qui hélas, arriveraient à terme, je suggère que tout comme aujourd'hui, où nous sommes tenus de trier nos déchets, un système de tri soit installé dans les maternités. Les couffins à droite, les sacs poubelles à gauche. Mais je devine à voir vos tronches que vous n'êtes pas d'accord. Je me trompe ? Remarquez, je peux le comprendre, c'est en effet un peu brutal dans la présentation. Mais vous y viendrez, vous verrez. Regardez par exemple, aujourd'hui, les bébés éprouvette, les mères porteuses, les avortements à la chaîne, l'euthanasie, les changements de sexes, etc... tout cela ne vous choque plus.

Le bruit de fond qui s'intensifiait peu à peu alors que je débitais mes provocantes conneries, devient une déferlante. Ça gueule, ça siffle, ça m'injurie, ça menace, je suis finalement exfiltré manu militari par les gros bras du service d'ordre. J'ai bien réussi mon coup. Je ne te dis pas la tronche de Monseigneur Ramon Tontarin. Il est aussi vert que ses soutanes du vendredi Saint.

- *Mais qu'est-ce qui vous a pris ? Vous êtes fou ?*

- *Ben quoi ? Vous m'avez demandé mon avis je vous l'ai donné.*

- Vous nous avez fait passer pour des... des... des nazis, des inquisiteurs, des salopards qui fricotent et invitent des individus nauséabonds tels que vous venez de vous présenter. Demain la presse va se déchaîner. Filii Dei va être discréditée ! Et puis cette étourderie impardonnable au sujet de Sharam Sharam. Vous avez dit « Que je vais avoir l'honneur de rencontrer », alors que vous êtes censé les connaître parfaitement, fils et père ?

- Oh ça va bien hein ! Vous me faites chier avec votre Filii Dei. Je peux commettre des erreurs non ? Vous n'êtes qu'un ramassis de faux culs. Les véritables raisons qui vous font gueuler au loup suite à mes propos extrémistes, qui d'ailleurs et vous le savez parfaitement, n'ont pas eu d'autres buts que de vous provoquer, c'est que ce sont ces familles-là qui vous permettent d'engranger des millions. Vous créez des centres de réinsertion pour pouvoir ravitailler des esclavagistes à travers le monde. Vous engraissez vos comptes bancaires avec le fric des racailles comme Sharam Sharam. Jusqu'à présent, c'est moi que j'ai discrédité. Si ces images et mes propos sont retransmis sur les chaînes d'infos Françaises, je ne pourrais même plus retourner chez moi. Alors ta gueule, évêque de mes noix, ta gueule ! Montre-moi ma piaule, et dis-moi à quelle heure est mon avion demain.

Et bien voilà ! Je crois que cette clique endimanchée a participé à sa réception la plus courte. L'apéro est passé à la trappe tout comme le dîner. En tout cas pour moi. Je suppose qu'ils vont me faire payer cet affront. Nous verrons bien. Je me sens un peu las.

Chapitre XXI

Comme prévu, j'ai été prié de prendre place ce matin dans un petit avion de dix places dont je n'ai rien à dire de particulier. Deux ailes, une carlingue, deux moteurs, un empennage, des roues, des sièges. Un objet volant identifié quoi ! À bord, il y a moi, Ipeira Lapéro et deux mectons dans la partie pilotage. Nous survolons actuellement une campagne verdoyante parsemée d'habitations qui peu à peu s'intensifient. Lapéro m'avertit que le voyage touche à sa fin.

- *Nous arrivons. J'ose espérer que vous n'allez pas nous servir une de vos pitreries d'ados en voie de puberté. Sharam Sharam n'a pas la réputation d'être patient.*

- *Voyons, vous me connaissez, je sais me tenir.*

- *Je vous le conseille vivement.*

Nous perdons de l'altitude. À en juger par la dimension de la piste, nous n'arrivons pas à Roissy. Au moins elle est goudronnée, c'est déjà ça ! L'appareil s'immobilise. Je suis invité à descendre. Ah ! Cette fois, pas de limousine. Deux tronches de cake mal rasées qui choisissent de m'ignorer totalement s'extirpent d'un véhicule 4x4, genre Land Rover, pour venir à notre rencontre. Ipeira leur serre la louche et m'invite à m'asseoir à l'arrière, ce dont je m'acquitte sans discuter. C'est parti. Nous quittons l'aérodrome dans l'indifférence générale. Même pas un petit bout de marseillaise à l'harmonica ou au tamtam. Nous traversons le bled et filons sur une dizaine de kilomètres, lorsque j'aperçois des bâtiments qui pourraient bien ressembler à un élevage de lapins. Ils se ressemblent tous. J'ai vu juste puisque le 4x4 ralentit, tourne à droite, s'engage sur un chemin de terre, passe un portail grand ouvert et vient stopper dans une cour devant un bâtiment de trois étages qui, je le suppose, doit être le siège social. Ah ! Voilà, cette fois ils sont là ! Caméras, micros, au total une quinzaine d'individus, comité d'accueil compris qui s'empressent de m'entourer. Ipeira Lapéro n'a pas besoin de me présenter Sharam Sharam. Je le reconnais illico. J'ai le souvenir de sa tronche sur les photomontages. Il me gratifie d'un large sourire colombien, à savoir un visage buriné, des pommettes saillantes, des yeux noirs enfoncés dans les orbites, des cheveux frisés qui finissent en épaisses pattes de chaque côté. Tu vas me dire qu'une patte d'un seul côté, ça déstabiliserait l'équilibre du visage. Mais qu'est-ce que je raconte-moi ? Comment je peux délirer à ce point dans un moment pareil ? Aller Aubin, reprends-toi ! Donc mon très très cher et vieil ami Sharam m'accueille à bras ouverts. J'ai même cru un instant qu'il allait me faire la bise ! Je joue le jeu et réagis moi aussi comme si je le retrouvais après quelques années d'absence. Ipeira me file un écouteur que je me fourre dans l'oreille.

- *Si un journaliste vous adresse la parole, je traduirai et vous dicterai la réponse à lui faire en espagnol. Il est impératif que les médias présents aient la conviction que vous parlez la langue de votre ami, même si vous avez un accent à couper au couteau. Sharam baragouine un Français approximatif mais vous le comprendrez.*

Je joue le jeu. Mes deux bras montent vers le ciel. Un morceau de nuage reste accroché à mes doigts qui s'abattent sur les épaules de mon nouvel ancien pote.

- *Trop heureux de te revoir mon cher Sharam. Tu ne changes pas d'un poil. Je suis jaloux. Toujours aussi Gaillard ! Chouette ton pendentif. C'est Quoi ?*

- Moi ochi…ché pareil. Tou a pa chanché. Tou a fait pont foyache ?...... Cha ? Oh ché rien, oune babiolle. Oune lapin en or dé trente carats !

- Impeccable ma vieille branche ! Alors, toujours dans l'import-export ? Parait que tu fais aussi dans l'ANPE à présent ? T'expédies des travailleurs non-salariés à travers le monde. Tu ne m'avais pas dit ça, petit cachottier. C'est Ipeira Lapéro qui m'a rencardé. Un mec bien cet Ipeira, je te conseille de le garder ! Ah dis donc, j'ai vu ton fils dernièrement à Paris, il est en pleine forme !

- Vous cherchez vraiment les ennuis hein ? Vous ne pouvez pas vous empêcher de vous foutre dans la merde !

Ça, c'est la voix d'Ipeira dans l'oreillette. Je ne peux pas m'adresser à lui ouvertement, alors je lui jette un regard rapide, tout en me grattant le coin du nez à l'aide du majeur de ma main droite. Il comprend parfaitement le message. Il est comme un taureau de corrida. La fumée lui sort des narines. Ses doigts de pieds raclent ses semelles. Quelques questions journalistiques fusent. Il m'en traduit une.

- Monsieur Tom Edgéri, c'est pour la chaîne TV régionale Tuladanlos. Hier soir, vous avez tenu des propos qui ont violemment choqué les invités de Monseigneur Ramon Tontarin, tout comme une partie du peuple colombien. Qu'est-ce qui vous a

pris ? Pourquoi un tel retournement quand on connaît le but de vos activités en France ?

- Je ne sais pas, je n'étais pas moi-même. Depuis ma descente du bateau, je ne me sentais pas dans mon assiette. Le vent du large peut-être ? Toujours est-il qu'au moment de prendre la parole devant cette respectable assemblée, une voix extérieure venue des lointaines galaxies est venue s'incruster dans mon cerveau. Je n'ai pas su, ni pu, m'opposer à son emprise. J'ai répété ce qu'elle me dictait comme un automate. Je ne réalisais pas du tout ce que je disais. C'est après, en m'écoutant, que je me suis souvenu des propos du jeune Dino Macdo. Celui-là même qui est à l'origine de Filii Dei. Lui aussi a été pénétré (en tout bien tout honneur) par les ondes d'un esprit extérieur, celui de l'ange Hélus. Du coup, et bien à présent, je suis bien obligé de croire en certaines interventions divines contre lesquelles on ne peut pas lutter. En tout cas, soyez assurés que je regrette ce qui s'est passé. Sur ce, je vous prie de bien vouloir m'excuser, mais je dois revenir à nos lapins, avec mon ami Sharam. Merci à vous de vous être déplacé.

- Alors cher ami, cet élevage on le visite ?

- Vous êtes décidément irrécupérable !

Ça c'est la voix d'Ipeira dans l'oreillette. Sharam m'invite à le suivre. La délégation nous emboîte le pas. Alors, le voilà c'est élevage intensif en plein air. De grandes parcelles séparées de grillages divisent les différentes races de lapin. Grillage qui recouvre également le dessus des enclos. Sans doute pour empêcher les rapaces de fondre sur cette étendue de proies faciles. Des lapins, il y en a de toutes les couleurs, enfin presque. Des blancs, des noirs, des roux, des gris, des tachés, des mouchetés, des rayés (non là je déconne) quoi que, j'en vois un là-bas, j'ai des doutes, des noirs et blancs, des blancs et noirs, des blancs aux oreilles noires, des noirs aux oreilles blanches, il y en a de toutes les tailles, des petits, des moyens, des gros, des très gros, il y en a même des chauds, ceux-là sont pour la reproduction. La visite continue. Nous pénétrons dans un vaste bâtiment séparé en divers secteurs où s'opère la sélection suite aux diverses commandes locales, nationales et internationales. Déguisés en chirurgiens extraterrestres, les membres du personnel, vêtus de combinaisons blanches, masques, gants et bottes, s'activent sous l'effet apaisant d'une musique discrète mais bien présente. Nous traversons bien sûr l'abattoir pour les envois de lapins prêts à cuire, la salle de congélation, la salle d'emballage, celle du stockage des peaux, nettoyées et traitées, le labo pour la préparation des plats cuisinés, ainsi que les pâtés de lapins, terrines, etc, et pour finir, bien sûr, le secteur réservé à l'expédition des animaux vivants. Je retrouve l'air libre avec satisfaction. Je n'ai rien contre les lapins, mais après presque deux heures dans l'univers des rabbits, ni Jacob ni Jeannot, j'en suis dégoûté pour un bon moment. Comme hier soir, nous sommes invités à gagner la salle de réception où une petite collation nous est offerte. Tout ce pataquès bidon pour me griller dans mon pays natal, me conforte dans l'idée que Filii Dei ne m'a pas encore tout dévoilé. Sharam joue les prolongations. Tapes sur l'épaule, tchin tchin à ta santé, goûte-moi cette terrine, reprends donc un peu de lapin confit, tout ça sous l'oeil des caméras bien entendu. Les micros, je peux leur échapper. On ne parle pas la bouche pleine. Alors je me gave volontairement, ce qui, j'en suis sûr, me vaccine définitivement contre l'envie de lapin. Le seul lapin que j'implore, c'est celui que j'aimerais beaucoup leur poser. Mais ça, dans l'immédiat, c'est d'autant plus impossible, que Ipeira Lapéro s'approche un verre à la main.

- *Cette fois, vous allez avoir du mal à nier vos relations amicales avec Sharam. Nous allons transmettre ces images à Paris. Pas sûr après ça que vos relations amicales comme professionnelles soient pressées de vous congratuler.*

- *Mon cher Ipeira, je n'en ai strictement plus rien à foutre. Je vais continuer à subir vos obligations d'enfoirés, juste pour protéger la vie des deux trous duc. Cela dit, s'il devait leur arriver, disons un regrettable accident, vous verriez très vite que Aubin en rogne, c'est Hiroshima puissance dix. Alors maintenant, faites ce que vous avez décidé de faire et surtout fermez la. Vous n'êtes pas loin d'un coup de boule en pleine poire. Alors, forcément, au beau milieu de cette réception, devant les caméras, ça ne passerait pas non plus inaperçu. Vous pouvez transmettre à Sharam Sharam.*

- Vous n'êtes pas en mesure de menacer qui que ce soit. Mais je vais lui transmettre votre état d'esprit. Si vous voulez mon avis, il va faire en sorte que plus personne n'entende parler de vous. Dans une heure, vous serez de nouveau dans l'avion pour rejoindre votre terminus colombien. Si vous aviez accepté de collaborer, vous auriez pu un jour ou l'autre retourner en France. Sous les traits d'un méprisable individu certes, mais vivant. C'eut été mieux pour tout le monde. Pas de disparition, donc pas d'enquête, pas de problèmes Inter ambassades, seulement, vous êtes trop stupide pour avoir compris où se trouve votre intérêt. Alors tant pis pour vous, je vous laisse entre les pattes de Sharam. Moi, mon travail est terminé. Dommage que vous soyez aussi impulsif. Ça se retourne contre vous. Il y a des moments dans la vie où il faut accepter de perdre ! Bonne chance à vous, monsieur Merdhalors. Ah ! Un dernier conseil. Vous devriez changer de nom. Il est vraiment ridicule.

Ipéira Lapéro me tourne le dos pour aller taper la discussion avec les invités. J'arrache l'oreillette, la pose sur la table, m'empare d'un verre de jus de quelque chose, le lève en direction de Sharam qui d'un léger coup de tête trinque à distance avec moi. Il n'a peut-être pas tort l'ami Ipeira d'autant que lui, il ne m'a pas beaucoup porté préjudice depuis qu'il m'accompagne, mais voilà, je suis comme un félin en cage. Je tourne en rond et je dois obéir aux claquements de fouet de mes gardiens. Ce n'est pas mon truc çà, non, pas mon truc !

Chapitre XXII

Et bien voilà ! C'est donc ici que je suis censé rester. En plein territoire des Indiens Tétanos. Durant le voyage, je n'ai pas eu beaucoup d'occasions de discuter avec Sharam Sharam. Son français pitoyable et mon incapacité de lui déballer plus de trois mots en espagnol nous ont permis d'admirer le paysage en silence. La forêt amazonienne, l'amazone et ses affluents avec en ligne de mire la cordillère des Andes. Tu ne peux pas trouver un village plus typique. Une rivière, des cabanes en bois de cactus et tiges de cannes à sucre avec toits de chaume, des indigènes aux cheveux longs, pour la plupart vêtus de blanc qui ne me calculent même pas, des chèvres et des porcs en liberté, des volailles, des clébards qui viennent inscrire mon odeur perso sur la liste de leurs connaissances, des femmes qui tressent des paniers, des gamins qui s'agitent au bord de la rivière, des poissons séchés devant les habitations, le décor idéal pour reportage télé en quelque sorte. Il ne faut pas me faire croire que c'est ici le siège social de Sharam et compagnie. On m'a prié d'attendre le cul sur une souche alors j'attends, ma veste sur les genoux. Fait chaud. Ce n'est pas l'occasion qui me manque de mettre les voiles, mais pour aller où ? Tu n'as pas un seul panneau indicateur dans le bled. Même pas le nom du village. Je ne sais pas à combien de kilomètres se trouve l'entrée de l'autoroute. A mon avis, au moins deux milles. Si je dois réellement passer le reste de mes jours ici, la vie Parisienne va vite me manquer. Ah ! J'entends un bruit de moteur. Mon taxi arrive. Je repars donc pour un tour. Je grimpe dans le 4x4 et en route. Pas longtemps. Moins de trente minutes. C'est où ici ? Des gardes armés, quelques constructions rudimentaires un vaste espace déboisé, des stères de troncs empilés, des travailleurs qui s'agitent, puis enfin, mon véhicule s'arrête. Je suis invité à suivre un des gardes jusqu'au perron de bois d'une maison de rondins. Je grimpe les cinq marches pour faire face à Sharam. Sans un mot, il me fait signe de passer devant et d'entrer. J'obéis. Le comité d'accueil est composé de quatre individus. Lui-même, un de ses comparses et deux gardes à la mode Che Guevara, sulfateuse à la bretelle. L'adjoint de Sharam me prie de m'asseoir sur un fauteuil d'osier devant un bureau.

- Vous êtes le bienvenu. Je suis monsieur Eddy Namo. Je suis là pour vous éclairer sur les raisons de votre séjour ici. Je suis également votre interprète car monsieur Sharam ne parle pas suffisamment bien le français. C'est une des langues les plus compliquées du monde. Prenez le mot ver par exemple. Ver de terre, verre à boire, vers une destination, la couleur verte, ou encore le mot seau, le sot, l'idiot, le seau d'eau, le saut d'obstacles, le sceau du....

- Ouais ouais, ça va, ça va, c'est bon j'ai pigé !!!

Mais qu'est-ce que c'est que ce connard ? Il l'a trouvé où son traducteur le Sharam ? Il n'y a pas trente secondes que je l'écoute que j'ai déjà envie de lui enfoncer le pif jusqu'au cul. L'obliger à baisser son froc pour se moucher. Mon hôte s'est installé face à moi pendant que l'autre abrutit me débitait ses conneries sur la langue française. Je commence à en avoir vraiment ras la frange du séjour en Colombie. Va vraiment falloir que je me barre vite fait, quitte à remonter l'Amazone à skis de fond, un roseau dans le bec pour respirer.

- Excusez-moi, je vous prends la tête avec mes exemples, c'était juste pour vous faire comprendre que monsieur Sharam....

- Oui oui, j'ai compris. Il parle très mal le français. Merci de lui demander ce que je suis venu foutre ici et quels sont ses projets à mon encontre.

- Pas besoin de lui traduire votre question, j'ai toutes les réponses. Permettez-moi de m'assoir moi aussi et écoutez-moi bien, si vous voulez que votre séjour parmi nous se passe dans les meilleures conditions.

- Je suis tout ouïe !

- Alors voilà ! Nous savons que vous savez très exactement pourquoi vous êtes retenu en Colombie. Nous pourrions aussi bien vous rendre votre liberté et vous laisser regagner votre pays natal puisque nous avons fait en sorte que vous y soyez complètement grillé comme on dit chez vous. Seulement, vous savez trop de choses aujourd'hui pour que nous prenions le risque que, suite aux déclarations que vous ne manqueriez pas de faire pour tenter de vous défendre, quelque énergumène dans votre genre se sente obligé de contrôler un peu vos dires. Filii Dei n'a pas envie de renifler l'odeur d'un autre Aubin sur le seuil de sa porte. Dans quelques mois, votre nom ne fera même plus la une des journaux français. Vous tomberez dans l'oubli, comme bien d'autres avant vous. Pour nous, c'est le mieux. Monsieur Sharam ici présent pourrait tout aussi bien vous balancer aux piranhas, il en élève de très voraces pour les parcs et les zoos, mais il a une sorte de respect pour vous. Il vous trouve très

courageux. Vos provocations verbales lors des réceptions l'ont finalement amusé. Être obligé de vous supprimer lui ferait en quelque sorte de la peine.

- Trop sympa de sa part ! Cependant, monsieur Jean Néchié, notre ex-ministre de la délinquance irrécupérable et des cas sociaux, m'avait confié la mission de retrouver les maîtres-chanteurs en possession de documents compromettants pour lui et je doute que mon nom sorte de sa mémoire aussi rapidement que vous le dites. Si je ne mets pas la main sur ces documents, il va certainement confier ce travail à un autre enquêteur. Il y a deux millions d'euros à la clé, plus sa tranquillité. Alors que je rentre ou pas en France, il y a de fortes chances qu'un autre mette les pieds dans votre plat.

- En ce cas, et nous y avons pensé, nous agirons en conséquence. Mais cela dit, nous ne sommes pour rien dans le vol des documents et la demande de rançon. Les membres de Filii Dei n'ont rien en commun avec des délinquants de bas étages. L'honneur de l'organisation ne saurait être entaché par un minable chantage de deux millions d'euros et qui plus est, à l'encontre de l'un de ses membres, et puisque nous parlons de Monsieur Néchié, son opinion sur vous est faite. Officiellement, et nous en savons quelque chose, nous en sommes les auteurs, vous lui avez adressé un message l'informant que votre disparition de La Ruche était volontaire car

vous aviez découvert le secret de la fugue des délinquants et que vous aviez fait le choix de vous mettre au vert afin de pouvoir continuer votre enquête sur le vol dont il a été victime, le plus tranquillement possible. Alors imaginez le choc lorsqu'il a vu aux infos Françaises nos images tournées chez nous en Colombie, agrémentées de vos propos scandaleux sur la strérilisation des femmes. Soyez raisonnable, laissez le temps faire son travail. Acceptez votre défaite. Ne nous causez pas de désagréments inutiles. Nous allons tâcher de vous trouver une occupation.

- Puisqu'on parle d'occupation, vous en avez fait quoi de mes deux compagnons de voyage, ils sont ici eux aussi ?

- Ils sont ici. Vous allez découvrir tout ça. Nous n'allons rien vous cacher. Ça vous évitera de tenter de tout savoir en prenant des risques inutiles. Monsieur Sharam m'a chargé de vous guider sur tout le secteur.

- Eh bien en ce cas, remerciez-le de ma part. Dites-lui que je reconnais ma défaite et que je me soumets. De toute façon, que voudriez-vous que je tente ici. Je ne sais même pas où je suis. Je n'ai aucun moyen de contacter qui que ce soit. Je suis à sa disposition.

- Je n'ai pas besoin de traduire. Il a parfaitement compris le sens de vos propos. A présent, je vais

vous demander de m'accompagner. Nous allons faire le tour du propriétaire.

- Juste une question comme ça, pour confirmation. Vous prétendez que Jean Néchié fait partie de votre Filii Dei ?

- Je ne prétends pas, j'affirme ! Qu'est-ce qui vous surprend ?

- Oh, plus rien. Au stade où j'en suis !

Je me lève, salut Sharam et marche sur les talons d'Eddy Namo. Nous sommes escortés des deux gardes. Nous repartons à bord du Land Rover. L'un des gardes au volant, l'autre côté passager et nous à l'arrière. Ma vie n'étant plus en jeu dans l'immédiat, je me détends un peu. Ok, je suis prisonnier au fin fond de la Colombie mais je décide de me mettre dans la peau d'un touriste. Je ne suis qu'en visite. La piste est tracée au beau milieu de la forêt. Je m'imagine, paumé tout seul dans ce fouillis de verdure, refuge de mille dangers, sans arme ni boussole, lorsqu'une clôture nous coupe la route. Le passager descend, ouvre une grille, nous passons, il remonte. Sans me regarder Namo m'adresse la parole.

- Nous voici au coeur de l'empire de Sharam Sharam.

- Ah bon ? Je ne vois rien de particulier à part une nouvelle coupe de bois. Il fait dans la déforestation ?

- Entre autres, mais de manière tout à fait légale. Ce sont des coupes autorisées sous contrôle de l'état.

- Et la main d'oeuvre ? Pas tous volontaires les bûcherons, je me trompe ?

- Non, vous ne vous trompez pas. Mais ils ont été expédiés ici par la justice. Ce sont des délinquants qui préfèrent un travail d'intérêt général que la prison. Comme vous voyez, tout ça est on ne peut plus légal et réglementaire.

- Mais alors, les jeunes extraits de force des centres de réinsertion ou des cités de non-droit françaises ou européennes, ils sont où ?

- Il y a dans les environs quelques richesses souterraines à commencer par le charbon. La Colombie possède un des gisements les plus riches du monde. Il y a aussi du pétrole, du gaz naturel, quant à la cordillère des Andes, elle regorge de vastes réservoirs d'énergie hydroélectrique. Je vous passe les gisements de nickel, d'or, ou tous autres métaux, comme le platine, l'argent, etc... Ici, c'est le charbon. Seulement, les volontaires pour venir s'encrasser les poumons pendant des heures au fond d'une mine, ils ne sont pas nombreux. Vous l'imaginez facilement ?

- Et alors ? Vos délinquants qui préfèrent le boulot que la taule, ça ne suffit pas ?

- Réfléchissez deux minutes monsieur Aubin. Vous imaginez le scandale si demain les familles des jeunes condamnés à un travail d'intérêt général apprenaient que leurs gamins sont expédiés au fond des mines de charbon ? Entre couper des arbres à l'air libre et manier un piolet par deux cents mètres de fond, il y a une sacrée différence non ?

- Donc, les recrues involontaires que vos rabatteurs kidnappent à l'étranger, ce qui ne crée donc pas de disparition dans votre pays, sont expédiées moyennant un tarif syndical mafieux à travers le monde pour effectuer des boulots de merde que plus aucun citoyen normal ne veut accepter. C'est bien ça ?

- Tout à fait. Monsieur Sharam s'occupe du secteur Amérique latine. Il n'est d'ailleurs pas le seul. Il ne pourrait en effet gérer à lui seul les demandes. Cela étant, je pense que beaucoup de vos compatriotes seraient ravis d'apprendre que des gens que vous considérez comme mafieux les débarrassent de la vermine qui contamine les villes et villages de votre beau pays.

Je n'ai pas le temps de lui répondre. Nous plongeons sous terre par une rampe goudronnée pour déboucher dans un parking. Ce qui m'interpelle illico c'est que ce parking est éclairé par des tubes néons. Comment se peut-il ? Il me faut un moment, pour réaliser que je pourrais tout aussi bien me trouver dans un sous-sol Parisien, tout ce qu'il y a de civilisé. La seule possibilité logique, c'est un groupe électrogène. Je dois avoir une tronche en forme de point d'interrogation, car Eddy Namo m'en fait la remarque.

- *Vous semblez étonné ?*

- *Tu parles Charles ! Vous me plongez en quelques mètres, au coeur de la civilisation. De la lumière, ici, au fin fond du trou du cul du monde.*

- *Eh bien, vous n'êtes pas au bout de vos surprises je vous prie de me croire et de me suivre.*

Bien que je sois sur le cul, je mets un pied devant l'autre, et je colle aux basques de mon guide. Nous franchissons une porte, un ascenseur tout à fait disponible nous attend. Si, si, je te jure un ascenseur. Comme je ne vois personne tirer sur les câbles, j'en déduis qu'il est lui aussi électrique. L'appareil descend, la porte s'ouvre. Un long couloir aussi lumineux que les Champs-Elysées à Noël nous invite à l'emprunter. Des portes à droite, des à gauche, des pleines, des vitrées, je dois être en train de roupiller. Tout ça, c'est forcément un rêve. Je vais me réveiller. Me retrouver le derche sur ma souche dans le village indien. Non, le rêve continue. Namo ouvre une porte, je pénètre dans la pièce. Des écrans de télés, des ordis, des téléphones, quelques personnes, hommes et femmes, travaillent dans ce lieu aussi inattendu qu'insolite.

- C'est le centre de gestion de l'ensemble du site. Comme vous le constatez tout est sous contrôle. Nous voyons tout ce qui se passe, tant sur les secteurs déboisements forestiers que sur celui de l'extraction du charbon. Tout comme nous voyons tout ce qui se passe autour du site. Jusqu'au village indien. Absolument tout. Mais attendez, la plus grosse surprise vous attend !

- Stop stop ! Laissez-moi respirer. L'énergie électrique pour alimenter tout ça, c'est quoi ? Des groupes électrogènes ?

- Il y a effectivement des groupes en cas de besoin, mais seulement en cas de besoin. Une centrale hydroélectrique a été construite en amont de la rivière que vous avez repérée au village. La force de l'eau fait tourner une turbine qui fait fonctionner un alternateur, qui produit un courant électrique alternatif. Sans cette installation, pas de possibilité d'accueillir des gamins. Les règles sont strictes. Travaux d'intérêt général ok, mais avec un accueil digne de ce nom. Dortoirs, douches, repas chauds, infirmerie etc... Vous visiterez tout cela tout à l'heure.

- Attendez, il y a encore un truc qui me turlupine. Ok pour la fourniture électrique, mais vous faites comment pour les réseaux téléphones et les ordinateurs ?

- Je ne suis pas spécialiste en la matière. J'ai entendu parler de satellites sur orbite terrestre basse et d'antennes relais. Tout ce que je peux dire c'est que ça fonctionne. Mais venez avec moi, je vais vous montrer le plus important. Ce qui génère le plus de revenus.

Qu'est-ce qu'il peut bien vouloir me montrer de plus qu'une entreprise ultramoderne dans le sous-sol de la forêt amazonienne avec du matos électronique de pointe, ascenseur, électricité. Va-t'en voir ! Peut-être un aéroport international, ou une gare TGV ? Non, là vraiment, je ne vois pas ce qui peut encore me surprendre. Nous reprenons le couloir. Au fond, à gauche, une porte que je qualifierais de blindée à en juger par son aspect. Eddy Namo, présente un bip devant un oeil de caméra. La porte s'ouvre. Ah oui d'accord ! Pas besoin d'explications supplémentaires. Derrière un sas vitré, je peux voir et comprendre. Des machines à broyer les feuilles de coca, de grandes cuves en inox, des bidons de sulfate d'ammonium, de la chaux, et tout et tout, il s'agit d'un vaste laboratoire de transformation de la cocaïne. Je ne suis pas invité à aller plus loin.

- Je pense que vous avez compris ce dont il s'agit ?

- Et comment ! Bien sûr, je suppose que vos ramasseurs de feuilles sont également des travailleurs exilés de force ?

- Non ! Pour la plupart, nos raspachines, c'est le nom des ramasseurs en Colombie, sont issus de la population la plus misérable du pays.

- Vous allez me faire croire qu'ils sont salariés sans doute ? Ils n'habiteraient pas le village où j'ai eu l'occasion de transiter, il y a quelques heures ?

- Effectivement. Mais croyez-le ou pas, ils sont bien traités, soignés et même éduqués au niveau des enfants.

- Ben voyons ! Vous allez éduquer ces gamins au risque qu'ils comprennent un jour que vous exploitez leur famille ?

- J'ai bien dit éduquer, pas instruire. Éduquer, c'est-à-dire cultiver, élever du bétail, respecter l'environnement, les éduquer quoi !

- Excusez-moi, mais pour ce qui concerne tout ce que vous venez de me décrire ils n'ont jamais eu besoin de vous ! Ils ont des siècles de formations derrière eux. Ce serait plutôt à eux de nous éduquer, vous ne croyez pas ?

- Laissez tomber, on ne se comprend pas. Venez, je vais vous montrer le reste, ainsi que votre habitat personnel. Nous allons vous foutre la paix quelques jours. Après nous verrons pour vous trouver une occupation.

Chapitre XXIII

- Ce sont des piranhas noirs, des Serrasalmus Rhombeus les plus voraces. La terreur des rivières amazoniennes. Ils vivent jusqu'à vingt-cinq ans. Ils arrivent même à se bouffer entre eux. Vous tombez là-dedans, en moins de deux, on peut envoyer votre squelette en faculté de médecine.

Je pense qu'Eddy Namo est content de me montrer ce bassin distant d'environ quatre ou cinq kilomètres de Sharam-City ou grouillent quelques spécimens des poissons les plus dangereux de la planète. Je me fais peut-être des idées, mais je reçois comme un avertissement le sens de ses propos. Un sous-entendu à peine dissimulé « Si vous tombez là-dedans ». Je n'ai, a priori, aucune raison de tomber dans ce bassin. Au deuxième jour de mon arrivée chez Sharam la visite continue donc. Avant cet arrêt dans l'espace réservé aux piranhas de compétitions, j'ai vu tout ce qui concerne l'hébergement des condamnés aux travaux d'intérêt général, j'ai vu et inauguré ma cellule, difficile d'appeler ça autrement : un plumard, une chaise, une table, mais aucune ouverture sur l'extérieur évidemment… J'ai vu également le secteur du personnel, mais absolument rien sur les conditions d'accueil des travailleurs involontaires. C'est sur le trajet qui nous conduit vers la mine que nous avons fait cet arrêt piranhas.

- Il en fout quoi de ces pelleteuses à bouffe, l'ami Sharam ?

- Je vous l'ai dit. Il les vend aux zoos ou bassins qui lui en font la demande. Il a sous la main une réserve permanente avec la rivière. Il aurait tort de ne pas en profiter. Un petit complément financier, c'est toujours bon à prendre

- Si ce n'est pas indiscret, tous secteurs confondus, ça représente combien de personnes l'empire Sharam Sharam ?

- Oh, le personnel qualifié, les gardes, la direction, les manuels, environ un millier de personnes. Plus bien sûr les relais à l'étranger.

- Effectivement, il faut du fric pour faire fonctionner la machine. Elle se trouve où cette mine de charbon ?

- À une cinquantaine de kilomètres. D'ailleurs, il est temps de repartir.

Nous regagnons le véhicule. Toujours nos deux accompagnateurs armés à nos côtés. Tandis que nous roulons sur une piste bien entretenue, tracée à travers la forêt, je gamberge encore sur ma situation peu enviable. Arrivé par avion après quelques heures de vol, j'ai pu constater que cette forêt s'étendait sur des centaines de kilomètres. J'ai pu suivre un long moment les boucles de l'Amazone. Un gigantesque serpent avec des largeurs de plusieurs kilomètres. Me remémorant ces images et la durée du vol depuis l'élevage de Mick Xomatos, je ne peux qu'aboutir à la conclusion que je suis fait comme un poisson dans une nasse. La seule route possible est aérienne. Je crois bien que cette fois, les carottes sont cuites ! D'autant que je n'ai aucun moyen de contact avec le monde du troisième millénaire. La seule possibilité serait d'accéder à la salle de contrôle et de gestion. Autant dire que j'ai autant d'espoir d'y parvenir que de ramasser le magot à l'Euromillion. Et encore, à l'euromillion, tu as ton ticket dans la poche. Tous les espoirs te sont permis. Ici, le seul ticket qui pourrait me filer une chance, c'est le canon d'un flingue dans le cul de Sharam. Je l'imagine assez bien, le derche à l'air, serrant les miches, marchant en direction de l'aéroplane, en priant le ciel que je ne chope pas une crampe dans le doigt qui caresse la détente. Je m'empresse de préciser que j'ai bien dit « la détente ». Toute confusion me contrarierait beaucoup, si tu vois ce que je veux dire ? Bon alors, on arrive quand à cette mine ? J'en ai un peu ras la frange des arbres, des Fougères, des branches, des lianes, gros besoin d'espace le Aubin. Eddy Namo, doit être connecté à mes pensées.

- *Nous arrivons dans quelques minutes.*

Effectivement, nous arrivons. Alors là, j'en reste Baba, Scotché ! Presque à perte de vue s'étend une exploitation minière gigantesque. Des terrils un peu partout, des pelleteuses, des dumpers jaune canari descendent ou grimpent sur une piste en lacets. Ça grouille comme une fourmilière.

- *Ça vous épate hein ?*

- *Comment c'est possible ? Vous avez acheminé tout ce matériel comment ? On doit voir ce chantier depuis la lune !*

- *C'est effectivement une grosse exploitation minière. Elle appartient à la compagnie Talsancho-Montnégro, elle-même sous la Coupe de l'état. Mais c'est loin d'être le plus grand site minier du pays. Celui-ci ravitaille plutôt les besoins locaux. Tout ce que vous voyez ici a été mis en oeuvre à la fin des années quatre-vingt. Ça ne s'est pas réalisé sans casse. Les tribus indiennes du secteur ne se sont pas laissées expulser sans réagir. L'armée a dû intervenir à diverses reprises suite aux attaques contre les infrastructures et les agressions contre le personnel. Des balles contre des sarbacanes, la cause était toutefois perdue d'avance. Là-dessous c'est un véritable charnier. Ceux qui ont survécu à ces expulsions musclées se sont très vite retrouvés au turbin, y compris les enfants, sous la surveillance de groupes de guérilleros, pour une fois, à la solde de l'état. Aujourd'hui, le bon fonctionnement de l'administration est confié à Sharam.*

- Oui, ça j'avais compris ! Mais encore une fois, tout le matériel qui se trouve ici, il est arrivé comment ? Certainement pas par avion, j'ai eu l'occasion de voir la piste il y a quatre jours. Quant à la circulation terrestre, ce ne sont que des chemins forestiers, tout juste entretenus par le passage des roues de vos Land Rover.

- Par la route, sur des semi-remorques, tout simplement ! Aller, je vous dis tout. Vous vous trouvez en réalité à moins de cent kilomètre, de la localité de Pastagao-Frigo. Elle est reliée au reste du territoire par un aéroport et un réseau routier tout ce qu'il y a de normal dans un pays civilisé. Nous y avons sur place un centre stratégique moderne pour gérer et entretenir tout ce qui concerne cette exploitation minière. Contrairement à ce que vous avez pu croire, vous n'êtes pas du tout paumé au fond du trou du cul du monde. Du moins pas comme vous l'avez cru. C'était encore le cas il y a environ un siècle mais les prémices de l'extraction

du charbon Colombien ont amené peu à peu une population, qui, bien que faite de crèves-la-faim, de bandits de grands chemins, de paumés en tout genre, a fini par aboutir à la situation actuelle. D'où les réseaux téléphones ordinateurs et tout le reste.

- Donc, vous m'avez pris pour une truffe avec vos bobards genre satellite, relais etc... !

- Sauf pour l'électricité. Il y a réellement une centrale hydroélectrique à Sharam-City. C'est le nom donné au labo souterrain. Mais je vous propose de grimper jusqu'à l'exploitation proprement dite.

- Ça m'apportera quoi de plus ?

- La réponse à vos questions sur les disparitions non résolues de délinquants en France. Comme à La Ruche par exemple.

C'est étonnant, comme j'ai l'impression que mon avenir s'est éclairci en quelques minutes. Je me croyais au fond de la cuvette des toilettes et voilà que j'apprends que je suis juste derrière la porte. Il va falloir que j'arrive à l'ouvrir. Je me sens beaucoup plus détendu. J'observe l'agitation tout autour. Notre Land Rover grimpe en suivant un dumper vide tandis que nous croisons ceux qui redescendent avec le ventre plein. Comment une exploitation pareille peut bien avoir été confiée à une crapule comme Sharam ? La société minière est légale puisqu'elle est sous la coupe de l'état. Alors pourquoi confier l'administration de cette mine à un sulfureux narco-trafiquant ? Filii Dei doit effectivement avoir de sacrées défenses immunitaires. Remarque, je dis ça mais si je me souviens bien, il n'y a pas si longtemps, je me trouvais au côté de madame la ministre colombienne de la délinquance et des cas sociaux, au beau milieu de mes kidnappeurs à Barranquilla. Ça en dit long sur la sélection gouvernementale, tu ne trouves pas ? Nous arrivons sur une nouvelle esplanade mais plus modeste que celle du bas qui, en la dominant d'ici, parait encore plus gigantesque.

- *Allons-y. C'est le terminus. Je vais tout d'abord vous faire visiter le centre d'hébergement des mineurs. Je parle des travailleurs, rien à voir avec l'âge. C'est là-bas sous la végétation.*

Je marche à côté de Namo. Les gardes nous suivent. Ainsi, voilà l'entrée de la mine proprement dite. Elle est assez vaste, plusieurs rails émergent à l'air libre. Une plate-forme permet aux chariots pleins d'opérer un demi-tour après avoir été vidés de leur chargement par quelques ouvriers. Les dumpers viennent stationner sous cette plateforme. Le contenu du wagonnet se déverse directement dans la benne. Cette manoeuvre est manuelle. Un boulot à la chaîne en quelque sorte. Nous parvenons à l'abri de la végétation. Ce que je découvre est à peine concevable. Des abris de fortune en tôle ondulée qui font penser aux cités d'urgence. Certaines, en forme de tunnel, abritent des toilettes rudimentaires faites de deux longues rangées de planches percées d'un trou tous les mètres environ. Idem pour la partie douche et lavabo. Le tout est réduit à sa plus simple expression. D'autres abris sont rectangulaires pour abriter la cantine et les dortoirs. Pas de lits, juste des hamacs. Et là, du moins je le suppose, il doit s'agir du secteur cuisine. Deux chaudrons de la taille d'une lessiveuse des années trente laissent deviner que le menu ne comporte qu'un seul et unique plat du jour. Aucun risque de voir cet hôtel, nominé aux étoiles Michelin. Je ne peux m'empêcher d'en faire la remarque.

- Plus primaire ça me paraît impossible !

- Ça pourrait être pire. Tout ce beau monde pourrait tout aussi bien dormir et manger dans la mine. Avec cette installation, au moins, ils peuvent se laver, laver leurs fringues, dîner assis à une table et dormir à l'abri. Ce n'est qu'un ramassis de crapules ne l'oubliez pas, la lie de l'humanité. Certains mériteraient la pendaison par les pieds, la tête sur une fourmilière. Personnellement, je trouve ce confort très choquant. Vous avez un côté gaucho-crapulo-collabo qui m'interpelle. J'ai bien du mal à vous situer.

- Moi aussi j'ai du mal à me situer. Surtout depuis que je suis votre invité. Mais dites-moi, vous n'avez

pas que des esclaves enrôlés de force sur le site de la mine, le personnel normal, je veux dire salarié, celui qui évolue sur le carreau, celui qui manipule les engins, il réside où en dehors des heures de travail ?

- Un grand centre d'accueil à la sortie du chantier. En dur, je m'empresse de préciser. Avec le minimum de confort bien sûr. Il y a aussi l'hébergement des gardes. En dur également.

- Ils savent que les mineurs sont des travailleurs de force ?

- Oui et non ! Pour eux, ceux qui passent la journée au fond des forages sont des délinquants qui ont choisi le travail d'intérêt général plutôt que la taule.

- Mais je croyais selon vos dires que la population colombienne n'accepterait pas ce genre de compromis ? Ok pour la coupe du bois mais négatif pour la mine ? Si vous me disiez franchement ?

- Ah ! Vous devenez vraiment chiant avec vos questions sournoises ! Et bien il y a aussi les condamnés à de longues peines. Nous leur mettons le marché en mains. Une réduction sensible de leurs années d'incarcération contre un boulot à l'extérieur. Voilà, vous êtes satisfait ?

- A l'extérieur ! Vous êtes des comiques vous, les Colombiens ! Cela dit, puisque je me trouve sur le

lieu de travail de vos... disons... « employés », me serait-il possible de mettre des visages sur mes deux compagnons de voyage ?

- Vous les avez vus. Ils ont été affectés au déchargement des wagonnets, sur la plateforme de l'entrée. Mais après tout pourquoi pas ! Comme ça au moins, vous aurez la certitude qu'ils sont bien en vie.

- Pourquoi ne pas me l'avoir dit lorsque nous nous sommes arrivés sur les lieux ?

- Avant ou après cette visite de l'internat, quelle importance ? Ils sont là jusqu'à la tombée de la nuit. Lorsque de nouvelles recrues nous parviennent, nous les plaçons toujours quelques temps à ces postes car de cette manière, ils ont une vue d'ensemble sur le site et comprennent immédiatement que toute tentative de fugue est vouée à l'échec. Leur place est au service extraction du minerai et pas ailleurs. Qu'un seul essaie seulement de s'engager sur la descente vers le carreau de la mine. Il comprendrait aussitôt qu'il vient de commettre une grave erreur. D'abord un tir de sommations et si ce n'est pas suffisant, un pruneau dans la tête et aux piranhas. Il n'y a pas de cimetière ici.

- Un autre viendrait prendre sa place, c'est bien ça ?

- Tout à fait ! Nous allons vous laisser parler avec eux, cinq minutes montre en main. Juste de quoi leur laisser le temps de vous confirmer qu'ils sont bien les déserteurs de La Ruche. Cinq minutes. Pas une de plus. Nous ne pouvons pas laisser les wagons s'accumuler ni retarder le chargement des camions.

- Ils sont plusieurs, ce sont lesquels ? Je ne les ai entrevus qu'avec un bâillon sur le visage.

- Ceux qui parlent français évidemment. N'oubliez pas, cinq petites minutes. Allez-y. Nous vous attendons ici.

Chapitre XXIV

Cinq minutes il avait dit. Elles sont passées en cinq secondes. Cinq minutes pour avoir confirmation qu'ils étaient bien ceux que j'espérais qu'ils seraient. Cinq minutes pour leur filer de faux espoirs. Leur balancer le mensonge que j'étais sur leur trace. Que je suis français, que c'est moi qui était prisonnier avec eux dans la calle du bateau, que j'allais tout faire pour les faire barrer de là, mais cinq minutes aussi pour apprendre que d'autres français sont sur les lieux. D'abord méfiants, le nom de La Ruche les a rassurés. À l'heure qu'il est, le message a dû circuler. Dans l'immédiat, assis dans le burlingue de Sharam, en présence bien sûr d'Eddy Namo, j'attends la suite de mon programme.

- Y' echpère qué votré chéyour ché nous che pache bien ? Yé choichi dé fous lécher quéqué yours pour

fou habitouer. Yé crois qué nous poufons fou checxpliquer la chouite. Mochieu Némo fa fou chexpocher la chitouachionne.

- Trop aimable cher ami, je suis tout à l'écoute !

- Bien ! Vous avez fait le tour du propriétaire, vous avez donc pu vous faire une idée de ce que représente la gestion d'une telle exploitation. Il ne peut y avoir aucun gravier dans les rouages. Pour nous, même si nous vous avons sous la main et à l'oeil, vous représentez toujours ce petit gravier. Alors à partir de maintenant, vous allez prendre place devant un ordinateur, dans la salle de pilotage si j'ose dire, sous les yeux de nos collaborateurs. En clair, vous êtes notre dernière recrue à ce jour. Une recrue plus facile à surveiller si nous l'avons en permanence dans le collimateur. Vous devez ce choix à votre incontrôlable impulsivité. Vous agissez souvent sans réfléchir. Nous vous pensons capable de vous tailler à travers la forêt au risque de vous faire bouffer par le premier crocodile venu…

- Il y a des crocodiles en Colombie ?

- Et comment ! Certains peuvent atteindre jusqu'à cinq mètres. Je vous l'ai dit, ici, nous vous avons à l'oeil chaque seconde de chaque heure. Alors pas de conneries hein !

- Et je suis censé faire quoi, devant cet ordinateur ?

- Avouez que c'est là que ça devient drôle ! Vous allez gérer les demandes et la répartition des candidats à l'exportation. Vous verrez, c'est un travail qui ressemble à un jeu. Je prends des pions ici, je les dépose là, ou là ! Un genre de Monopoly international si vous voulez, sauf que, dans le cas présent, vous ne repasserez pas par la case départ et ne recevrez pas mille ou deux mille euros !

- C'est quand vous dites candidat à l'exil que je vous trouve le plus drôle ! Vous avez un grand sens de l'humour dans cette entreprise !

- Ravi de vous avoir diverti. Bien ! A présent, si vous voulez bien me suivre ?

- Attendez ! Juste une remarque. Si bien sûr je dois remercier Monsieur Sharam Sharam pour la confiance qu'il m'accorde, il prend quand même un risque en me collant sur un ordi. On peut faire énormément de choses sur un ordinateur. Je pourrais par exemple être tenté de faire passer quelques SOS discrets.

- Vous me décevez beaucoup en nous accordant de si faibles facultés mentales. Chaque secteur, chaque pièce, est sous l'oeil des caméras. Il y en a pratiquement une, même si j'exagère à peine, pour chaque membre de l'organisation. Votre écran, votre clavier, tout est sous surveillance. Grattez- vous le pif et nous saurons exactement à quelle heure vous

l'avez fait. Permettez-moi d'ajouter encore ceci, Sharam Sharam vous a accordé un très gros morceau de bol en ne vous expédiant pas directement en enfer. Soyez certain que vous n'aurez pas de deuxième chance. Au moindre faux pas, c'est direction les piranhas. Nous prendrons un soin particulier à bien ranger vos ossements dans une boîte et direction une faculté de médecine quelque part dans le monde.

- Oh là, ne vous mettez pas en rogne. Je soulevais seulement une hypothèse.

- Oubliez-la vite et suivez-moi jusqu'à mes appartements. Je vais vous mettre au parfum.

Comme dit comme fait. Je déambule dans les couloirs avec Namo. J'avoue que j'en reste pantois. J'avais tout imaginé pour moi, la mine, la déforestation, la pêche aux piranhas, mais occuper un poste à la direction de Sharam-City, je dois l'avouer, certainement pas. Effectivement, je prends la mesure du bol en question. A tout choisir, je préfère et de loin devenir doigts d'honneur sur un clavier d'ordinateur que squelette de démonstration à la faculté de Thûladanlos. Ici au moins, à la première occasion, je jouerai mon va-tout. Je vais donc faire en sorte de donner le change en revêtant le costume du parfait petit employé bien propre sur lui, disposé à tous les sacrifices pour son chef suprême. Un peu comme à l'Élysée ou dans nos ministères, si tu vois ce que je veux dire ? Nous pénétrons dans l'espace réservé à Nemo. Bof ! Je m'attendais à autre chose. Une simple cellule comme la mienne. Juste un bureau, un téléphone une télé en plus. C'est tout.

- *Prenez place. Je vous sors les infos nécessaires à vos nouvelles fonctions.*

J'obtempère. Eddy Namo farfouille sur une étagère pour s'emparer d'une carte de papier comme il en existe encore quelques-unes dans les stations-service françaises. Il pousse un peu le bazard sur son bureau pour déplier le document. C'est une carte du monde. On le voit tout entier, tout bien aplatis pour tout bien comprendre. Sauf que cette carte est recouverte de lignes de diverses couleurs, avec comme point de départ, la Colombie. Plus précisément Bogota. J'en déduis illico que l'empire de Sharam Sharam possède son siège social dans la capitale Colombienne. Mais alors, pourquoi lui, le chef, le taulier, le grand manitou, la tête dirigeante, reste-il planqué sous terre comme un rat, à Sharam-City ?

- *Voilà ! Comme vous pouvez le constater, vous embrassez d'un seul regard les ramifications internationales de l'organisation. Comme vous pouvez le constater également, l'épicentre de l'empire Sharam est à Bogota, même si ce monsieur se trouve le plus souvent présent ici.*

- Oui, c'est précisément la question que je me posais. Et la raison c'est quoi ?

- Ne soyez pas naïf. Si du jour au lendemain un scandale devait éclater, il est plus facile de disparaître à partir d'ici qu'à partir de Bogota. Ce ne sont pas les frontières qui manquent dans les environs : Équateur, Pérou, Brésil.

- Brésil où il a quelques amis, du moins d'après mes infos. Des amis qui aiment bien les centres de vacances de la riviera française. Tiens d'ailleurs, vous ne trouvez pas qu'il y a un lien entre mes propos et une des activités de Sharam ? Si mes infos sont bonnes, un certain Ivan Drésamaire avait il y a longtemps mystérieusement disparu dans les valises de touristes Brésilo-Colombiens.

- Stop ! Je vous arrête tout de suite. Ivan Drésamaire a fui la France volontairement. Il a fait ce choix tout seul. D'ailleurs, ça lui aurait plutôt bien réussi à ce que je me suis laissé dire. Mais on s'éloigne du sujet qui nous concerne. Donc, comme je vous disais vous avez sous les yeux l'ensemble des ramifications qui partent de Colombie pour différentes parties du monde et qui, bien entendu, y reviennent. Les différentes couleurs sont relatives aux raisons de ces contacts. Les lignes bleues sont celles en rapport avec la raison de votre présence ici à mes côtés. Elles concernent les besoins et les ressources en main d'oeuvre. Les Verte concernent tout ce qui est

en rapport avec notre laboratoire. Pour le charbon, elles sont jaunes. Quant aux rouges, elles concernent tout le reste, comme par exemple les piranhas. Vous, vous n'allez avoir que les Bleues à prendre en compte. C'est à dire répondre aux demandes de personnel.

- Je peux quand même savoir en ce qui concerne les vertes, la came donc, comment se font les expéditions depuis Sharam-City ? Parce-que ok, vous transformez la cocaïne ici, sous terre, à l'abri de toute surveillance terrestre ou aérienne. Le survol d'avion ou de drones ne peut dévoiler que la forêt et les coupes de bois. Le seul chemin existant rejoint le village indien où se trouve aussi votre mini piste d'atterrissage et de l'autre l'exploitation minière. Je ne vois pas où se trouve la poste pour vos envois. En pirogue peut-être ? Les Tétanos doivent être de bons rameurs !

- Au point où nous en sommes, je peux vous répondre. La production est acheminée une fois par semaine chez Mick Xomatos. Papa prend son envol avec la marchandise pour atterrir chez fiston. Vous connaissez déjà l'endroit. Les sachets de came, comme on dit vulgairement, sont isolés des ondes dans une poche d'aluminium puis insérés dans le ventre des lapins de la race « Géants des Flandres » les plus gros. Puis le tout est congelé et emballé comme n'importe quel lapin prêt à cuire. Tout prêt à mettre en rayons. Sauf que bien évidemment, ces

commandes ne partent pas vers les grands distributeurs de supermarchés classiques. Ce sont des commandes bien spécifiques. Nos réseaux de distribution également. Enfin non, ce n'est pas exactement ça. Nous travaillons quand même avec deux gros fournisseurs de supermarchés. Pour la France par exemple, nous avons « Croisement » et « Multiprix ».

- Et pour la Chine ? Vous avez aussi des ramifications jusqu'en chine ?

- Ben oui ! Regardez la carte ! Pour la Chine, nos réseaux de distributions sont « Sethoukui » et « Dhégeulpah ». Mais revenons-en à la France. Les commandes sont expédiées par l'administration de Mick en même temps et dans les mêmes containers que les commandes destinées à la vente normale en rayons. Le tri est fait à l'arrivée. Il est facile à faire puisque seuls les arrivages « Géants des Flandres » sont concernés. Comme vous pouvez le constater, monsieur Sharam Sharam nourrit beaucoup de monde. Je ne parle pas des lapins, vous l'avez compris. Je parle de personnes rattachées à son business.

- Oui je vois ça ! A ce sujet, son correspondant chinois ce ne serait pas par hasard monsieur Shipaoli Yapopo ? Le richissime président de la firme Chti-Ripäthön, celle-là même qui a mis au

point la machine à réduire les panards des geishas ! Vous voyez j'en sais beaucoup !

- C'est bien ça ! Mais laissez la Chine où elle est. Je vais maintenant vous faire faire un pas de géant dans votre enquête principale. Vous allez comprendre à quel point vous avez bien fait d'accepter de nous suivre.

- Accepté, accepté, vous en avez de bonnes vous !

- Allons, ne jouez pas sur les mots. Je vous conseille d'accepter un petit coup de notre remontant national, vous allez en avoir besoin. Je parle de l'Aguardiente. Ça vous dit ?

- Ma foi, puisque vous me le proposez !

- Eddy Namo s'empare d'une bouteille, de deux verres et nous verse deux bonnes rasades de son contenu. Je suis branché sur le 220 volts. Qu'est-ce que ce sacré Namo va bien pouvoir m'annoncer de si extraordinaire qui va me faire faire un grand pas de géant dans mon enquête sur la mystérieuse disparition des documents chez Jean Néchié ? Quoi qu'il en soit, je suis preneur de toute info, fût-elle divulguée ici, sous la forêt amazonienne.

- Aller, à la bonne vôtre, et accrochez bien votre ceinture ! Vous serez d'accord avec moi dans un gouvernement tous les ministres se connaissent.

Certains sont copains, d'autres ne peuvent pas se blairer, comme dans toute administration. Jean Néchié, votre ministre, enfin ex, avait la faiblesse de croire en la fraternité de la classe dirigeante. Il tapait sur l'épaule de tout le monde. Une année, à l'approche des fêtes de Pâques, pour séduire l'électorat catholique, les élections étant très proches, votre président de la République avait décidé de se coller le principe de laïcité dans le fion, c'est bien comme ça qu'on dit en France ? Et d'organiser un petit dîner en compagnie de quelques pointures cléricales plus ou moins influentes. Bien sûr, il n'allait pas non plus à la fin du repas déposer des oeufs et des lapins en chocolat dans les assiettes. Alors avec un trait d'humour qui caractérise les politicards, il demanda au chef cuisinier du palais d'inventer une recette amusante à base de lapin et d'oeufs durs. C'est un peu con, je vous le concède, mais c'est comme ça ! La nouvelle s'est répandue et un matin, ou un après-midi on s'en fout, Jean Néchié a croisé le chef des cuisines de l'Élysée. Voilà à peu près ce qu'ils ont dû se dire....

- Salut Jean, comment tu vas ? Etc... etc....

- Oui oui, moi ça va très bien, et toi ?

- Oui, moi aussi, mais dis-moi, t'es au courant du repas spécial lapin de Pâques avec le clergé ?

- Oui bien sûr ! Ah ben tiens dis donc, pour ce qui est du lapin, j'ai une info à te filer. Mick Xomatos, le fils d'un pote colombien, élève là-bas des lapins en liberté. Tu ne pourrais pas trouver meilleur en France. Je pense que pour un déjeuner à l'Élysée pendant Pâques ça pourrait marquer le coup.

- En Colombie ?

- Oui, mais ce n'est pas un problème. Je peux t'arranger le coup.

- Et voilà ! Idée adoptée à la majorité des deux lascars. Commande passée, envoi effectué. Comme sur des roulettes. Sauf que... ! Je suppose que vous commencez à deviner la suite ?

- Un peu oui ! Le colis contenait des « Géants des Flandres ! »

- En plein dessus vous avez tout pigé.

- Les lapins arrivent, sont décongelés, et bingo ! Un petit cadeau dans le bide de chacun. Vous imaginez la gueule du cuistot quand il a déplié le papier d'alu. Je vous passe les détails, mais rapidement, on ne parla plus que de cette affaire au palais. Seulement, vous pensez bien que le pauvre mec responsable de la brigade culinaire n'allait pas endosser le costard du coupable sans rechigner. Il a vite chargé la mule nommée Jean Néchié. Du Genre « Et que c'est lui

qui m'a forcé, que c'est quand même le ministre, que je suis qu'un pauvre employé, que j'ai pas mon mot à dire, que si j'avais dit non j'étais viré etc... »

- Ok, mais je ne vois pas comment une telle bourde a bien pu arriver ! Les colis spéciaux doivent forcément comporter un aspect particulier. Je ne sais pas moi, un signe, une couleur. C'est forcément chez Mick Xomatos que la cata s'est mise en route.

- Quelle importance monsieur Aubin ? C'est arrivé, c'est tout !

- Et alors ?

- Alors Néchié a réfuté avec la plus grande stupéfaction cette accusation calomnieuse. Genre... « Quoi ? Moi ? Mais qu'est-ce que j'ai à voir avec votre histoire de lapins dealers ? Bien sûr que je connais Mick, j'ai même été pris en photo avec lui, ce n'est pas un secret. Non mais dites donc, faut vous faire soigner les mecs. Je suis ministre. Qu'est-ce que j'en ai à foutre des cuisines de l'Élysée ! Oh, mais je sais pourquoi cet individu m'accuse. J'ai osé critiquer une fois, devant le président, la garniture de ses tomates farcies. Trop farineuses. Rien à voir avec les tomates de ma mère qui conservaient de la consistance. Il a mal digéré ma remarque si j'ose dire ! ». Voilà en gros ce qui a dû se dire. Bref, finalement, c'est votre chef de l'État en personne qui a calmé le jeu. Ordre formel. Pas un mot sur cette

affaire en dehors du palais. Celle ou celui qui divulguerait une info sur cet incident se verrait illico muté au Groenland comme fabricant de glaçons pour l'apéro. L'affaire aurait pu s'arrêter là mais il a fallu que Jean Néchié s'empresse de faire une connerie impardonnable. Il a adressé un courrier à Mick Xomatos l'informant de l'incident survenu à l'Elysée et l'incitant à un peu plus de sérieux au niveau des contrôles, lors des envois. Seulement voilà, Mick a souhaité s'excuser humblement pour cette impardonnable bévue. Il a répondu Genre.... « Vous pensez bien cher ami que, etc, etc... ». Tout ça, sur une lettre qui se terminait par... ? Par... ? Et bien je vous le donne en mille, par... « Je vous remercie cependant cher ami d'avoir tenté de faire de moi et de mon entreprise un fournisseur officiel du gouvernement de votre magnifique et glorieuse nation Française ». Lettre adressée et donc parvenue au ministère de la délinquance et des cas sociaux. Lettre interceptée lors du tri au service courrier du ministère. Nous supposons que votre président en a eu connaissance et que, lassé de l'histoire des lapins de Pâques, il a demandé à Néchié de bien vouloir lui présenter sa démission pour raisons personnelles. C'est à partir de cette démission que le bruit a couru que le ministre avait en réalité été viré pour avoir fermé les yeux sur un petit trafic interne au palais. Nous sommes à peu près persuadés que lors de l'entretien, votre président a restitué la lettre de Mick Xomatos à son futur ex- ministre, lui assurant de la sorte une tranquillité relative. En clair, officiellement, ce courrier n'était jamais parvenu au ministère. Affaire classée. Après, si votre client a eu la stupidité de ne pas la détruire, il n'a que ce qu'il mérite ! La personne qui exerce à ce jour sur lui un chantage de deux millions d'euros ne peut qu'être celle qui a réceptionné la lettre, l'a ouverte et l'a transmise à votre chef de l'État dans le but de faire virer Néchié. Il faut donc chercher à qui le crime a profité.

- Vous m'orientez sur madame Élisabeth De Somme, c'est ça ?

- Ben à votre avis ?

- Mon intuition me détourne de cette possibilité. Elle a eu ce qu'elle voulait, la place de ministre. Même pour deux millions, je ne la vois pas se mouiller dans ce jus-là ! Je pense beaucoup plus à la personne qui a réceptionné et ouvert l'enveloppe au lieu de l'orienter vers son destinataire, à savoir, le bureau ministériel. Mais la personne en question, seul le chef de l'État la connaît et bien évidemment, je n'ai aucun moyen de faire pression sur lui pour avoir cette info ! Surtout en étant exilé au fin fond de la Colombie. Mais en tout cas, merci pour m'avoir rencardé. Grâce à vous, je connais le contenu du fameux courrier. Il va vraiment falloir que je vous quitte au plus vite si je veux reprendre mes investigations.

- C'est ça ! Comptez là-dessus monsieur Tom Edgéri ! Aller, à la bonne vôtre !

- Faites-moi plaisir, laissez tomber avec vos Tom Edgéri !

Chapitre XXV

Faut vraiment que mes geôliers soient sûrs que je ne quitterai plus Sharam-City pour me refiler des infos d'importance concernant ma mission originelle. Cependant, je ne peux qu'être d'accord avec Namo, notre ami Sharam n'a que foutre de deux millions d'euros. C'est l'équivalent des dix balles qui traînent au fond de ta poche. Quoi qu'il en soit, ce que je viens d'apprendre me conforte dans ma décision de trouver le moyen de me barrer d'ici au plus tôt. Acheter et vendre du personnel involontaire à l'échelle mondiale, le nez sur un écran d'ordinateur n'est pas dans ma nature. Moi il faut que je bouge, faut que ça bouge. Précisément, j'ai juste le temps de m'installer sur la chaise de bureau que ça bouge. La vidéosurveillance du côté village Tétanos et compagnie nous révèle une agitation inhabituelle. C'est du moins ce que je crois comprendre en constatant la fébrilité soudaine de mes cinq collègues. N'ayant pas appris l'espagnol durant la nuit, je ne peux associer une raison particulière à leur inquiétude. C'est l'arrivée d'Eddy Namo qui me fournit la réponse.

- *Qu'est-ce que vous êtes allé raconter à vos deux branleurs de compatriotes ? C'est le merdier sur le carreau de la mine. Ce matin l'ensemble de ces vermines puantes a refusé de quitter le campement.*

- *Que vouliez-vous que je dise en cinq minutes ? Je leur ai fait croire que j'étais un enquêteur français qui avait retrouvé leurs traces et que leur libération était proche. Rien de plus !*

- *Je n'aurais jamais dû vous autorisez à leur adresser la parole ! Putain de bordel de merde, avec vous ça se termine toujours en cata. Vous avez foutu la merde à ce que je crois savoir lors de votre visite chez Mick Xomatos avec vos propos débiles. Vous avez foutu la merde à La Ruche et vous semez la pagaille ici, à Sharam-City. On va vous balancer aux piranhas, ça va définitivement régler le problème !*

- *Oh là dugland ! Faudrait voir à te calmer bonhomme ! Je n'ai jamais demandé à ces deux abrutis de faire la grève. Et puis vous n'allez pas me faire croire que vous n'avez pas les moyens de les envoyer au turbin à coups de pompes dans le cul.*

Deux ou trois coups de crosse sur la tronche devraient suffire non ? C'est vrai çà, qu'est-ce qui vous fait croire que ce sont mes propos qui sont responsables de la situation. Regardez attentivement les écrans, apparemment c'est aussi le foutoir chez les tétanos. Pour autant que je sache, je n'ai eu aucun contact avec eux.

- *Nous verrons tout ça plus tard. Dans l'immédiat un garde va vous reconduire dans votre chambre et il restera devant la porte. Si vous tentez quoi que ce soit il vous colle un pruneau entre les deux yeux.*

J'ai connu des situations plus agréables. Mes espoirs de faire passer des messages depuis l'ordi viennent de s'envoler comme un nuage d'étourneaux. Qu'est-ce qui a bien pu se passer là-haut à la mine ? Quel rapport entre le refus des captifs de retourner au boulot et l'agitation des Indiens Tétanos ? Je ne le sens pas ce coup-là ! Si je me laisse enfermer, tout espoir s'envolera. Un ordre de Sharam qui doit en avoir ras la frange de mes provocs et je sers de petit déj aux piranhas. Seulement voilà, le garde va se pointer et braquer son arme sur moi. Alors je fais quoi hein ? Je fais quoi ? Je suis tout seul, là, dans cette pièce, contre cinq collaborateurs de Sharam, six avec Namo. Il va falloir que mon ange gardien déclare l'état d'urgence. Lui aussi il doit en avoir ras les plumes de me sortir des marécages où j'ai pris l'habitude de m'enliser. Namo donne ses ordres. Quelques minutes plus tard, un robocop se présente devant la porte, kalachnikov à la main. Cette fois, les carottes me semblent bel et bien cuites. Eddy Dynamo demande au personnel de quitter la pièce. Il me tourne le dos, juste le temps de faire signe au garde d'entrer. Je n'ai même pas le temps de comprendre ce qui se passe. En une fraction de seconde, le pote Eddy se retrouve déguisé en bouclier humain, la pointe d'un coupe-papier chromé sur la glotte. Je ne sais pas comment j'ai eu le temps de repérer le coupe-papier, de m'en emparer, d'enlacer le cou de Namo, de plaquer son corps contre moi, mais quoi qu'il en soit, je viens de retourner la situation en moins de temps qu'il n'en faut aux services fiscaux français pour vider tes comptes bancaires. C'est te dire !

- Dis à ton garde de déposer sa sarbacane sur le plan de travail ou je te saigne comme un lapin de Mick Xomatos. Fais gaffe, je n'ai plus rien à perdre !

- Tu fais une énorme connerie. A présent, c'est sûr, les piranhas vont bouffer français !

- Ta gueule, pas le temps d'écouter tes conneries !

La sulfateuse est déposée sur le bureau et poussée vers moi. Je maintiens la position avec Namo. Pour m'emparer de l'arme, il faudrait obligatoirement que je pose le coupe-papier. C'est trop risqué. Je suis seul, ils sont deux. Ça tourne à fond les bielles dans ma caboche. Faut que je reste connecté.

- Dis à ton garde d'aller chercher Sharam. C'est lui qui m'intéresse. Toi, tu n'es qu'un sous-fifre ; qu'il explique bien à son patron que s'il ne vient pas, je tire sur les ordis et sur toi. Et surtout, surtout, qu'il vienne seul.

L'ordre est transmis, robocop se retire. J'ai repris le manche à balai quelques secondes avant le crash. Merci à mon ange gardien d'avoir fait en sorte que ce coupe papier brille sous la lumière des lampes. Je pousse Namo violemment sur le côté, le temps de poser mon arme par destination comme on dit, et de saisir le distributeur de pruneaux. Je le pointe sur Eddy. A sa gueule, je saisis qu'il n'a aucune intention de se faire flinguer à la place de son taulier. J'espère que Sharam va obéir à la sommation. Toute la gestion informatique de sa planque souterraine est groupée ici. Cette réflexion résonne en moi comme un ordre. Qu'il vienne ou pas, je fais le ménage avant de quitter les lieux. Ah ! Du bruit dans le sous-sol. Sharam apparaît.

- Bienvenue à bord mon capitaine. Ta galère prend l'eau. J'ai fait un trou dans la coque. Si tu veux sauver tes miches va te falloir ramer vite fait dans la direction que je vais t'indiquer. Tes affaires je m'en tape. Ton labo, ta mine, ce n'est pas mes oignons. Moi, ce que je veux, c'est mettre les voiles avec les jeunes Français qui ont fait le voyage avec moi, plus ceux de la fournée, ou des fournées précédentes. Mais je t'en prie entre.

- Yé été trech conn dé té léché la vie chaufe. Yoré dou té fér chauté la cabech. Ma chi tou crois qué tou va chortir d'ichi, tou té tompe. Lé patron ichi, ché touyour moi. Tou peu encore chauvé ta peau, chi tou mé rémé tout dé chouite ton arme.

- Ben voyons du con ! Pour l'instant le patron c'est moi. J'ai pris les choses en mains. Aller, installe-toi sur cette chaise de bureau. Toi, mon cher Eddy, tu dégages. Ça m'ennuierait que tu prennes un retour de disque dur en pleine poire ! Ah attends un instant ! Avant de calter, prends un câble d'ordi et attache bien consciencieusement les mains de notre ami Sharam, derrière son dos. Ah et puis tiens, tant que tu y seras, passes-en également un autre de ses poignets jusqu'à ses chevilles. Fais gaffe, je surveille. Tu auras droit à un pruneau dans le fion pour chaque noeud pas assez serré. Et puis tant que tu y es, attaches le donc aussi au fauteuil. Voilà, c'est parfait. Maintenant tu peux dégager. Non ! Stop ! Reste ici. Finalement tu vas me tenir compagnie. Tu vas parler au nom de ce cher Sharam que je garde en monnaie d'échange. Téléphone à la mine, donne l'ordre de libérer les Français, juste les Français, je ne pourrais pas me charger de tout le monde. Qu'ils soient rapatriés ici à Sharam-City. Aller, obéis. Tu sais combien ils sont ?

- Une dizaine je crois. Il y a aussi des Allemands des……

- Je viens de te dire juste les Français. T'es bouché ? Aller ! Fais ce que je t'ai ordonné.

Eddy Namo s'exécute. Enfin, je veux dire, il obéit. L'exécution, ce sera pour plus tard, s'il fait le con ! Il tente d'entrer en contact avec la mine mais apparemment il y a un problème de communication.

- Ça ne répond pas ! Tout le monde doit être sur le terrain. C'est l'ensemble du chantier qui se trouve à l'arrêt. D'ailleurs il suffit de voir l'agitation sur l'écran de contrôle.

- Ok ! Tu essaieras de nouveau dans un moment.

J'ignore totalement comment tout ça va se terminer. Mais pour l'instant c'est moi qui mène le bal. Tout s'est joué sur l'agitation des Tétanos du village. Si leur réaction fait suite à la révolte des mineurs, c'est qu'il y a un lien direct entre la mine et le village. Ce qui finalement n'aurait rien d'extraordinaire. Le modernisme n'est qu'à quelques kilomètres de leur mode de vie. D'après Namo, ce serait suite à l'échange verbal de cinq minutes que j'ai pu obtenir avec les deux gamins que ça aurait dégénéré. Qu'est-ce que c'est deux abrutis ont bien pu raconter à leurs semblables ?

- Dites-moi mon cher Namo, puisque nous sommes entre nous, si vous me donniez quelques informations sur ce qui se passe exactement dehors ?

Vous me collez ce merdier sur le dos, vous devez donc avoir de bonnes raisons de croire ça ?

- Pour l'instant nous ne connaissons pas encore les revendications de ce ramassis de crapules. Nous pourrions tirer dans le tas mais la production doit continuer. Remplacer les manquants prendrait du temps. Et puis nous ne pourrions pas empêcher le reste du personnel de faire circuler des infos sur les réseaux. Si nous sommes persuadés de votre responsabilité, c'est que comme par hasard, ça se produit au lendemain de votre visite sur le site et surtout suite à vos cinq minutes d'entretien. Vos deux lascars sont en ce moment interrogés et je peux vous assurer qu'ils vont cracher le morceau.

- Echpèch dé connard, t'es auchi responchable qué loui. Yé t'avé youste dit dé loui faire vichiter nos inchtallachionn, pas dé lé mettre oun countact avec lé franchais. Tou mérite la même pounichionne qué ché chal counnard prétenchieux !

Eddy Namo n'en croit pas ses oreilles. Son taulier devant lequel il est au garde à vous, larbinisé si je peux dire, vient en quelques mots de lui coller la pire mandale de son existence. Il vient de le jeter comme un vieux calbar répugnant. Il lui faut quelques secondes pour encaisser. Sur le cul le Eddy ! Sur le cul ! Il lui faut un temps de rétablissement et puis tout d'un coup, c'est l'électrochoc. Il réalise. Il pète un cable ! Il ose !!!

- Oh dit donc Sharam de mes noix, tu vas un peu fermer ta putain de grande gueule de narco dégénéré ? Il y a un peu trop longtemps que tu me traites comme ton larbin. Le jour où j'ai marié ta frangine, j'aurais mieux fait de crever d'une overdose. Toi et ton connard de fils débile, je vous balancerais volontiers aux piranhas. Tu ne réalises pas que tu n'es qu'un mafieux vérolé. Une grosse merde sortie du trou du cul de l'Amazone ? Une verrue sur la face immaculée de la Colombie ? T'as l'air de quoi à présent, face de pet de ouistiti pygmée, ficelé comme un saucisson de porc sur ta chaise ? T'es tellement sûr de tes pouvoirs de pression sur ton entourage, tellement sûr de ton invulnérabilité que tu ne prends même plus la plus élémentaire des précautions. Résultat ? Le premier gros beauf français venu t'a niqué le burnous en vingt-quatre heures. Ils te servent à quoi en ce moment tes gardes et leurs flingues, hein ? A quoi ?

- Oh là ! Oh là... les deux dindons de la farce là ! Arrêtez de glousser. Il ne faudrait pas oublier qui est le patron en ce moment. S'il y a un beauf ici, ce serait plutôt toi, Môssieur Eddy Namo. Parce que si j'ai bien compris, tu es le mari de la soeur de ce rouleau de PQ usagé ?

- Ouais, pour mon malheur ! Un cerveau de courgette dans un corps de citrouille. Un physique d'halloween, mais sans la lumière à l'intérieur. Oh, et puis tiens, espèce de déjection de cochon sauvage,

cette fois tu as franchis la limite. Alors imprime ce que je te dis, imprime bien, à partir de cet instant, il est exactement dix heures quarante-cinq, je change de camp. Je rejoins celui de monsieur Merdhalors. Monsieur Aubin Merdhalors. Ou Monsieur Tom Edgéri présentement. Celui qui t'a enfilé un doigt dans le fion jusqu'au gosier ! Et puis tiens, prends ça sur ta gueule ! Considère que c'est ma signature en bas de ma lettre de démission.

Le parpaing que Sharam se prend va lui servir de première pierre pour son nouvel empire. Perso, Je ne peux m'empêcher de regarder mon majeur. A vue de nez, si j'ose dire, il me paraît propre et en bon état. J'eusse cependant préféré que monsieur Eddy Namo choisisse une autre image pour illustrer la situation. Ainsi, sans avoir bougé le petit doigt… Ah merde, encore une histoire de doigts ! Sans avoir bougé le petit doigt disais-je, me voici avec un précieux collaborateur, tout à fait inattendu ! Je n'ai pas le moindre doute sur la fiabilité de mon nouvel associé car après l'échange de mots doux dont je viens d'être l'heureux témoin, je pense qu'une réconciliation est peu probable. Voilà un atout de plus dans mon jeu. Un atout d'importance. Décidément, mon ciel s'éclaircit.

- Alors là mon cher Eddy, tu viens de me scotcher. Mais bienvenue dans le monde d'Aubin. Cependant, nous n'avons pas droit à l'erreur car, si ça foire et

que ton beauf ici présent reprend le pouvoir, nous serons deux à finir dans une faculté de médecine.

- Ça n'arrivera pas. Tu peux poser ton flingue. C'est moi qui donne les ordres désormais. Je connais la maison. Toi et moi, dès cet instant, c'est à la vie à la mort. Eddy Namo n'a qu'une parole.

Namo conclue sa phrase par une mandale de compétition sur la tronche écarlate de fureur de son ex-beau-frère et patron qui en avale sa salive de travers et s'étouffe tout autant physiquement que moralement. Il va nous faire une syncope le narco. Quand à moi, je persiste dans mon idée de faire un peu de ménage dans ce bureau. Il y a un peu trop d'ordis. Moins les employés pourront communiquer mieux ce sera !

Chapitre XXVI

Planqué sous le lit dans la piaule de Namo, notre Sharam se trouve présentement aux abonnés absents. La dose d'héroïne qu'Eddy lui a collée dans la peau l'a anesthésié. Pas un membre du personnel de Sharam-City n'est au courant des bouleversements au niveau direction. Il est impératif que chaque individu continue de croire que les ordres viennent du grand manitou. Nous avons pris la décision d'aller jeter un oeil du côté du village. Nous traversons la zone de déboisement réduite au silence. Namo a fait rentrer les condamnés dans leurs quartiers jusqu'à nouvel ordre. Nous parvenons à la clôture. Les gardes sont dispatchés tout du long, armes à la main. De l'autre côté, quelques dizaines de Tétanos, la tronche taguée comme une rame du RER leurs font face. Notre véhicule s'immobilise. Un sécuritas que je pourrais qualifier de gradé nous attend. Namo s'adresse à lui. Je suppose qu'il lui demande ce qui se passe. L'échange est de courte durée. Mon associé me rejoint.

- Alors ?

- Alors figure-toi cher Aubin, que ces primates peinturlurés se sont concertés avec d'autres villages alentours afin de demander la libération immédiate de leurs jeunes employés, momentanément préposés à l'extraction du charbon ou à la cueillette des feuilles de coca. Ils menacent d'attaquer le site pour les libérer de force.

- Quoi ? Mais j'ignorais que vous aviez aussi prélevé de la main-d'oeuvre parmi la population locale !

- Si tu veux au départ, c'était seulement quand il y avait des coups de bourre, une forte demande de minerai si tu préfères. Ensuite, ils rejoignaient leurs tribus respectives pour s'occuper du bétail, de la culture et de la pêche. Ce sont également leurs jeunes qui transportent leurs produits par voie fluviale, à Pastaga-Ofrigo pour la vendre au marché.

- Ces jeunes, ils étaient rémunérés à la mine ?

- En quelque sorte. Ils retournaient au village avec du charbon, ça brûle moins vite que le bois. Sans

compter les médicaments de base que Sharam leur fournissait. Ça leur suffisait.

- Et la suite, c'est quoi ?

- La suite, c'est que plus la demande était forte, plus il fallait produire. Peu à peu Sharam a considéré que ces jeunes indiens lui appartenaient au même titre que les employés sous contrainte.

- Donc, plus de retours au village ?

- Exactement ! Seulement il y a des périodes où la présence des jeunes au village est plus que nécessaire. Ça avait déjà grogné à ce sujet. Pour calmer le jeu Sharam avait offert aux Tétanos deux motocyclettes d'occasion avec les réservoirs pleins, chouravées aux responsables nazis qui avaient fui l'Allemagne en quarante-cinq pour échapper à la pendaison. Autant te dire que les indiens n'avaient que foutre de ce cadeau inutile qui les a amusés quelques jours et qu'elles rouillent en panne d'essence dans un coin de forêt.

- Donc, en réalité, si je résume, ma visite à la mine n'a aucun rapport avec leur mouvement d'humeur ? Ce n'est donc pour ce qui me concerne qu'une bien heureuse coïncidence. Tu ne crois pas que si tu leur rendais leurs gamins, ça calmerait les choses ?

- Je vais être très franc avec toi. Moi ici, dans quelques heures, je serai complètement grillé. On ne va pas pouvoir dissimuler mon beauf bien longtemps. Alors je veux bien t'aider à récupérer tes français, mais je vais devoir me barrer vite fait avec toi. Dans l'immédiat, je vais retourner auprès des Indiens pour leur annoncer que leurs congénères vont leur être rendus. Aller les gars, ouvrez-moi ce portail. Et surtout pas de conneries hein ! Evitez la confrontation brutale.

Je laisse Namo franchir la grille. Il va parlementer avec le groupe. Je n'assimile pas encore ce brusque retournement de situation. Juste un éclair de lucidité en enregistrant la présence du coupe-papier et c'est mon ravisseur qui se retrouve à ma place, ficelé et lobotomisé a l'héroïne. Il doit se voir entouré de papillons roses. Si j'avais le temps, je lui ferais bien le coup de l'ange Hélus. Tu vois genre… Je me colle deux ailes en papier d'alu, c'est beau, c'est argenté, une toge blanche, une lampe de chevet sur la tête, et « Salut mecton, c'est moi et je suis ton ange, je m'appelle Narcotus Traficanus. Je suis venu te dire que tes magouilles, c'est terminé. A partir de tout de suite, tu vas te rendre dans le monastère le plus proche pour une retraite de quelques années. Tu vas raconter au père supérieur que tu viens pour expier tes saloperies. Tu distribueras ton oseille aux moines. Ça te changera de Filii Dei, mais ce sera toujours chrétien. Tu vivras humblement, tu marcheras pieds nus, comme Jésus, tu seras déchaussé aux moines en quelque sorte ». Étonnamment cette image m'apaise. Mais bon, pas le temps de rêvasser. Voilà Namo qui s'en revient. Il n'est pas seul. Un Tétanos que je suppose maire du village, ou ministre du Travail peut-être l'accompagne.

- Je te présente Jépadoto, c'est le chef. Je viens de lui échanger la libération des fils de ses administrés contre ce collier porte-bonheur, en dents de piranhas albinos.

- Un échange ? Pourquoi ne pas tout simplement lui rendre son personnel légitime ?

- On voit que tu ne connais pas les coutumes de ces prima.... de ces tribus ancestrales. Si je libère les prisonniers indiens sans monnaie d'échange, ce sera pris pour une capitulation, une preuve de faiblesse. Ils n'auront plus que du mépris pour nous. Le troc maintient l'équilibre. Je te donne ça en échange de ça. Ça marche comme ça avec eux, depuis toujours.

- Et qu'est-ce qu'il fout là ?

- Il vient avec nous. Sur place il repartira avec les siens. L'affaire est close.

- Ils sont nombreux ?

- Non, quinze ou vingt je dirais. Nous les foutrons dans une remorque au cul d'un Land Rover et tchao !

- Entre les Indiens et les Français, ça va faire un trou dans le personnel à la mine.

- Oh là là, mais on s'en fout mon pauvre gars, on s'en fout. Tu récupères tes gamins et on met les voiles illico sans se retourner. Il faut profiter de la confusion et de l'incapacité de Sharam à donner des ordres pour mettre le plus de distance possible entre lui et nous. Aller, en route, direction la mine, on ramasse mon beauf au passage.

- Quoi ? Attends, je ne te comprends plus !

- Réfléchis. Si tous les employés aperçoivent leur patron assis à l'arrière de notre véhicule, ils m'obéiront sans discuter.

- Mais il est dans les quetsches ton patron ! Déconnecté, plus de réseau, aux abonnés absents.

- Oui, mais eux, ils ne le savent pas. Ils le verront dans la bagnole, c'est tout ce qui compte. Ne perdons plus de temps, allons-y. Toi Jépadoto, grimpe là-dedans.

Nous regagnons le sous-sol de Sharam-City. Eddy Namo ordonne au Tétanos en chef de rester dans la voiture. Le personnel est complètement paumé. Nano donne des ordres. « Aller, ça va bien, tout le monde au boulot ». Le scepticisme des employés est détectable, mais puisque c'est le beauf du taulier qui le dit, chacun retourne à ses occupations. Perso je trouve que ça sent l'embrouille. On ne va pas pouvoir continuer encore longtemps à les prendre pour des cons. Il leur suffira de jeter un oeil sur les écrans de contrôle restants, dispersés ici et là dans le sous-sol de Sharam City pour comprendre que tout ne va pas si bien que ça ! Surtout si nous devons trimbaler le beauf déconnecté comme un sac de patates sous l'oeil des caméras. J'informe Namo de mes remarques intérieures.

- Tu ne penses pas qu'il serait bon de débrancher le système de surveillance ? Tu nous vois déambuler dans les couloirs avec ton ex-taulier sur les bras ?

- T'as raison. Quelque chose me dit qu'une panne de secteur va survenir dans un moment.

Eddy Namo pénètre dans un réduit aux parois couvertes d'armoires électriques. Je constate qu'il connaît bien la maison. La disponibilité d'une caisse d'outils rangée dans un angle lui permet de se saisir d'un tournevis. Il ouvre une armoire, repère la zone concernée, approche le tournevis, et Splash ! Un grand coup de pétard, un éclair fulgurant, il referme et range son outil.

- Voilà, plus de système de surveillance. Si je m'étais contenté d'ôter un ou deux fusibles, ils auraient été très vite remplacés. Là au moins, ils vont en avoir pour un bon moment à remettre en ordre. Aller, allons récupérer le frangin de ma grognasse. A ce propos, à présent que je me suis libéré de mes chaînes, faudra rapidement que je demande le divorce. Fais-moi y penser au cas où j'oublierais. Mais chaque chose en son temps.

Nous reprenons notre périple. Parvenus devant la porte, Namo tourne la clé, ouvre, allume. Complètement illuminé le Sharam. Il est extrait de sa planque. Il regarde le plafond, son sourire béat d'attardé mental en pamoison nous fait comprendre qu'il se croit sur un tapis volant dans l'univers de l'ange Hélus.

- Attends-moi quelques minutes. Veille sur lui. Je fonce au labo et je reviens.

J'obéis. Je me demande toujours si je ne suis pas en plein rêve. Si je n'avais pas peur de me réveiller, je me pincerais. Il a belle allure le Sharam, la terreur de l'Amazone. J'ignore dans combien de temps il va retrouver ses facultés mais j'espère que nous serons loin de ce secteur nauséabond. Dans l'immédiat, pas de stress inutile. Je lui collerais bien un grand coup de latte en pleine gueule mais ce serait de la lâcheté. Il n'est pas en état de s'apercevoir de quoi que ce soit. Ça ne lui ferait même pas mal. Si seulement j'étais en possession d'une caméra, je pourrais transmettre l'image aux médias colombiens, me venger en quelque sorte. Le retour d'Eddy Namo me ramène à la réalité. Il tient une seringue, grosse comme un perforateur.

- Aller ! Encore une bonne dose de stupéfiant pour monsieur connard. Une bonne dose, gracieusement offerte par son beau-frère. Tiens- lui bien le bras.

- Tu es sûr ? Tu as vu sa gueule ? Il est dans l'espace ton bonhomme. Aux confins de l'univers.

- Eh bien avec ça, il va foncer vers les lointaines galaxies.

- Mais tu vas le faire crever !

- C'est probable. Je l'espère d'ailleurs. Il faut juste qu'il survive encore quelques heures. Aide-moi, on va aller l'asseoir dans le 4x4.

- Attends, mais tu vois bien qu'il ne tient pas debout, il va s'effondrer !

- Non. Tiens fait donc péter les quatre pieds de la chaise là. Dans la voiture, nous l'installerons dessus et lui colleront le dos contre le dossier en le scotchant sous sa veste. Il faudra aussi lui soutenir la tête bien droite, un discret morceau de planche, devrait faire l'affaire.

Un petit quart d'heure plus tard, après mille précautions pour ne croiser personne, nous parvenons dans le parking. Le grand chef indien Jépadoto est toujours là. Il nous attend patiemment. Notre manège n'a pas l'air de le surprendre. Sharam Sharam est installé à côté de lui. Apparemment, notre système de support corporel à l'air de marcher. Le narconarcotiquisé sourit toujours d'un air débile. Bien calé à l'arrière, il a l'air heureux !

- C''est bon, on y va. Nous avons de la route à faire. Si tu veux mon avis, ton séjour forcé à Sharam-City vient de s'achever. Tout comme le mien. Il paraît que c'est très beau la France ?

- Je me ferai un plaisir de te la faire visiter ! Je te dois bien ça !

Chapitre XXVII

Le carreau de la mine est silencieux comme un jour férié. Quelques petits groupes de salariés discutent, d'autres sont assis, l'air dubitatif. Aucun camion ne monte ou ne descend le long de la rampe. Un des gardes s'approche de Namo qui conserve un calme absolu. Je ne pige pas un mot de l'échange entre les deux hommes mais je pige quand même que quelque chose d'important s'est passé là-haut, à l'entrée de la mine. Eddy passe la première et attaque la montée.

- C'est la scoumoune, des gardes ont été agressés. Une partie du personnel s'est rebellée. Des coups de feu ont été tirés. Il y aurait des victimes. Les responsables du chantier sont là-haut. Dans cinq minutes nous serons fixés.

- Si j'ai un conseil à te donner collègue, nous devrions déposer Sharam derrière un rocher sur le parcours. Le premier pignouf venu verra tout de suite que le taulier à un problème. C'est un mannequin de cire. Il est statufié, sous hypnose. Si nous arrivons avec cette baudruche et son sourire de demeuré, je ne donne pas cher de sa couenne. J'espère que tu réalises qu'on a les pompes sur un volcan.

- Il y a une cabane de chantier à mi-hauteur on va le planquer dedans.

- Et l'autre là ! Le Jépadoto ? Je ne le sens pas moi ton indigène.

- Lui, il s'en fout de nos problèmes de colonisateurs. Tout ce qu'il veut c'est se barrer avec les membres de sa tribu. J'ai un deal avec lui. J'ai accepté son collier, l'affaire est conclue. Tiens regarde, voilà l'endroit. On le dépose là-dedans, on le planque avec du matos et le tour est joué. Nous le récupérerons à la descente.

Namo nous stoppe à côté du cabanon. Je m'éjecte du véhicule, je file un coup de savate dans la porte qui ne demandait qu'à s'ouvrir. Des pelles, des pioches, un compresseur, des casques de chantier, des vêtements de pluie, des bottes, des gants, des lunettes de protections, des sacoches ventrales pour outillage, bref, tout ce qu'il faut pour planquer notre bonhomme. Nous le sortons du 4x4 sous le regard indifférent de notre indien. Nous le cramponnons sous les bras pour le traîner à l'intérieur. Il ne nous faut pas plus de cinq minutes pour le planquer assis sur sa chaise sans pieds, dans un angle. Nous le recouvrons de quelques fringues, lui foutons un casque sur le crâne, des lunettes, faut vraiment savoir qu'il y a un mec camouflé ici. Nous refermons, reprenons nos places dans le Land Rover, et en route. Je reste persuadé d'avoir eu raison. Tant que Sharam est censé diriger les opérations, même si c'est par la voix de Namo, ça devrait rouler. Nous approchons de l'entrée de la mine. Le terre-plein n'est plus qu'à trois cents mètres. Il y a du monde. Des chefs, des sous chefs, des chefs adjoints, des employés, des gardiens et même des curieux. Un des responsables nous rejoint. Nous quittons la voiture, Jépadoto sur nos talons. Un responsable s'approche.

- Ça s'est mal passé ! Nous avons tenté de les envoyer au boulot, mais il y a eu un mouvement de révolte. Les chefs de galeries ont eu peur, ils ne sont évidemment pas en nombre. L'un d'eux a été brutalisé. Ils ont dû appeler la garde mais ça n'a pas calmé les grévistes. Ils ont marché sur eux avec des armes de fortune, des pics, des bâtons, des pierres. Les premiers coups de feu ont été tirés en l'air, mais ça n'a pas suffi. Nous avons tenté de joindre Sharam-City, mais en vain. Il a fallu en calmer quelques-uns par la force. Il y a des blessés, mais aussi des morts. Les plus virulents ont été les

Indiens. Il y a des victimes parmi eux. Pour le moment ces tirs ont suffi à les calmer mais nous devons impérativement reprendre la main. Je suis heureux de vous voir. Vous allez pouvoir prendre les décisions qui s'imposent. Qu'est-ce qu'on fait monsieur Namo ?

- Laissez-nous passer, nous allons tenter de parlementer.

Nous traversons le groupe aggloméré sur la plateforme. Il est tenu à distance du campement des mineurs par une poignée de gens armés venus en renfort. Nous rejoignons les grévistes, maintenus assis, sous la contrainte des armes braquées sur eux. Des corps sont étalés autour de nous. Nous avançons sous la protection des gardes. Jépadoto contemple les restes ensanglantés de ses compatriotes. Il reste un long moment silencieux puis s'adresse à Eddy Namo qui ne lui répond pas, mais le fixe droit dans les yeux. L'échange est intense. J'aperçois le collier de dents de piranhas dans la main de mon nouvel associé. Va t'il le rendre ? Non ! Il se l'enfile autour du cou. Il vient de signifier au chef du village qu'il passe également dans son camp. Tous les gardes présents sur place sont stupéfaits. Pour eux il suffisait de contraindre ce personnel de bas de gamme par la force. Mais voilà que le numéro deux de Sharam-City baisse son froc devant un primitif illettré. Jépadoto a compris le message. Il s'adresse aux grévistes assis. Ils sont une quinzaine à se lever pour le rejoindre. Personne ne réagit. Namo donne un ordre. Ça bouge derrière nous. Il s'adresse à moi.

- Je lui rends ses gamins comme convenu. Je viens de demander des véhicules afin de les conduire au village. Je te laisse t'adresser aux Français. Dis-leur qu'ils sont libres et qu'ils peuvent te rejoindre.

- Et tous les autres, tous les autres, t'en fais quoi ?

- On ne peut rien pour eux. Tu veux lâcher une telle meute dans la nature ? Toi comme moi, nous sommes condamnés. Dans peu de temps, nous allons avoir la pègre et les forces gouvernementales sur le dos. Pour l'instant ici, à la mine, personne ne sait que Sharam Sharam est momentanément hors service, sinon nous serions déjà allongés dans la poussière. Alors crois-moi, ramasse tes compatriotes et on décampe au plus vite.

Le pire, c'est qu'il a raison. Le problème c'est le nombre. Du moins l'un des problèmes, car l'autre, bien involontairement, c'est moi qui le déclenche lorsque je demande aux exilés français de me rejoindre et qu'ils obéissent. Ça commence par une rumeur qui monte en intensité quand une partie des condamnés qui restent se lèvent. Pas d'accord les mineurs, pas d'accord du tout ! Je lis dans leurs pensées. « Non mais c'est quoi cette injustice ? Pourquoi eux et pas nous ? ». Namo tente de calmer cette masse en colère mais il n'est plus entendu. Ça dégénère très vite. Nous dégageons rapidos du secteur. J'ignore si je suis suivi par mes compatriotes. Pas le temps de vérifier. Je rejoins la plateforme où l'autre attroupement nous attend. Derrière nous, ça flingue allègrement. Les hommes armés se regroupent. Pour tous les autres y compris moi, c'est la descente au pas de course vers le carreau de la mine. Les véhicules réclamés par Namo viennent à notre rencontre. Jépadoto leur barre la route. Il tente de faire monter ses concitoyens qui s'accrochent comme ils peuvent. Les 4x4 font demi-tour. Il n'y a pas de place pour tout le monde. Certains retombent sur la piste. Il va falloir trouver des moyens de transports supplémentaires. Tiens, mais qu'est-ce qu'il fout l'indien ? Il fait stopper son véhicule devant la cabane de chantier. Nous arrivons sur lui au moment où Sharam toujours ficelé, est propulsé dans le Land Rover. Je me retourne. Eddy Namo me talonnait. Trois mineurs nous rejoignent. Pour le deuxième attroupement, celui de la plateforme, c'est la débâcle. Ça pétarade toujours vers la mine.

- Tu as vu mes français ?

- À part ces trois-là, non ! Mais ne compte pas sur moi pour retourner là-haut.

Je t'avoue que cette fois cher lecteur (euse), je ne sais plus du tout quoi faire. La fuite en avant vers le carreau de la mine, c'est tout ce qui me vient à l'esprit. Je fais signe aux trois gamins de me suivre. Il va falloir trouver un moyen de transport au plus tôt. Jépadoto est loin devant avec ses concitoyens et la chiffe molle de Sharam Sharam. Si tu veux mon avis, il va passer un mauvais moment le narco. Encore dix minutes de galopade et nous parvenons en bas. Je fais quoi à présent bordel ? Hein, je fais quoi ? Eddy Namo est là lui aussi. Je lui botte verbalement le cul.

- *Démerde toi, t'es encore le chef. Trouve un véhicule.*

Comme par miracle, un renfort militaire émerge à bord de cinq jeeps pour attaquer la montée vers la mine. Namo, kamikaze à ses heures, les bras écartés, leur barre la route. Il parlemente avec un probable officier supérieur qui finit par descendre et nous fait signe de prendre possession du dernier véhicule. Ses occupants mettent pied à terre, l'air désemparé. Eddy s'installe au volant. Je prends place à côté et nos trois protégés à l'arrière. Nous filons immédiatement sur les traces de Jépadoto, en direction de Sharam City. Je sais d'instinct que rien n'est joué. C'est la guerre derrière nous et l'inconnu devant. Nous roulons ainsi sans ouvrir le bec jusqu'au moment où, en approche de l'abri de la réserve piranhas, nous distinguons les jeeps de Jépadoto à l'arrêt. J'ai un mauvais pressentiment. Namo stationne également. Moteur coupé, nous pouvons entendre une étrange mélodie humaine rythmée d'un bruit sourd régulier. Je demande aux trois rescapés de ne pas descendre du véhicule. J'accompagne mon associé en direction de l'entrée. À l'intérieur c'est la samba colombienne. Jépadoto en tête, les Indiens invoquent les esprits en tapant des pieds, avançant à petits pas, levant les bras vers la voûte en branchages de l'abri. J'aperçois Sharam Sharam agenouillé au bord du bassin, libéré mais toujours perdu dans les hautes sphères paradisiaques. Il semble totalement déconnecté le beauf de Namo. Pas du tout concerné par les événements. Eddy me jette un regard qui signifie « On ne peut plus rien pour lui ». C'est aussi mon avis. Je ne dis pas que ce n'est pas dégueulasse mais, sur ce coup-là, intervenir serait la plus monumentale des conneries. Brusquement la danse s'arrête. Jépadoto se trouve juste dans le dos de Sharam. Plouf, au jus le taulier ! Il n'a même pas le temps de couler. Il roule et se tord sur la surface de l'eau, plus rouge en quelques secondes qu'un drapeau communiste. C'est le cas de le dire, ça rame pour Sharam. Il rame même des quatre membres, il rame sur les gencives émergentes. Il rétrécit à vue d'oeil. C'est le super quadrille des mandibules piranhassiennes. « Et pour monsieur ce sera un avant-bras, pour Madame un demi-thorax saignant, et pour le petit ? ». Pour lui ce ne sera rien ! Il vient de se faire becqueter en même temps qu'un mollet droit. Le calme revient. C'est la fin du banquet. Une dernière rasade de sang contaminé grand cru et pour les piranhas, repos ! C'est le temps de la sieste avec probablement, vu la dose de came présente dans les veines de Sharam, quelques visions lumineuses du paradis des poiscailles. Bon ! Ben sur ce, on fait quoi nous hein ? On fait quoi ? Et bien on reste encore un peu. Et oui. Nous restons car les carnassiers ont droit à un deuxième service. Rebelote ! Faut croire qu'ils avaient encore la dalle car c'est Jépadoto qui vient de compléter le menu. Même pas eu le temps de gueuler le grand chef. Tout y passe dans un déferlement d'écume. Dévoré jusqu'à la dernière plume. Qu'est-ce qui a bien pu lui arriver ? Un malaise ? Un arrêt cardiaque ? Des remords ? Ben non, rien de tout ça. Juste une bonne bourrade de la part des jeunes indiens qu'il vient tout juste de libérer. C'est la bamboula chez ses ex-administrés. Ça danse et ça chante dans un tourbillon euphorique. Je t'avoue que je n'y pige plus rien. C'est Eddy Namo qui me rencarde.

- Ces petits connards lui reprochent de les avoir abandonnés à leur sort entre les mains de Sharam depuis trop longtemps. Ils ont donc saisi l'occasion pour lui faire comprendre leur mécontentement. Pour toi en revanche, c'est la reconnaissance éternelle. Ils ont été mis au courant de ton arrivée par le téléphone arabe comme on dit. Alors tu imagines, un mec qui arrive de France pour libérer ses compatriotes alors que leur chef qui n'était qu'à cinquante bornes les laissait crever à la tâche au fond de la mine....

Effectivement, je suis vite submergé par cette mini meute d'ados survoltés qui veulent me témoigner dans l'allégresse leur adhésion à mon fan club. Chacun veut me toucher, me congratuler, me piquer une poignée de tifs en souvenir, bref pour eux je suis Jésus 2 le sauveur. Je m'extirpe difficilement du magma tétanosien pour regagner les véhicules. Les chauffeurs des trois 4X4 qui attendaient semblent soulagés de voir revenir ce petit monde. Ils ont dû se demander ce qui se passait derrière les constructions végétales. Namo continue de jouer les patrons. Les ordres sont formels et ne souffrent aucune contradiction. Ils ont évidemment compris que pour Sharam Sharam il y avait un léger souci. Ils ont assisté à son extraction manu militari d'un cabanon de chantier, déguisé en poivrot amorphe avant d'être propulsé dans le véhicule de Jépadoto puis ils l'ont vu pénétrer de force dans le secteur des Piranhas, soutenu par les ados et enfin tout ce petit monde rejoint les véhicules sauf le taulier ainsi que Jépadoto. S'ils n'ont pas assisté au déjeuner des poissons, ils constatent malgré tout qu'il manque deux personnages de première importance à l'embarquement, mais bon, comme il y a toujours le beauf pour mener la barque, ils obéissent aux directives. Direction Sharam-City sans s'y arrêter puis stop à la clôture qui délimite la zone. Les rescapés Tétanos sont invités à regagner leur village sous les yeux étonnés des gardes qui, décidément, ne pigent plus grand-chose mais font comme si, d’autant que j’ai droit une fois encore à un concours indien de baise mains et courbettes respectueuses.

Chapitre XXVIII

A Sharam-City c'est l'incompréhension. Le système de surveillance n'est toujours pas rétabli. Tout le monde est bien content du retour d'Eddy. Pour tous il est toujours le numéro deux. Ils espèrent enfin des explications. Le contact avec la mine semble compliqué pour ne pas dire impossible. Les principaux ordis ayant été détruits par votre serviteur, ils n'ont pu obtenir que des bribes d'explications à savoir que ça chauffe là-bas, qu'il y a du grabuge, mais c'est à peu près tout. Alors Eddy Namo y va de son numéro d'interlocuteur privilégié. Il réunit tout le monde dans la cafétéria. Je te traduis en Français et en gros ce qu'il leur débite.

- Bien ! Les amis, comme nous, vous l'aurez toutes et tous compris, il s'est passé quelque chose de grave aujourd'hui sur l'ensemble de la zone allant du

village jusqu'au carreau de la mine. Figurez-vous qu'il y a quelques jours, un dangereux perturbateur frança... Je veux dire étranger, a réussi malgré le professionnalisme de nos services de sécurité à s'infiltrer sur la zone minière pour y semer le désordre dans l'esprit de nos jeunes mineurs de la tribu des tétanos. Ce serpent machiavélique, ce furoncle purulent, cet abject poulpe gluant, à insidieusement réussit, grâce à son baratin de gauchiasse extrémiste, à contaminer les lobes frontaux et latéraux, donc les centres du raisonnement de nos jeunes mineurs encore fragiles psychologiquement, puisque comme chacun sait, ce n'est qu'à l'âge adulte que les hémisphères cérébraux sont définitivement formés. Du moins pour ce genre d'individus, qui, je vous le rappelle, représentent le chaînon manquant entre le singe et l'homme. Mais ce n'est ni l'heure ni l'endroit pour vous donner des cours sur l'anatomie humaine. Quoi que, dans le cas présent, le terme humain comme je viens de vous le préciser ne soit pas forcément approprié. Bref, ce parasite étranger a déstabilisé le pouvoir de raisonnement de nos chers petits qui ont inconsciemment donné crédit aux propos ravageurs de cette infâme crapule. Pour faire court, il est parvenu à semer la graine d'une révolte que nous avons heureusement pu canaliser. Hélas, pour tout vous dire, ce soir il nous faut bien admettre qu'il y a eu quelques dégâts. Nos gardes ont dû ouvrir le feu pour se protéger de l'agression à coups de piolets dont ils ont été les victimes. Un certain nombre de jeunes travailleurs est resté sur le carreau. Si je voulais faire de l'humour, je rajouterais « de la mine » Ah Ah Ah ! Mais le moment serait mal choisi ! Donc, je m'abstiendrai de ce genre de mots d'esprit. Restons sérieux. Quoi qu'il en soit, j'ai dû, en accord avec notre maître à tous, notre cher et bien aimé patron, monsieur Sharam Sharam, et afin de calmer les esprits, rendre une partie du personnel indien à un autre ami, monsieur Jépadoto, chef du village tétanos comme chacun sait. Alors vous imaginez bien que suite à cet incident inattendu, il va falloir quelques jours pour que tout rentre dans l'ordre. En conséquence, nous vous demandons, en fait nous exigeons, que les différents secteurs d'activités y compris la coupe de bois, soient maintenus à l'arrêt. Tout le personnel est donc consigné. Je profite de cet entretien pour vous présenter un ami très cher de notre bienfaiteur Sharam Sharam et de moi-même, j'ai nommé le, ici présent, monsieur Tom Edgéri. Le hasard a fait que malheureusement, monsieur Edgéri soit arrivé juste au moment, au mauvais moment devrais-je dire, où c'est le bordel à Sharam-City. Nous allons donc devoir tout mettre en oeuvre pour faciliter son départ vers son pays natal, sa belle France, sa chère France, cette France qui nous a fournis quelques-uns de ses précieux collaborateurs arrachés à la délinquance, puis remis sur le droit chemin grâce à nos offres d'emplois généreuses et régénératrices. Vu la situation sur le secteur minier, il est évident que le trajet vers Pastaga-Ofrigo va être fortement perturbé par les forces de l'ordre ou militaires. Il va nous falloir lui faire regagner la capitale par un autre moyen. Je me propose d'ailleurs de l'accompagner durant ce voyage. D'autant que Mr Sharam Sharam va être très très vite de retour ici à Sharam-City et que ma présence ne sera pas indispensable durant trois ou quatre jours. Je vous demande également de ne pas chercher à entrer en contact avec la mine, car il est inutile de donner l'idée aux grévistes manifestants de venir semer le bazar ici. Bien, j'espère avoir répondu à vos interrogations. Je vais donc sélectionner un petit bureau de crise. Pour les autres, restez tranquillement dans vos quartiers en attendant les ordres. Des questions ? Je vous écoute !

- Euh... Le laboratoire aussi doit être à l'arrêt ?

- Oui bien sûr ! Pour la bonne raison qu'il ne sera pas ravitaillé en coca, l'ensemble des piroguiers des villages voisins s'est joint au mouvement des mineurs. J'ignore à cet instant si les récoltes continuent ou pas.

- Il était venu faire quoi monsieur Tom Edgéri à Sharam-City ?

- Je vous l'ai dit, rendre visite à Sharam et à moi-même.

- En tout cas moi, quand je l'ai côtoyé dans le bureau, vous n'aviez pas l'air si amis que ça ! C'est quoi ce pataquès ?

- Rien rien ! Je vous expliquerai, pas le temps ! On ne peut pas non plus être toujours d'accord !

Je dois reconnaître qu'Eddy Namo est doué pour embobiner les foules. Il a réponse à toutes les questions avec un aplomb qui m'épate. Voilà que cet enfoiré de vicelard va réussir à nous faire quitter le coin, avec le concours de membres sélectionnés parmi le personnel. Du fond du bide de ses Serrasalmus Rhombeus, ses piranhas noirs, c'est là qu'il réside présentement, Sharam doit être en ébullition. S'être fait euthanasier, puis digérer en si peu de temps n'était évidemment pas au programme. Son fantôme n'a pas fini de hanter les lieux. En attendant cette éventuelle possibilité, Namo en termine avec son auditoire. Tout le monde quitte le réfectoire.

- Alors tu as vu hein ? Je te les ai mis dans la poche en rien de temps ! Nous allons même pouvoir nous barrer d'ici avec leurs concours.

- Ok, mais à présent on fait quoi ?

- A présent on se casse. Le temps de faire un choix parmi ce petit monde, de convoquer les nominés en

salle de contrôle, d'étudier les diverses possibilités, de choisir la meilleure et tchao !

- Perso j'aurais bien une idée. Si au lieu de mettre qui que ce soit dans le coup, nous allions simplement réquisitionner l'avion de Sharam ? Un pilote, un plan de vol et direction la liberté.

- Je ne te dis pas que tu as tort, mais si on tient compte du fait que plusieurs villages Tétanos se sont coalisés pour en finir avec les abus de la clique Sharam Sharam, il y a de fortes chances pour que le zinc soit sous contrôle. Ils ne nous laisseraient sûrement pas déguerpir comme ça ! Non, mon idée, c'est de voir s'il est possible d'alerter des membres de Filii Dei, leur indiquant la situation sans trop de détails et leur demandant de m'envoyer un hélico pour exfiltrer Sharam afin de lui permettre de reprendre la main depuis Bogota. Parce que n'oublie pas que personne ne sait que Sharam n'est plus de ce monde, personne à part toi, moi et les jeunes indiens. Et ce n'est pas depuis le village qu'ils vont pouvoir diffuser la nouvelle aux quatre coins du monde. Alors, fais-moi confiance, il ne va pas falloir encore longtemps avant que les forces armées ne débarquent ici, à Sharam-City, pour prendre les ordres du patron. À la mine, tout le monde le croit vivant. Alors on ne perd plus de temps. Accompagne-moi, je fais un choix parmi les plus fiables du service gestion et dans moins de deux heures, nous attendrons certainement notre libellule géante.

Je décide une nouvelle fois d'accéder au projet de Namo. Après tout, il connait l'univers de Sharam beaucoup mieux que moi. Je l'accompagne donc dans sa quête d'employés susceptibles de nous aider et trente minutes plus tard, nous sommes là où tout a commencé. Dans ce bureau où gisent les restes de mon mouvement d'humeur du matin. Je n'aurais peut-être pas dû exploser tous les ordis, il ne reste que les téléphones. Hélas, nous n'avons même pas le temps de nous installer. Ça galope dans les couloirs. Un garde surgit, l'air totalement hébété. Il reste quelques secondes à fixer Eddy Namo. Qu'est-ce qui a bien pu se passer encore ? Un cyclone pénètre dans la pièce en propulsant le garde qui s'affale sur les restes d'ordinateurs éparpillés sur le dessus de la planche vernie servant de bureau. C'est un des chefs de service. Lui aussi est au bord de la syncope. Essoufflé comme s'il venait de courir un marathon, il tente de justifier sa présence intempestive.

Comme je te l'ai déjà dit cher lecteur (euse) je ne baragouine pas l'espagnol. Alors je te traduis du mieux possible l'échange entre les deux protagonistes

- *M'sieur Namo, M'sieur Namo, vite, c'est grave !*

- *Quoi, quoi, c'est grave ? Qu'est-ce qui est grave ?*

- *Sharam Sharam…….*

- Eh bien quoi Sharam Sharam ?

- Il est mort m'sieur, mort !

- Comment ça il est mort ? Qui l'a tué ?

- Les poissons m'sieur, les piranhas !

- Mais qu'est-ce que c'est que ces conneries encore ? T'as déjà vu un poisson tuer quelqu'un ?

Là, je te jure qu'il m'épate le Namo. Jouer la comédie avec une telle réussite, à mon avis il a dû suivre des cours. Il arrive même à faire semblant de pâlir. Faut le faire ! Il parvient à calmer son interlocuteur qui finit par s'expliquer calmement.

- Alors voilà monsieur Namo ! Sur le site de la mine, ne sachant plus comment intervenir et sans aucun ordre supérieur, les membres de la direction ont décidé d'envoyer une délégation à Sharam-City afin de rencontrer le patron. En provenant à hauteur de l'élevage des piranhas, un des voyageurs a sollicité un arrêt pipi. Le chauffeur dégage de la piste, s'arrête devant l'entrée, le mec descend, suivi de deux autres qui voulaient se dégourdir les jambes. L'un d'eux pénètre dans les lieux d'où il ressort en agitant la main droite au bout de laquelle il tient un pendentif. Celui de monsieur Sharam Sharam. Tout le monde le connaît ce pendentif. Le gars fait signe à tous d'entrer dans l'abri. Là sur le sol, éparpillés

autour du bassin, des morceaux de vêtements en lambeaux sanguinolents et puis l'eau, l'eau encore rouge. Alors voilà, c'est sûr, monsieur Sharam est tombé dans le bassin et il a été dévoré. C'est horrible.

- Il est où ce pendentif ? Je peux le voir ?

- Oui, c'est Miguel qui l'a trouvé. Ah, bah voilà, il arrive !

- Namo saisit le pendentif que lui tend le fameux Miguel. Il joue encore le jeu, bien qu'il soit évident, qu'il reconnaît tout de suite le bijou porté par son beauf. Tu parles, moi aussi je reconnais le lapin en or de trente carats. Il reste quelques instants l'air dubitatif, puis se fait répéter les événements qui ont conduit à la découverte des éléments qui font supposer la mort de Sharam. Je pige très vite qu'il choisit de faire semblant de continuer à douter de l'info. Il joue la carte du gars qui exige des preuves plus concrètes, comme un pied, un oeil, ou tout autre morceau qui renforcerait l'idée que le taulier a bien été bouffé par la meute carnassière. Je pige qu'il exige de retourner sur les lieux afin de se rendre compte par lui-même. Il me fait signe de lui coller au train. Nous regagnons le parking, grimpons dans un 4X4 avec Miguel et deux autres et partons pour piranhas ville. Quelque chose me dit que notre hélico n'est pas encore sur le point de décoller de sa base.

Chapitre XXIX

Difficile de nier qu'il s'est passé un truc pas ordinaire ici. Les lambeaux de tissu sanguinolents traînent dans un coin. Si l'eau du bassin ne ressemble plus à la mer Rouge, elle reste tout de même légèrement rosée. Namo et moi-même jouons les faux culs en professionnel. Deux tronches passablement dégoûtées, un poil terrifiées, un poil abattues, un poil outrées, un poil compatissantes, et crois-moi, être tout ça en une seule fois, c'est pas facile. Pas facile du tout ! J'y vais de mon numéro de sociétaire de la Comédie-Française en détournant le regard et en me frottant les yeux jusqu'au sang, afin de montrer l'immense chagrin que me procure la fin ignoble de mon très cher ami Sharam. Namo très chef en second brusquement devenu premier, donne ses ordres.

- Allez, videz-moi ce bassin. Je veux voir ce qu'il y a dans le fond.

- M'sieur, on en fait quoi des poissons ?

- Foutez-moi cette race de merde dans l'herbe. Ils ont tué mon cher beau-frère, je les condamne à mort ! Allez au boulot.

Je me rends compte à quel point tout a été pensé à Sharam-City. Un bruit de moteur genre bétonnière nous fracasse soudain les oreilles. Il s'agit en fait d'un mini tractopelle qui fait irruption. Le large godet dentelé dont il est équipé s'ouvre puis plonge dans l'eau. Il absorbe une belle quantité de piranhas se referme et va déverser son contenu sur le terrain. Surgis de je ne sais où, une nuée de prédateurs volants, se jette sur ce banquet inattendu. Il faut tout de même un bon quart d'heure pour débarrasser le bassin de ses occupants. Namo tire sur une trappe qui libère la flotte. Elle file dans une canalisation à l'air libre. J'ignore combien de mètres cubes de liquide s'évacuent, mais c'est long très long ! Ah, ça y est, nous commençons à voir le fond passablement vaseux. Il ne doit pas être nettoyé très souvent. C'est quoi ces trucs blanchâtres qui se meuvent sous l'aspiration des derniers litres de flotte évacués vers la liberté ? (Elle n'est pas belle cette phrase ?). Bon, Je reprends. C'est quoi ces trucs blanchâtres ? Eh bien ce sont les restes de nos chers disparus. Quelques os épars, mais surtout deux crânes tout bien propres. Un peu surpris notre Miguel et ses compagnons. Deux crânes pour un seul bonhomme, voilà effectivement de quoi les interpeller. Namo reste noble et digne.

- *Ah ! Voilà une découverte qui pose question. C'est lequel mon beau-frère ? Ils ne pouvaient pas tout bouffer ces connards de poiscailles ? T'en penses quoi aubin ?*

Je m'apprête à lui répondre, juste au moment où je réalise que ce con vient de m'appeler Aubin. Pour tout ce petit monde je suis Tom. Aussi je m'empresse de ne pas répondre. Je regarde les trois mecs qui nous fixent également. Il insiste.

- *Hein ? T'en penses quoi ?*

- *Ah c'est à moi que tu parles ? Tu m'appelles Aubin à présent ? L'émotion sans doute. C'est qui Aubin ?*

- *Ah j'ai dit Aubin ? Pas fait gaffe, excuse-moi. C'est que je suis vraiment perturbé par cette découverte. J'ai bien connu un Aubin il y a longtemps. Un pseudo détective à qui j'ai sauvé la mise in extremis. De toute façon ces trois gugus ne comprennent pas un mot de ce qu'on dit ! Sinon, t'en penses quoi de ce spectacle ?*

- *Que veux-tu que j'en pense ? J'en pense que les piranhas auraient été bien inspirés de nous débarrasser de ces deux trophés. Quant à savoir lequel des deux est Sharam, on s'en fout hein, on s'en fout complètement !*

- Perso je ne m'en fous pas tant que ça. Je vais devoir restituer les restes à ma femme. Il faut bien qu'elle fasse son deuil. T'imagines si je lui refile le crâne de ce primate de Jépadoto à la place de celui de son frangin ?

Oh putain le con ! Qu'est-ce qui lui prend de mentionner le blaze du tétanos devant nos trois compères ? S'ils ne comprennent pas nos paroles, ils connaissent forcément le nom du chef du village. Et même si ce fut discret, il me semble que l'un d'eux a eu un très léger froncement de sourcils. Je tente de transmettre un message à Eddy pour lui signifier que le nom de l'indien n'a pas à être prononcé dans les circonstances actuelles.

- Heu, je sais qu'ils ne pigent rien à notre conversation mais si tu pouvais éviter d'émettre le blaze du Tétanos sur les ondes en fixant les reliques... Pour Sharam, pas de problème, c'est forcément l'un des deux, mais l'autre, officiellement, nous sommes censés ne rien en savoir.

- Ouai, oh je ne pense pas qu'ils aient relevé. C'est juste que je ne peux pas trahir la confiance de ma femme en lui refilant les restes du babouin en lieu et

place de son mari. Va bien falloir que je sélectionne le bon.

- A part avec l'ADN, je ne vois pas trop comment tu peux faire. Cela dit, pour ta femme, si tu ne lui disais rien d'autre que la vérité, à savoir que son frère s'est fait dévorer en tombant dans le bassin, n'importe quel crâne ferait l'affaire.

- Tu as raison. D'autant que de ses états d'âme, finalement je m'en tamponne. Je vais même te dire, je ne vais rien lui donner du tout. Sharam est crevé et tout va pour le mieux. C'est vrai ça, qu'est-ce ce que je vais aller m'emmerder à ramener les restes de ce putain de dictateur à qui que ce soit ? Je vais juste faire mon rapport au personnel de Sharam-City en lui confirmant que le taulier est bel et bien claboté. Qu'il s'agit probablement d'un accident mais que je vais tout mettre en oeuvre afin de diligenter une enquête et basta. Bien ! Sur ce, il ne nous reste plus rien à faire ici allez on se barre on retourne au siège.

Nous reprenons place dans le véhicule. Le retour se fait en silence. Perso la seule chose qui m'importe à cet instant c'est de caleter du secteur dans les meilleurs délais. Vraiment ras la frange de Sharam-City. À peine dans les lieux, nouveau briefing pour l'ensemble du personnel. Il explique à tout ce beau monde que tout laisse à penser que leur patron a effectivement selon toute apparence, fini ses jours en déjeunant avec les piranhas. Un repas dont il ne s'est pas remis. Il ne peut cacher qu'un autre individu a également servi de plat du jour aux poiscailles, tout en soulignant que vu l'état des restes, il est impossible de dire lequel est lequel et s'ils ont bien été bouffés le même jour. Il promet une enquête sérieuse pour savoir s'il s'agit d'un accident ou d'un assassinat. Il se déclare d'office grand patron du secteur, demande à chacun de garder son calme, de prendre une collation, puis de regagner son lieu de résidence pour y passer une bonne nuit car demain il va falloir remettre de l'ordre dans tout ce merdier. C'est au moment de la dispersion qu'une voix s'élève. Celle d'un des deux collègues de Miguel qui était avec nous sur les lieux du drame.

- *Stop, stop, oune pétite minoute. Ma yé oune qouechtionne à fousss poyé. Yé né rien dit yousqu' à préyent, ma yé fous ai entendou chette aprèch midi. Fou chavé parlé dé Chépadoto pour lé chégond cadafre. Moi yé ché pas pourquoi, ma yé choui chour qué fou chavé qué ché bien loui ! Et oui, yé parle oune pétite peu lé franchais. Alors yé vé fou répoché encore oune foi la qouestionne en echpagnol por qué chacoune dé perchonnes ichi chache ché qué yé viens dé dire !*

Et voilà que cet enfoiré repose sa question devant toute l'assemblée dans sa langue natale. Sans dire que ça perturbe la foule, ça l'interpelle tout de même. Décidément, ce ne sont pas les rebondissements qui manquent dans cette aventure colombienne. Voilà qui nous apprendra à nous méfier davantage. On s'est fait bananer comme des débutants. Il a été mariole l'enflure, il a su fermer sa gueule autour du bassin car il a dû se dire que si nous avions découvert qu'il comprenait le français, il aurait pu lui arriver quelques menus désagréments. Namo a un peu de mal à faire taire le bruit de fond, mais gardant parfaitement son calme, il accepte, ne pouvant faire autrement, de répondre à son interlocuteur. En voilà encore une fois en gros, la traduction.

- *Quand on ne comprend pas parfaitement une langue on évite de tirer des conclusions hâtives, cher monsieur. Suite à l'immense surprise de découvrir deux crânes au fond du bassin, il m'a paru difficile de savoir lequel était celui de mon beau-frère. Je ne pouvais décemment pas apporter à ma femme celui de l'autre victime. Alors j'ai donné le nom de Jépadoto, comme j'aurais pu donner celui de Donald, de Mickey ou de n'importe lequel d'entre nous. J'ai découvert ces deux victimes en même temps que vous. Ces crânes étaient invisibles au fond du bassin plein d'eau, j'ai été aussi surpris que vous d'en trouver deux. Comment voulez-vous que je sache à qui appartient le second ? Son nom n'est pas marqué dessus. Soyons un peu sérieux s'il vous plaît. D'autant que jusqu'à preuve du contraire, Jépadoto est bien vivant. Il a franchi la clôture à bord d'un des véhicules qui ramenait ses concitoyens au village. Ça va suffisamment mal comme ça alors je vous serais reconnaissant de ne pas rajouter de stress avec des interprétations personnelles totalement infondées.*

- No, no, yé fou ai dit quéyé parle et qué yé comprend lé franchèche et yé très bien compris qué fou chaviez ché qui chès paché au bachin !

- Mais sacré putain de foutoir ! Comment nous aurions pu savoir ? Nous sommes redescendus directement de la mine, sur les traces des véhicules de Jépadoto. Nous ne nous sommes même pas arrêtés ici à Sharam-City afin d'accompagner le chef indien qui filait directement au village. Vous êtes borné ou quoi ? Oh et puis merde ! Vous n'avez qu'à vous rendre chez les Tétanos, vous aurez ainsi la réponse. C'est vrai ça ! Qui, et pour quelle raison, on aurait eu intérêt à assassiner Jépadoto ? Allez, ça suffit, la séance est levée. Foutez-moi le camp. Allez bouffer et regagnez vos piaules. Ça suffit pour aujourd'hui. La coupe est pleine. Le patron depuis quelques heures c'est moi, alors obéissez si vous ne voulez pas que je donne l'ordre aux gardes de veiller au maintien de l'ordre.

La cantine est évacuée sans manifestations particulières. Eddy Namo a une fois de plus calmé les esprits. Il n'empêche que j'ai la conviction, en tout cas pour ce qui me concerne, que je dois au plus vite aller voir ailleurs si j'y suis. Je dois me barrer dès ce soir. Demain, si ce n'est pas déjà fait, tout l'univers de Sharam Sharam, de la Coupe de bois au carreau de la mine, saura que le patron est officiellement au paradis des narcos. Nul ne peut présager de ce qui va s'ensuivre. Ma place n'est plus ici, d'autant qu'elle ne l'a jamais été. Je m'approche de Namo.

- Écoute, en ce qui me concerne, demain pour moi, Sharam-City ne sera plus qu'un mauvais souvenir. Je me casse maintenant et crois-moi si tu veux pouvoir visiter la France prochainement, accroche-toi à mes talons. Quelque chose me dit que si tu restes, demain ton compte sera réglé. Il n'y a plus de piranhas, mais il y a des flingues et des piolets. Alors suis mon conseil, ramasse tes clics et tes clacs et on se casse au village indien. Là-bas, vu ma renommée, nous serons sous la protection des tétanos. Tu parles leur langue pas moi, alors j'ai besoin de toi. Après c'est toi qui auras besoin de moi. Décide-toi mais décide-toi vite.

- T'as raison, on n'a plus rien à foutre dans cette galère. Je prends quelques affaires, on grimpe dans un véhicule et on fonce au village. Va m'attendre dans le parking et si un garde ou qui que ce soit te cherche des noises, dit lui que j'arrive.

- Ok juste le temps pour moi de récupérer mes lascars français et nous t'attendons près du véhicule.

- Quoi ? Non mais ça ne va pas ta tête ? Tu vas laisser tes gamins ici. Tu crois que tu pars en croisière en famille ? Demain, dès qu'ils vont comprendre que je me suis barré avec toi, nous aurons les chasseurs au cul. De toi, ils s'en foutent, un pruneau dans le bide et terminé ! Mais moi, ils vont tout faire pour me choper vivant. Je suis le beauf de Sharam, ils vont me demander des comptes. Tu nous vois avec tes parasites français dans les pattes ? Désolé pour eux, mais on se casse à deux et c'est déjà pour chacun de nous, un de trop. Aller, fonce au parking j'arrive.

Il a raison ! Ça me tord les tripes, mais je dois abandonner mes protégés. Je n'ai pas fini de passer pour un ignoble salopard, un trouillard, un lope quoi ! Mais que veux-tu, dans la vie, il faut parfois faire le bon choix et là, très franchement je n'en ai qu'un. Oh, et puis merde ! C'est vrai quoi ! Si ces abrutis s'étaient comportés comme des ados civilisés, ils n'auraient pas fini en taule, ni à La Ruche, ni à Sharam-City. Alors bonne chance à eux. Amen.

Chapitre XXX

Tout s'est bien passé. Aucun problème pour franchir la clôture, quitter Sharam-City et gagner le village. Eddy Namo est toujours considéré comme le patron par le personnel, fut-il armé et en uniforme. Je ne te dis pas l'accueil. C'est tout juste s'ils ne m'ont pas nommé chef à la place de Jépadoto. Nous avons dû nous soumettre à l'absorption d'une boisson au vitriol qui m'a décapé le gosier, avant de partager un repas suffisamment relevé pour te faire courir les quarante-deux kilomètres du marathon en moins de vingt minutes. Ensuite nous avons eu droit à une petite fête en mon honneur, où chants et danses arrosés de chicha, une bière à base de manioc bouilli, ont fini de me mettre ko. Surtout que cet empafé de Namo s'est bien gardé, craignant que j'offense mes hôtes en refusant de l'absorber, de m'en fournir la recette avant la clôture des festivités. Je n'aurais jamais dû lui poser la question qui tue.

- Euh... c'est bizarre ce truc, y a quoi dans ce magma un peu gluant ?

- Ah, là-dedans ? Et bien c'est simple. Cette sorte de bière est aussi appelée Masato. Elle est composée de salive, de divers fruits et de manioc.

- De salive ?

- Oui ! Vois-tu, le manioc est préalablement longuement et minutieusement mâché avec un maximum de salive, par la bouche des femmes de la tribu, puis recraché dans le plat après mastication. A ce magma comme tu dis, s'ajoutent encore quelques glaviots bien mûrs, ensuite le tout est mis à fermenter durant plusieurs semaines, jusqu'à ce que cette bière soit considérée comme étant à point et propre à la consommation.

J'allais perdre connaissance quand le groupe de gamins que nous avons réussi à faire sortir du secteur minier s'est approché de moi avec un paquet fait de feuilles de je ne sais quoi tressées.

- Prend, accepte, c'est un cadeau pour toi. Prends-le, ouvre-le, et surtout, surtout, ne fais pas ta mijaurée, accepte comme si tu n'avais jamais reçu plus grande marque de reconnaissance !

- Putain, mais y a quoi encore là-dedans ?

- T'occupes ! Prends- le et ouvre le, sacré bordel. Tout le village a les yeux fixés sur toi !

Bon, ben, allons-y. Je défais le paquet par le haut afin de ne pas trop détériorer l'emballage et je sors ce qu'il contient. J'avais raison de me méfier ! Elle n'est ni en bois ni en plastique, ni en résine, elle est petite, très petite et fera très bien sur le coin de mon bureau ! Je ne sais pas à qui a appartenu cette tête, mais elle doit manquer à son propriétaire. Namo me rencarde en sourdine.

- C'est un grand honneur que te fait ce village. Tu resteras à jamais celui qui a libéré sa jeunesse. Qui lui a redonné le goût de la vie. De la liberté !

- T'en ferais pas un peu trop des fois ?

- Si, mais tu dois montrer à quel point tu es ému de recevoir un pareil honneur.

- Et c'est la tête à qui ?

- Forcément à un vieil ennemi. Elle n'est sûrement pas d'aujourd'hui. Il y a belle lurette que ces moeurs ont disparus de leur culture. Ils ne réduisent plus du tout les têtes. Mais qu'elle soit à qui que ce soit, qu'est-ce que tu en as à foutre ? Tu l'acceptes et tu remercies, c'est tout !

- Et je fais quoi ? Je leur chante la Marseillaise ?

- Tu te lèves, tu poses ta main sur ton coeur, et tu leur files quelque chose à toi.

- A moi ? Mais putain je n'ai rien ! J'ai que ma bite et mon couteau comme on dit vulgairement ! Et même le couteau je ne l'ai pas !

- Lève-toi et fouille dans ta poche !

- Bordel, mais je peux fouiller jusqu'à l'année prochaine, je te dis que je n'ai rien. Rien de rien !

- Fais ce que je te dis sacré foutoir !

Bien, j'obéis à l'ordre inutile de Namo. Je me lève, sourire d'abrutis au coin des lèvres, je secoue la tronche de droite à gauche en guise d'immense bonheur, je tiens la tête cadeau d'une main, glisse l'autre dans ma poche, sent un truc, l'extirpe et complètement effaré, découvre entre mes doigts le pendentif de Sharam Sharam. Ce salopard d'Eddy qui devait se douter de ce qui m'attendait l'avait glissé dans ma fouille sans que je ne m'en rende compte. Je le tends au premier gamin venu ! Et là, faut que je marque une pause, car si tu avais pu voir la tête de mes admirateurs, si tu avais pu !!! Je leur aurais filé plusieurs millions de dollars, ça n'aurait pas été aussi fort ! Le pendentif de Sharam, le pendentif de leur ennemi ! C'est sûr, je vois déjà un immense totem à mon effigie trôner au milieu du village. Bien ! Sur ce, et après toutes ces effusions, j'ai grand besoin d'aller pioncer.

Nous avons passé la nuit dans des hamacs sous un abri aux murs de torchis bien torchés et toiture en feuille de bananes plantain, spécialité amazonienne, qui ont la particularité d'être courbées vers la gauche. Aujourd'hui est donc un grand jour, car c'est celui qui va dérouler quelques kilomètres entre nous et Sharam-City. Dans l'immédiat nous prenons un bain dans la rivière, sans doute un affluent du Rio Petimago, qui d'après les dires de Nemo s'écoule à moins de cent kilomètres, puisqu'il passe à Pastaga-Ofrigo. Je rejoins la rive, me sèche et tout en remettant mes fringues je m'adresse à Eddy.

- Je suppose que tu as une idée en ce qui concerne la suite du trajet ?

- Un peu. L'idéal aurait été de rejoindre Pastaga-Ofrigo par le fleuve, mais je pense qu'il doit être sous surveillance, aussi nous allons partir à pied à travers la forêt, jusqu'au prochain village indien, guidés par deux Tétanos. Nous devrions y parvenir ce soir. Dès demain, nous rejoindrons le rio Encano, qui alimente la Laguna de la Cocha, un plan d'eau qui se trouve à une vingtaine de kilomètres de la ville de San Juan de Pasto. Une fois là-bas la partie sera gagnée et je ferai en sorte de contacter une

relation sûre afin que nous soyons rapatriés sur Bogota.

N'ayant pas d'autre choix que faire confiance à Eddy, je me soumets à ses directives. Une petite heure plus tard, ma tête réduite enveloppée d'un vieux tee-shirt dégueu et une poche en peau de chèvre pleine d'eau, suspendues à mon cou, nous faisons nos adieux à nos amis Tétanos. C'est parti pour une balade en forêt. Autant te dire que tu ne peux pas la confondre avec celle de Fontainebleau. Paraît qu'ici, plus de cinquante mille espèces d'arbres cohabitent dans un conflit permanent. C'est à celui qui grimpera le plus haut, pour avoir la tête au soleil. Les pieds nus de nos deux guides, crapahutent au milieu des racines qui s'entremêlent sur le sol, les troncs d'arbres morts et les lianes qui colonisent l'ensemble et que les mains de Tarzan ne saisiront jamais. Ils n'ont apparemment aucune crainte des insectes, serpents et autres trucs venimeux, inventés par un créateur passablement vicelard. Perso, j'ai les gobilles qui tournicotent à trois cent quatre-vingts degrés. Je guette la mygale d'un mètre d'envergure, la fourmi rouge de deux cents grammes ou le serpent de trente-deux mètres de long, tout en ayant les esgourdes connectées à la multitude des sons plus ou moins inquiétants qui résonnent sous la canopée. Ça piaille, ça râle, ça gronde, ça rigole, ça hurle, ça chante, ça bourdonne, ça caquette, ça vrombi… Ah non ! Ça c'est autre chose. Ça, c'est un hélico qui tourne au-dessus de nous ! La chasse est commencée. Aucune inquiétude en ce qui nous concerne, car, pour ses occupants, rapport à la végétation, la visibilité au sol est nulle. De plus, n'ayant ni téléphone, ni tablette, ni quoi que ce soit de détectable sur nous, ils n'ont aucune chance de nous localiser. Un pied après l'autre nous progressons vers notre futur. Il ne saurait être pire que notre passé. Ces quelques jours à Sharam-City vont rester un bon moment sur le dessus de la pile, dans le tiroir des souvenirs. Je suis encore désolé d'avoir dû abandonner mes jeunes compatriotes à leur sort. D'un autre côté, je n'ai jamais reçu pour mission de libérer ces jeunes crétins. Mon boulot, c'est de mettre la main sur le ou les maîtres chanteurs dont l'ex-ministre monsieur Jean Néchié, est la victime. Je croise les doigts pour qu'Eddy Namo trouve le moyen de nous faire quitter la Colombie dans les meilleurs délais. Dans l'immédiat, je dois me satisfaire d'être où je suis, c'est-à-dire dix pas derrière deux indiens, un peu comme un clebs tenu en laisse, en priant le Saint patron de la forêt vierge de les guider dans cet inextricable fouillis de verdure. Nous ne parlons même pas. Les heures s'écoulent lentement, agrémentées de petites pauses boissons, repos les guibolles relevées contre un tronc, l'oeil aux aguets, quelques piqûres d'insectes non identifiés avant de poursuivre vers l'inconnu. Mes fringues s'accrochent à tout ce qui dépasse, il n'y a aucun chemin, quel GPS caché peut bien guider nos Tétanos dans cet enchevêtrement de frondaison ? Cela doit bien faire six ou sept heures que nous progressons. L'hélico n'est pas revenu. Il n'y a pas que la fatigue qui commence sérieusement à se faire sentir, la sueur aussi. Je ne sais ce qui attire le plus les moustiques, notre respiration ou notre transpiration, mais ça bizbiz méchamment à nos oreilles. Je me couvre de mandales tout en agitant une branche feuillue devant mon visage. J'avance désormais comme un automate. Même plus envie de réfléchir. J'en appelle à mon fidèle ange gardien, qui, sauf à ce que j'ai des hallucinations auditives, me répond par des aboiements. Non, je ne rêve point, c'est bien un animal civilisé qui nous avertit que notre voyage touche à sa fin. Ah la brave bête ! Vas-y toutou, aboie plus fort, gueule plus fort. Ils nous ont sentis de loin. Faut dire qu'on doit bien schlinguer tous les quatre. Eux, ils sont trois. Trois qui surgissent la queue battant l'air, nous reniflent quelques instants, nous acceptent tels que nous sommes, et nous guident jusqu'au village. Ouf ! Voilà la première partie du plan de sauvetage de Namo qui s'achève. Demain est un autre jour.

Chapitre XXXI

Je te fais grâce du déroulé de cette deuxième journée. En tout cas, je te la résume le plus brièvement possible. Accueil chaleureux, repas sur lequel je ne m'attarderai pas, dodo en hamac sous abri, lever avec le soleil, petit déj fait d'une crêpe de gomme de manioc, élastique à souhait, embarquement sur une pirogue pour un voyage naval de plusieurs heures au cours duquel, j'ai, hélas, sans le faire exprès, malencontreusement, fait tomber ma tête réduite dans la flotte. Tu avoueras que c'est quand même un peu con. Je ne sais pas comment j'ai fait mon compte. Alors que je l'admirais avec un ébahissement total, elle m'a échappé des mains et plouf, au jus ! J'ai eu l'air tellement contrarié que notre piroguier s'est dit prêt à opérer un demi-tour pour aller m'en chercher une autre. Bref, sur le soir, nous sommes parvenus à la Laguna de la Cocha, également appelée Laguna Guamuez. C'est un grand barrage naturel situé, comme je l'ai déjà dit, près de San Juan de Pasto. Ce détail n'apporte rien au déroulé de notre fuite, mais un peu de géo, ça ne fait pas de mal. Nous mettons pied à terre sur un dernier adieu à notre Tétanos gondolier, faisons signe au chauffeur d'un fourgon plateau qui accepte de s'arrêter et en route pour la ville de San Juan de Pasto. Cette fois Sharam-City est bien loin de mes préoccupations. Bonjour la civilisation. Une nature verdoyante, des terres agricoles, des lacs d'altitude, quelques volcans plus ou moins menaçants, quelques rivières et puis la ville. Des immeubles, des murs, des places, des bagnoles, des bus, des restos, des hôtels, des magasins, le monde moderne quoi ! Chapeau à mon associé. Comme sur des roulettes la fuite de Sharam-City. Notre chauffeur s'arrête. Nous quittons le véhicule. Je foule un sol goudronné, avec des lignes blanches, des places de parking, des passants qui n'ont que foutre de nous et aussi des flics. Ils me ramènent à la réalité. Je suis libre c'est sûr, mais ni pognon ni papier en poche. Je n'ai qu'Eddy Namo à qui m'accrocher. Lui, en revanche, même si son avenir est un peu ombrageux, il a l'avantage d'être chez lui, dans son pays, il devine mes inquiétudes.

- Tu vois, ça s'est bien passé. Personne ne sait que nous sommes ici. Nous allons commencer par chercher un hôtel pas trop pouilleux ni trop luxueux. Nous pourrons y prendre un bon bain, un bon dîner,

y passer une bonne nuit et demain, je me chargerai de nous transporter vers Cali. Ensuite idem pour Bogota. J'aurais juste un ou deux téléphones à faire.

- Tu es sûr que c'est prudent ? À ta place je ferai quand même gaffe. Tu te doutes que tes relations d'avant ont été mises au courant de ta trahison envers ton beauf. À mon avis, tu ne peux pas vraiment compter sur eux. Et encore moins sur ta femme. N'oublie pas que son frangin a fini dans le bassin des piranhas et que tu es fortement soupçonné de l'y avoir poussé !

- Ne t'inquiète pas, j'ai une ou deux relations sûres à cent pour cent et puis je suis certain que dans l'immédiat, l'urgence pour mes ennemis, c'est de remettre de l'ordre à Sharam-City. Faire redémarrer la machine avec un nouveau patron. Je ne suis pas une priorité et toi encore moins. Aller, ne te casse pas la tête avec des « après », réglons déjà les problèmes du jour. Tiens, il y a un arrêt de bus à deux cents mètres, direction le centre-ville.

Je me plie aux convictions de Namo. Nous montons dans le premier bus qui se présente. Être à ce point dépendant de quelqu'un d'autre, qui plus est, un ancien ennemi, n'est vraiment pas pour moi, mais que faire ? Si je devais me retrouver entre les pattes de la police, je ne serais pas mieux loti qu'avec Sharam Sharam. Faut que j'arrête de gamberger. Notre but à Eddy comme à moi, c'est de quitter le pays pour la France. A Bogota je pourrais aussi éventuellement, en cas de soucis, seulement en cas de soucis, envisager de me réfugier à l'ambassade, faire un bras d'honneur à la Colombie, me faire rapatrier dans la valise diplomatique mais ça signifierait l'abandon de Namo à son funeste destin. Et de ça, il n'en est pas question. J'ai déjà laissé tomber mes compatriotes à Sharam-City, je ne vais pas jouer les lopettes une fois de plus avec lui. Non ! Décidément c'est à deux que nous envisageons de quitter la Colombie, c'est à deux que nous la quitterons. Nous descendons du bus. C'est ça son hôtel moyen ? Je ne peux pas le nommer, je ne peux pas faire de pub gratuitement, mais si par hasard, je dis bien par hasard, tu es de la classe moyenne, crois-moi, pique un cent mètre et remonte dans le bus. Nous pénétrons dans le hall. Le personnel féminin de l'accueil me regarde en pinçant les lèvres. Ça me rappelle un peu la gueule du groom à l'hôtel Grillon à Paris. C'est vrai que je ne dois pas avoir l'air très frais. Bien que lavé ce matin dans l'eau du Rio Petimago, au village Tétanos, je ne suis pas rasé depuis plusieurs jours et mes fringues sentent un peu l'hébergement pour SDF. Aie ! Merde ! Pourquoi j'ai dit ça moi ? Je vais encore être emmerdé par l'association des petits frères des traines patins. Bon, tant pis, c'est dit, c'est dit. Mais faut quand même que je me contrôle un peu. Donc, je disais que je dois avoir l'air et l'odeur d'une truite de huit jours sur l'étalage d'un poissonnier. Eddy Namo me sauve encore une fois la mise. Je ne sais pas ce qu'il raconte à mon sujet mais la minette acquiesce, lui tend deux cartes et nous gagnons l'ascenseur. Nouveau regard pincé du préposé aux étages. Je suis très pressé de me retrouver dans ma piaule. Eddy me file la carte correspondant à ma chambre.

- Je vais aller faire rapidement quelques emplettes pour toi comme pour moi. Rasoirs, chemises, pantalons, vestes, godasses, de quoi se refaire un peu la vitrine. Ne bouge pas d'ici. Attends mon retour. Je fais au plus vite. C'est quoi ta pointure ? Faut juste que je passe au distributeur pour retirer un peu de fric. J'espère que mon compte n'est pas déjà sous surveillance. Remarque, je m'en fous, demain on se barre dès que possible. Ce n'est pas cette nuit et dans ce genre d'endroit qu'ils peuvent tenter quoi que ce soit. Je me douche rapidement et j'y vais. Aller, à tout à l'heure.

Bien ! Ben moi, je vais urgemment faire de même. Je ne sais pas si j'ai raison, mais j'ai la conviction que je peux lui faire confiance. Parce que si on réfléchit bien, il aurait aussi bien pu trouver un prétexte en arrivant ici, me larguer dans la ville et disparaître. Or, non seulement il ne l'a pas fait, mais il se pointe ouvertement en ma compagnie dans cet hôtel, donne son identité et sa carte de crédit à l'accueil, et ça, ce n'est vraiment pas le comportement d'un mec qui aurait l'intention de se faire oublier dans la nature. Aller Aubin, tu es à l’abri dans un hôtel de prince, tu as un vrai lit, une téloche, un balcon et une salle de bain qui n'attend que toi, avec serviettes, eau chaude, shampoing et parfum. Alors, tu attends quoi ? Hein, tu attends quoi… ? Rien, c'est bon, j'y vais. Je ne te décris pas la salle de bain, tout le monde sait à quoi ça ressemble. L'eau chaude me rappelle mon appart, qui me rappelle mon parking, qui me rappelle ma Yamasaki en flammes. Ils ne perdent toujours rien pour attendre les incendiaires. Aubin est de retour. Du moins sous peu. Va falloir casquer les mecs, va falloir casquer ! Ça c'est pour ma voiture. Cependant, le point principal reste que je n'ai strictement rien à ajouter dans mon caddie en ce qui concerne les maîtres chanteurs. Ah si, quand même, l'histoire des lapins de l'Élysée. L'échange de courrier entre Jean Néchié et Mick Xomatos. Courrier, qui d'après Namo, serait à l'origine de la démission du ministre. Ce qui accrédite l'idée que c'est bien un problème de came qui est la cause de tout ce pataquès. Mais je reprendrai tout à zéro, une fois de retour en France. Aller, je me sèche, j'enfile un peignoir estampillé hôtel machin et je m'allonge sur le lit en attendant le retour d'Eddy Namo. Il réapparaît une bonne heure plus tard avec des vêtements passe-partout.

- Tiens, voilà de quoi avoir l'air civilisé. Mais si tu veux mon avis, pour le dîner, nous devrions nous faire monter un plateau dans les chambres, on ne sait jamais. N'oublie pas que tes prouesses télévisuelles ont été vues par pas mal de monde et que ta bobine est peut-être imprimée dans les

souvenirs de quelques téléspectateurs. Quant à moi je préfère éviter de provoquer les événements. Moins on risque de me reconnaître, mieux je me porterai.

- C'est tout à fait mon avis ! Pour vivre heureux vivons cachés, comme on dit chez nous. Cela étant, perso, je ne peux rien faire. Je n'ai ni papiers, ni argent, je suis en Colombie en toute illégalité. Il va te falloir être mariole pour nous faire quitter le pays dans ces conditions.

- Non ! Je n'ai pas trop de soucis. Dès que nous serons à Bogota, je prendrai contact, comme je t'ai dit, avec des relations sûres. J'en ai fort heureusement de sérieuses, qui s'occuperont de te préparer les documents qui te manquent. Passeport et carte de crédit.

- Carte de crédit ? Tu crois réellement que je peux ouvrir un compte ici en Colombie ?

- Oui ! Grâce à Filii Dei. Nous avons des systèmes bancaires privés, tout ce qu'il y a de réguliers.

- Filii Dei ? Mais tu n'aurais pas oublié que je suis leur pire ennemi ?

- Je crois que tu t'accordes beaucoup trop d'importance. Tes pitreries devant une télé locale, ils s'en balancent à un point que tu ne soupçonnes même pas. Avec les amis dont je te parle, je n'ai

aucun doute sur le fait que tu seras parfaitement en règle quand tu embarqueras pour la France. Enfin je veux dire quand nous embarquerons, car bien sûr, tout cela ne sera possible que si je fais le voyage avec toi. Je serai moi aussi devenu un autre. Autre nom, autre parcours etc... Tu n'as pas oublié ta promesse, de me faire visiter la France ? Nous sommes soudés comme des siamois. J'ai besoin de toi, tu as besoin de moi.

- N'ai aucune crainte, je n'ai qu'une parole. Tu m'as sorti d'une situation désespérée, je te dois mon futur. Enfin, j'exagère un peu, car si je n'avais pas repéré le coupe-papier sur le bureau, je serai toujours l'employé de ton salopard de beau-frère et tu serais toujours sous ses ordres. À propos, il y a une question qui me turlupine. Tu crois que les piranhas n'ont pas eu de problèmes de digestion après avoir béqueté cette charogne ?

- Les piranhas je ne sais pas, mais dans les hautes sphères de la mafia colombienne, nous avons dû les faire vraiment chier. Pour eux c'est sûr, la disparition définitive de Sharam Sharam n'est pas près d'être digérée. Il y a fort à parier que certains ont déjà misés sur nos carcasses. Ah ben tiens, allume donc la télé. Il est possible que des infos circulent. Ne serait-ce que sur une chaîne locale. Une révolte avec des morts à la clé, dans le secteur minier, je serais vraiment surpris, que ça reste confidentiel. Surtout que c'est très proche d'ici.

Bingo ! En plein dessus. Namo me colle le sous-titrage en français. Ah oui ! Quand même ! Il y a effectivement de la casse. De la bidoche étendue sous des bâches. Heureusement pour moi que je suis arrivé à l'hôtel avec une sale gueule cradingue et pas rasée car mon portrait apparaît en bas à droite de l'écran et celui de Namo, juste au-dessus. Nous sommes apparemment devenus les ennemis numéro un pour la population colombienne. Ça dit en gros, que le français Tom Edgéri, non content d'avoir choqué les honnêtes gens par ses propos ignobles et racistes lors de son interview à Barranquilla a réussi à provoquer la révolte du personnel minier dans le secteur de Pastaga-Ofrigo. La police ainsi que les forces de sécurité ont dû intervenir. Il y a de nombreuses victimes, surtout parmi la jeunesse du village Tétanos, dont le chef Jépadoto pourrait lui aussi avoir été assassiné, deux crânes ayant été découverts au fond d'un bassin d'élevage de piranhas après son assèchement. La question qui laisse tout le monde interloqué, c'est de savoir comment le bien-aimé Eddy Namo, beau-frère de Sharam, a bien pu s'encanailler avec cette crapule française au point de jeter le frère de sa femme dans l'eau d'un élevage de piranhas noirs ? D'après les membres du personnel qui en ont été témoins, monsieur Namo a présenté ce Tom Edgeri comme un fidèle ami de lui-même et de Sharam Sharam. Il est donc évidemment fort peu probable qu'Eddy Namo ait agi sous la menace du français. Quoi qu'il en soit, les forces gouvernementales vont tout mettre en oeuvre pour mettre la main sur ces deux hommes, actuellement réfugiés au coeur de la forêt, donc pratiquement introuvables. La police mise sur le temps qui s'écoule car il va bien falloir qu'ils en sortent un jour. La participation des Indiens a été également réclamée. Ils sont en effet à peu près les seuls à pouvoir survivre dans cet univers sauvage rempli de danger pour les néophytes. Nous serons informés au fur et à mesure de l'avancement des recherches. Dans l'immédiat il faut remettre la mine en activité. Le nom du successeur de monsieur Sharam Sharam est sur le bureau du ministre du Travail, monsieur Amadéos Mozartos, qui n'a pas du tout l'habitude de danser sur la musique des autres. Sur cette affirmation, je coupe la télévision. Sans en tirer de conclusions hâtives, il semble évident qu'avec nos tronches placardées sur les écrans télé, fussent-ils locaux, nous n'allons pas pouvoir nous pavaner longtemps dans le secteur. J'alerte Eddy.

- Je crois que tu as compris qu'il ne va pas falloir prendre racine ici. Nous allons devoir décamper dès demain et au plus tôt. Si la réceptionniste et les autres employés de l'hôtel ont actuellement autre chose à faire que regarder la Télé, ils risquent fort de nous reconnaître dans les heures à venir. Si en France, j'ai pu une fois me maquiller en curé africain plus vrai que nature, ici je n'ai rien sous la main pour rééditer ! Pas de perruque, pas de fausse moustache, pas de soutane.

- Attends Aubin, j'ai une idée ! Soutane tu dis ? Soutane, égal église, église égal curé. Je sais qu'il y a cinq églises ici, ainsi qu'une cure épiscopale. Je vais appeler l'accueil de l'hôtel pour leur demander de me donner l'adresse et le numéro de téléphone de la cure. Fais-nous monter deux plateaux repas dans ta chambre. Répond depuis la salle de bain lorsque le serveur te les apportera. Évite qu'il te voie. Je file dans ma piaule, je reviens dès que j'ai eu les infos. A tout à l'heure.

Une demi-heure plus tard, nous dînons, satisfaits de l'évolution de la situation. Namo a obtenu le numéro de la cure. Il n'a pas attendu, il a appelé aussitôt. Il s'est fait passer, ce qui n'est pas franchement faux, pour un ami de Monseigneur Ramon Tontarin. Celui-là même que j'ai traité d'évêque de mes noix un soir pas si lointain lors d'une réception écourtée à Barranquilla et instamment prié de fermer sa gueule. Je devrais peut-être aussi savoir fermer la mienne quelques fois. Nous avons rendez-vous demain à la cure.

Chapitre XXXII

Il aura fallu plus de deux heures de palabre entre Eddy Namo et un membre du clergé de San Juan de Pasto avant d'obtenir un résultat positif. Son téléphone d'hier faisant état de sa grande amitié avec Monseigneur Ramon Tontarin à l'évêché de Banquarrilla n'avait bien évidemment pas eu d'autre but que d'obtenir le rendez-vous de ce matin et pas autre chose. Il est évident que tenter d'entrer en contact avec lui, après les événements de Sharam-City nous ferait courir un grand danger. Namo a dû la jouer fine face au prélat qui derrière son bureau lui posait questions sur question. Ici à Pasto, tout le monde est au courant de ce qui se passe dans le secteur minier en révolte. Je suppose qu'Eddy a finalement réussi à convaincre son interlocuteur qu'il n'était pas du tout le salopard décrit par les médias mais en réalité la malheureuse victime d'un ignoble coup monté car il obtint enfin une communication avec une de ses précieuses relations de Bogota. La discussion dura une bonne dizaine de minutes, puis Namo tendit le combiné au prélat ne gardant que l'écouteur. L'échange dura encore plusieurs minutes avant que l'ecclésiastique ne repose le combiné sur son socle. Je n'ai jamais autant regretté de ne pas avoir eu le courage d'apprendre quelques langues étrangères. Plus de deux heures sans piger le moindre mot d'une discussion qui malgré tout me concernait autant que mon camarade, ça n'est pas bon pour le stress. Fort heureusement, à voir les visages enfin détendus des deux protagonistes, je pige qu'un accord a dû être trouvé. Eddy se tourne vers moi.

- Nous allons pouvoir partir à bord de la voiture de Monseigneur Noël Obalcon pour l'aéroport d'Antonio Narino qui se trouve à une trentaine de kilomètres d'ici. Il sera avec nous afin de nous assurer un trajet sécurisé. Personne n'oserait contrôler le véhicule de ce dignitaire de l'église. Ensuite nous serons pris en charge pour être dirigés sur Bogota où nous devrons patienter quelques jours afin d'obtenir les documents nécessaires à notre départ pour la France.

- Bonnes nouvelles ! Mais dis-moi, quel baratin tu as bien pu servir à tout ce petit monde pour parvenir à ce résultat plein d'espérance ?

- *J'ai juste eu besoin de convaincre mon interlocuteur un peu trop pointilleux de contacter au plus tôt une de mes relations de Filii Dei et de me laisser lui parler. Ce qu'il a fini par accepter. Ensuite, il s'est contenté de suivre ses instructions. Je t'expliquerai plus tard. Nous allons passer au salon d'accueil de la cure et attendre devant une légère collation qu'on vienne nous chercher.*

Jusqu'à présent, je dois admettre que tout marche comme sur des roulettes. Quel changement de situation, depuis que j'ai collé mon coupe papier sous le gosier d'Eddy Namo ! Cependant je ne suis toujours pas cent pour cent détendu car je reste persuadé que pour une partie des membres de Filii Dei, je représente une menace. Tant que je me trouve ici en Colombie, j'ai d'autres chats à fouetter que m'occuper du vol des documents chez Jean Néchié, mais sitôt de retour chez moi, mon enquête va forcément reprendre. Enquête qui possède, j'en suis à peu près sûr, des ramifications avec cette organisation. Ne serait-ce que par le fait que Néchié ferait lui aussi, d'après Namo, partie de cette clique made in ange Hélus et compagnie. Pour extraire la vérité d'un tel bourbier je vais devoir nager en eaux troubles. Mais ça ne me décourage pas, bien au contraire. M'ont trop fait chier tous ces lascars, beaucoup trop. Ah, nous parvenons au salon d'accueil. Nous avons droit à quelques courbettes, café, gâteaux secs, cigarettes, cigares, rince doigts, magazines, journaux, et même un petit fond musical discret. Près d'une heure s'écoule avant que Monseigneur Noël Obalcon ne pénètre dans la pièce. Il se présente, nous le saluons dignement en lui effleurant la bagouse du bout des lèvres. Je comprends qu'il nous invite à le suivre, ce que nous acceptons avec la plus grande joie. Ah oui d'accord ! Je comprends que le premier pignouf venu n'aurait pas l'idée de vouloir effectuer un contrôle de ce carrosse. C'est limousiné, noir, brillant, macaronné sur le pare-brise, petit porte drapeau sur l'aile gauche avant, avec chauffeur en costard noir à col blanc. Un laissez-passer à roulettes quoi. C'est la première fois, si mes souvenirs sont bons, que je prends place dans ce type de véhicule. L'habitacle est séparé du conducteur par une vitre amovible. C'est parti pour un petit parcours de trente bornes jusqu'à l'aéroport. Confortable la banquette. Profonde, dos calé, appui-tête, dommage de ne parcourir que si peu de kilomètres. Namo échange quelques mots avec l'évêque, qui dans un français tout à fait acceptable s'adresse à moi.

- Ainsi c'est vous le pseudo diplomate français qui avez tenu des propos provocateurs lors d'une soirée à l'évêché de Barranquilla ? Si vous me disiez vous-même à quoi ça rime tout ce cirque ?

- Je pensais Monseigneur, que mon ami Eddy Namo, ici présent, vous avait mis au parfum. Je ne suis pas arrivé en Colombie volontairement. J'ai été kidnappé suite à une enquête qui m'a été confiée par

un ministre français, chez qui des documents confidentiels ont été dérobés. Débarqué dans votre beau pays sans papiers, sans argent, j'ai dû me soumettre aux exigences de mes ravisseurs sous peine, en cas de refus, de voir deux de mes compatriotes, enlevés avec moi, se faire purement et simplement exécuter. La même menace planait sur ma tête. On m'a donné une fausse identité, collé une fonction bidon, et conduit à cette soirée à laquelle vous faites allusion afin de me faire passer pour un saligaud aux yeux de mes donneurs d'ordres français. Les détails seraient trop longs et complexes à vous exposer, mais il fallait que j'attire l'attention sur moi, que j'ai mon heure de gloire internationale puisque les images de cette réception devaient être transmises en France, dans le but de me discréditer aux yeux de mes compatriotes. En me montrant sous un maquillage grossier, un verre à la main, au beau milieu de ceux-là même que j'étais censé combattre, je n'étais plus du tout crédible dans mon pays et ma disparition n'aurait eu aucun retentissement. Alors, j'ai fait en sorte d'attirer l'attention sur moi, en débitant un tas d'inepties provocatrices qui allaient faire parler de moi ici en Colombie et de fait, rendre un peu moins facile ma disparition. Je dois reconnaître que j'ai assez bien réussi, puisque c'est le premier sujet que vous abordez avec moi. Vous aussi vous êtes membre de Filii-Dei ? Je vous avoue que je n'y comprends plus rien. Si je suis votre ennemi, pourquoi faciliter mon retour en France au lieu de me balancer aux piranhas ? Et si vous admettez la trahison de monsieur Namo ici présent, pourquoi l'aider à fuir avec moi ?

- Filii Dei n'est pas une organisation mafieuse. Son but originel est la sauvegarde des symboles du monde chrétien. Malheureusement, des ramifications contaminées s'y sont greffées, avec le concours de personnages haut placés et le milieu narcotrafiquant. C'est un peu à cause des propos que l'ange Hélus avait tenu à Dino Macdo, lors de son apparition « tu recruteras dans la jeunesse perdue, tu essaimeras dans divers pays du monde ». De là est née l'idée de racler dans les bas-fonds de la délinquance considérée comme irrécupérable, afin de ramasser une main d'oeuvre abondante tout en débarrassant les États de citoyens perturbateurs autant que nuisibles qui ne manqueraient à personne.

- Mais mon seigneur, vous n'allez pas me faire croire que vous ne connaissez pas les branches pourries qui contaminent votre fraternité ? Qu'est-ce qui vous empêche d'y mettre bon ordre ?

- Il aurait fallu le découvrir dès le début. Mais les choses ont évolué insidieusement. Aujourd'hui, le ver est dans le fruit et il a fait des petits. A part la dissolution de Filii Dei, il n'y a plus de traitement miraculeux possible. Ça rapporte beaucoup trop d'argent. Pour ce qui concerne la main d'oeuvre humaine, il y a énormément de demandes. Voyez

déjà le nombre de disparitions non résolues, rien qu'en France. On y compte plus de quarante mille par an. Même s'il est évident que toutes ne sont pas à porter au compte du trafic d'êtres humains, ça laisse tout de même une belle part de probabilités. Alors pour la survie de notre organisation qui ne se remettrait pas d'un tel scandale, le choix a été fait de maintenir un équilibre entre le but initial, à savoir une structure interne officielle bien propre sur elle et une autre souterraine qui participe largement aux besoins économiques de notre ordre. En ce qui nous concerne, votre disparition ne nous apporterait absolument rien. Quant à monsieur Namo, à part pour la poignée de mafieux dirigés par feu Sharam Sharam, sa fuite ne provoquera aucun remous. Imaginez ce que peut représenter l'exploitation d'une petite mine locale, au niveau international. Que Sharam-City s'arrête demain n'aurait aucune incidence sur le marché international du charbon, comme de la cocaïne. Sharam a déjà un successeur. Dans quelques jours, la révolte sera matée, les morts remplacés, les Indiens achetés avec des promesses et quelques cadeaux et la machine va se remettre en route. Toute cette effervescence régionale n'est en réalité qu'un pétard mouillé. Rentrez chez vous, tâchez de résoudre votre enquête sans faire trop de tapage. Évitez de trop balancer sur Filii Dei. N'oubliez pas qu'un évêque colombien, membre de cette disons confrérie, vous aura permis sans la moindre contrepartie, d'échapper au sort qui vous était réservé.

- Soyez tranquille je n'oublierai pas. Je vous promets de faire tout mon possible afin d'éviter de mentionner votre fraternité. D'ailleurs, jusqu'à ce jour, absolument rien ne justifie que je le fasse, même si monsieur Jean Néchié, qui s'est bien gardé de me le dire, est membre de votre confrérie, je n'ai absolument rien qui m'indique que les maîtres-chanteurs en fassent également partie. Ça peut être n'importe qui, n'importe où.

- Eh bien je vous souhaite de réussir. Ah, nous approchons.

En effet je distingue dans le lointain la silhouette de quelques aéroplanes ainsi que la toiture bleue de l'aérogard. Le chauffeur méprise totalement les places de parking. Il contourne le bâtiment pour venir stopper la limousine à hauteur d'un appareil pouvant contenir une douzaine de passager. Personne ne nous demande quoi que ce soit. Les quelques policiers que j'ai pu apercevoir nous ont salués d'un léger coup de tête en guise de respect. S'ils savaient ! Je commence à croire que la France est déjà sur la ligne d'horizon. Mais depuis plusieurs jours, j'ai appris que rien n'était joué d'avance. Il y a encore le séjour à Bogota. S'il y a bien un aéroport international prêt à nous accueillir, c'est aussi dans cette capitale que se trouve le siège social de

Sharam-City, et avec probablement dans les bureaux, sur des panneaux de neuf mètres carrés, les tronches du Aubin et du Eddy, avec une cible bien ronde dessinée au milieu du front. Même si je refuse catégoriquement d'y croire, j'ai toujours un peu la crainte qu'une fuite malencontreuse ait pu se produire à San Juan de Pasto. Notre exfiltreur, ce cher Monseigneur Noël Obalcon, nous invite à descendre. J'étais bien moi dans cette voiture. Je m'y sentais à l'abri. J'aurais voulu mieux la connaitre cette sympathique pointure cléricale. Seulement voilà, comme le chantait si bien Henry Salvador il y a longtemps, quand faut y aller faut y aller !

- Encore merci Monseigneur. Et priez pour nous. Faites bon retour sur Pasto.

- Merci. Je n'ai aucune crainte en ce qui vous concerne. Vous serez pris en charge dès votre arrivée à Bogota. Nous avons fait le nécessaire. Je ne vous dis pas à bientôt.

Sur un dernier bisou bagouse et un petit signe de la main, nous grimpons dans le zinc. Ça me rappelle le voyage précédent à côté de Sharam. J'ai une pensée pour lui. *« Salut tête de noeud, tu vois, je suis sur le point de monter au ciel, comme toi, mais je vais un peu moins haut. A propos, t'en es content de tes piranhas noirs ? Ce n'était pas trop long le transit intestinal ? L'évacuation s'est bien passée ? Donne le bonjour à Jépadoto, le pauvre, lui, ne méritait pas de finir avec toi. Mais franchement, sur ce coup-là, tu avoueras que je n'y suis pour rien ! Aller, faut que j'y va, bon séjour en enfer ! ».*

L'équipage nous salut, nous nous installons, accrochons notre ceinture, je vois s'éloigner la limousine de l'évêque, ça bouge, ça roule, ça fonce, ça grimpe, c'est parti pour l'avant dernier acte.

Chapitre XXXIII

Comme Monseigneur Noël Obalcon nous l'avait promis, nous sommes attendus à notre arrivée à Bogota. Eldorado qu'il s'appelle l'aéroport. Tout un programme. La promesse d'un monde meilleur. Tout le monde en rêve de l'eldorado. Moi je rêve juste de me barrer. Nous sommes invités à quitter l'appareil. Ils sont une dizaine au pied de la passerelle. Je le sens mal le coup-là brusquement. Une jeune femme, un civil en costard, jusque-là c'est tout bon, mais autour d'eux huit policiers en uniforme. Je sais que ce sont des flics c'est écrit dessus en jaune canari. Policia. Ce cher Noël Obalcon ne nous aurait-il pas un peu trahis ? Je n’ose le croire ! Nous posons le pied sur le tarmac. La jeune femme nous tend la main.

- Bonjour nous sommes heureux de vous accueillir à Bogota. Je suis Mademoiselle Anna Purna, votre guide et accompagnatrice jusqu'à votre point de chute. Je vous présente son éminence le Nonce apostolique Mauro Vash qui, comme vous le savez, représente le Vatican en Colombie. Nous allons vous accompagner jusqu'au salon VIP du terminal 1 où une collation va vous être servie. Si vous voulez bien nous suivre ?

- Oui Bonjour. Mais dites-moi ces policiers… ?

- Ce sont les ordres. Ils sont là en protection au cas où quelques malveillants voudraient vous prendre pour cible. Nous y allons ?

- Euh… Oui parfait, nous y allons.

C'est donc entouré des huit policiers que nous nous dirigeons vers le bâtiment. Je respire. Pourchassés comme des cafards il y a encore quatre jours, nous voici présentement sous la protection d'une escorte policière. Nous pénétrons dans un salon luxueux, moderne, avec fauteuils, tables basses, bar accueillant, tandis que nos gardes du corps restent à l'extérieur. Nous sommes priés de prendre place. Namo me jette un oeil amusé. Il semble totalement décontracté. Le personnel s'empresse. Il est aux petits soins. Un choix de cocktails nous est proposé. Il me semble évident que nos hôtes jouissent d'un certain prestige. Ils doivent venir assez régulièrement. Son éminence Mauro Vash nous gratifie d'un sourire jovial en s'emparant de la carte des boissons déposées devant lui. Je fais de même. Incapable de comprendre le contenu de chaque coupe proposée, je choisis celle qui a les plus belles couleurs. Ça ne pourra de toute façon pas être mauvais hein ! Nous voici donc tous les quatre, confortablement installés. Nos cocktails arrivent. Anna Purna lève sa coupe.

- *Eh bien à votre santé Messieurs. Je vais dès à présent vous exposez ce que monsieur Aubert Gine, responsable de la délégation Filii Dei de Bogota, son excellence Moreau Vash et moi-même avons prévu afin de vous assurer un séjour sécurisé jusqu'à votre départ pour la France. Vous comprendrez que même en faisant notre maximum pour vous faire quitter la Colombie au plus vite, compte tenu de votre situation, il va quand même falloir vous obtenir des papiers d'identité et établir un plan d'évacuation le plus sûr possible. Cela va donc nous prendre trois ou quatre jours. Nous allons donc vous offrir l'hospitalité, là où personne n'ira vous chercher. Comme vous le savez, du moins pour vous monsieur Namo, nous soutenons officiellement et donnons beaucoup de notre temps, à diverses organisations et associations caritatives, qu'il s'agisse de venir en aide à la population désoeuvrée des quartiers populaires ou de subventionner des écoles, des garderies et des terrains de sport. Nous prenons aussi en charge des résidences pour personnes âgées dépendantes, des centres de soins, des maisons de retraite. Il nous a donc semblé le plus judicieux de vous loger en EHPAD, comme vous dites chez vous. Au beau milieu de personnes totalement déconnectées, passez-moi l'expression, vous pourrez vous détendre en balades dans le parc ou dans la salle de repos. Déjeuner et dîner dans vos chambres ou au restaurant, sans le moindre risque d'être identifié et dénoncé. Je suppose que cette solution est à votre convenance ?*

- Chère Madame, sauf à ce que mon ami Eddy n'y trouve à redire, pour moi c'est ok, sans la moindre hésitation ! Tu en penses quoi ?

- Tout à fait d'accord. Nous vous faisons une totale confiance. Mais dites-moi, cette maison de retraite, ce ne serait pas des fois celle qui abrite les religieux et religieuses ? Ce ne serait pas « Les portes du paradis » ?

- Oui précisément. Cependant, avant de vous y conduire, nous devons passer par l'archevêché afin de faire ce qui est nécessaire à la réalisation de vos papiers, ouverture de comptes etc. Je vous laisse terminer de déguster vos cocktails le temps d'aller demander à notre chauffeur de venir stationner devant le terminal. Je vous laisse en compagnie de son excellence. Avec lui comme passeport, vous quitterez l'aéroport sans le moindre souci. À tout de suite.

Après quelques échanges de banalités avec le Nonce apostolique et le retour d'Anna Purna, nous quittons les lieux. Tiens, cette fois pas de limousine ; un minibus passe partout bien que comportant le macaron corps diplomatique. Direction l'archidiocèse. Il nous faut près d'une heure pour y parvenir. Je ne te décris pas la ville, les guides touristiques le feront beaucoup mieux que moi. Si on se fait choper nous n'aurons pas loin à aller, le palais de justice est à cinquante mètres. Nous sommes introduits dans un bureau qui semble être celui de Mademoiselle Purna puisqu'elle nous invite à nous asseoir en prenant place face à nous. Le Nonce, quant à lui, est reparti vers ses préoccupations. Je ne peux m'empêcher de poser la question.

- *Son excellence ne se joint pas à nous ?*

- *Oh non ! Il n'était présent que pour nous faciliter votre transfert depuis l'aéroport au cas où, mais vous voyez il n'a pas eu à intervenir. Bien, comme je vous l'ai annoncé, nous allons mettre en place les formalités de votre départ. Il vous faut des photos d'identité, vous trouverez bien des noms plausibles. Vous aurez aussi un compte ouvert dans une de nos structures bancaires. Nous allons également vous remettre quelques objets personnels, photos de famille, porte-clés, téléphone, de quoi vous rendre plus crédibles quoi. Si vous le voulez bien, je vais commencer par vous monsieur Aubin.*

- Photo de famille ?

- Bien sûr ! Photomontages évidemment, mais il y a bien peu de chances que vous ayez besoin de présenter tout ça à qui que ce soit. C'est juste une précaution au cas où. Alors si vous aviez un nom à me proposer qui fasse bien français.

- Ouf... là, comme ça, au hasard, je ne sais pas. Les noms français, c'est Dupont, Durand, Dupuis, Dubois, pour moi ce serait même Dugland, vu le merdier dans lequel je me suis foutu. Je me sens comme un caillou qu'on déplace à coup de savate. Un coup de latte pour Fépachié-le-Bonome, un coup de latte pour Marseille, un coup de latte pour Barranquilla, un coup de latte pour Sharam-City, un coup de latte pour....

- Oui, une pierre qui roule quoi ! C'est ce que vous voulez dire ?

- Exactement. Oh, mais attendez ! Pierre qui roule. Pierre qui roule. Le voilà mon blaze à tamponner sur mon billet de retour. Pierre Quiroul ! Aller, c'est bon, on reste là-dessus. Pierre Quiroul, c'est beau non ? Ça fait voyageur. Fabriquez-moi une existence réelle en France, une famille, une femme, je ne sais pas moi, je vous laisse carte blanche. Aller, à toi mon cher Eddy. Change de blaze et de passé. Et fait ça bien, parce que pour toi, contrairement à moi, le nom que tu vas choisir, tu devras le garder ainsi que

les documents t'autorisant à résider en France. Ah, mais attendez Madame Purna, quand vous avez parlé d'organiser notre départ, j'aimerais autant que vous n'envisagiez rien en ce qui concerne notre arrivée en France. Je veux dire, pas d'accueil genre Nonce apostolique, évêque, limousine etc. Evitez au maximum une arrivée remarquée. Encore une chose, mais je pense que vous l'avez envisagé, mon compagnon ici présent, qu'est-ce qu'il est censé aller faire en France qui l'autoriserait à y demeurer ?

- Il part tout simplement comme attaché culturel d'ambassade. Avec un titre de diplomate, il sera des plus en règle.

Evidemment ! Vu comme ça, je ne me fais plus de souci pour Eddy. C'est enfoiré va finalement s'en sortir mieux que moi. Parce qu'en ce qui me concerne, il faudra bien que je reprenne mon véritable nom et que je m'explique auprès de mes relations. Il va surtout falloir que je replonge dans mon enquête car après ce qui vient d'arriver, je suis bien déterminé à retrouver mes organisateurs de voyage forcé et leur présenter ma note. Namo en termine avec Anna Purna. Il se nomme désormais, monsieur Franck Odepor.

- Bien ! Messieurs, je vous invite à me suivre pour la séance photos, prises d'empreintes, signature de demande d'ouverture de compte, ensuite je vous

accompagnerai à la maison de retraite « Les portes du paradis » pour votre petit séjour au calme.

Deux heures plus tard, nous arrivons à destination. Plus dorée comme retraite, ça me paraît difficile. Venir mourir ici est un plaisir. Joli bâtiment colonial au milieu de la verdure, joli parc fleuri en franchissant la grille, grand secteur ombragé en arrière-plan laissant apparaître au-dessus de la canopée la flèche de ce qui doit être une chapelle. Sur le côté du bâtiment principal, une véranda végétalisée avec chaises longues, fauteuils, et tables bien évidemment. Si réellement tout cela est occupé par des bonnes soeurs et des curés disjonctés, c'est plutôt navrant. Nous n'avons chacun qu'un sac contenant un minimum, à savoir une trousse de toilette, un pyjama, un peu de change, de quoi patienter quelques jours l'esprit au repos. Nous sommes accueillis avec empressement, la direction étant bien évidemment mise au parfum par les sphères supérieures. Anna Purna se prépare à nous nous abandonner momentanément à notre bien heureux sort.

- Voilà je vous laisse. Ils vont vous diriger vers vos chambres. Vous êtes libre d'aller et venir à votre convenance. Si, pour une raison ou une autre, vous avez besoin de me contacter, adressez-vous ici à l'accueil. Quoi qu'il en soit, je vous tiendrai au courant de l'avancement de nos démarches. Je vous souhaite un bon séjour. Au revoir Messieurs.

- Anna Purna nous quitte. Nous sommes conduits dans les étages jusqu'à notre lieu de résidence. Deux chambres face à face avec petit balcon donnant, en ce qui me concerne, sur la lisière du parc. Je devine la pointe de la flèche de la chapelle. Literie de première, petit bureau, télé fixée au mur, douche individuelle, toilettes idem, que demande le peuple ? N'ayant pas grand-chose à vider du sac je suis vite devant la porte de Namo, alias Franck Odepor.

- Je ne sais pas ce que tu en penses de tout ça, mais je crois qu'on peut remercier ton pote, celui qui a réussi à faire bouger Monseigneur Moreau Vash à San Juan de Pasto.

- Je t'avais dit que j'avais des relations sûres chez Filii Dei.

- Effectivement je le reconnais.

- Dans quatre ou cinq jours, nous partirons pour la France. Je replongerai aussitôt dans mon enquête. Les infos que tu m'as données au sujet des lapins de l'Élysée et de la lettre de Mick Xomatos à Jean Néchié vont me faire faire un grand pas, du moins je l'espère. T'aurais pas un peu soif, envie de te détendre sous la véranda ?

- Si ! Pouvoir enfin prendre un verre sans avoir à surveiller mes arrières, va me faire un bien fou.

- Et moi donc ! Mais dis donc, t'as la clé de ta piaule toi ?

- Non, tu as raison. Il faut qu'on les demande à l'accueil, un oubli sûrement.

- Oui, je suppose. Bien que nous n'ayons pas grand-chose à piquer. Nous sommes entourés de gens d'église, alors je doute fort qu'il y ait beaucoup de voleurs. Allons-y.

Nous quittons nos chambres pour descendre jusqu'à l'accueil. Ce qui m'étonne, c'est le peu de résidents que nous avons pu voir depuis que nous sommes arrivés. En fait, à part le personnel, je n'ai aperçu que quelques ombres esseulées dans le jardin. Pour la plupart, les occupants doivent rester dans leurs chambres. La solitude est le lot de la vieillesse. Y compris pour les ex-serviteurs de l'église. Nous arrivons devant le comptoir de l'accueil. Franck Odepor s'adresse à la personne qui nous a réceptionnés. Je te traduis en gros.

- Nous aimerions boire quelque chose sous la véranda, c'est possible ?

- Oui bien sûr. Vous avez tout sous la main à l'intérieur, plateaux et choix de boissons. Il y a aussi quelques biscuits et gâteaux secs. Vous n'avez qu'à vous servir.

- Parfait merci. Ah, mais dites-moi, nous n'avons pas les clés de nos chambres.

- Non bien sûr. Les chambres doivent rester libres d'accès, au cas où une ou un résident aurait un problème. Il faut que nous puissions pénétrer dans la pièce. Vous avez des objets de valeur ?

- Oh non pas du tout ! Et puis je ne pense pas qu'il y ait des voleurs dans l'établissement ?

- Oh non ! Seulement quelques fois, certains se trompent de chambre. Il faut juste les reconduire devant leur porte. Si ça vous arrive, venez nous chercher tout simplement.

- Ok merci.

Nam… Franck me rapporte cette conversation, tandis que nous gagnons la véranda. Nous nous installons avec nos boissons. Vraiment très agréable cet endroit. Il y a là une poignée de résidents. Trois femmes vêtues de tuniques blanches occupent des chaises longues au fond. Deux autres seules à leur table semblent perdues dans leurs pensées. Puis à trois tables de la nôtre, un homme en robe de chambre qui ne nous quitte pas des yeux depuis que nous sommes installés. Je ne peux m'empêcher de le fixer aussi car il arbore une drôle de tronche renfrognée. Ne devait pas être commode le cureton dans sa jeunesse. Le voilà qui se lève, apportant avec lui sa tasse qui, je suppose, doit contenir du thé vu que ça fume légèrement. Il s'arrête face à nous, reste debout, me parle en espagnol, puis brusquement, me balance le contenu en pleine poire.

- Non mais ça ne va pas papy ? T'es complètement givré ! Faut aller te faire soigner du schnock !

Franck se fend la poire de toutes ses dents. Lui, il a forcément compris les propos du vieillard sénile. Il ne peut en placer une tellement il se marre.

- Mais c'est quoi cet Hosto psychiatrique bordel ? C'est quoi ? Je suis là, tranquille devant mon jus de fruits, et tu as l'autre momie là qui débarque, me raconte sa vie dans une langue que j'ignore, et Splash, une tasse de thé en pleine poire !

- Je crois qu'il t'a dit qu'il te reconnaissait. Que c'est toi qui as vendu Jésus aux romains. Que tu t'appelles Judas !

- Judas ? Vraiment déconnecté le cureton ! Et ben tiens, si ça peut le calmer, dis-lui que Judas lui paye un pot chez Jules César !

Chapitre XXXIV

Notre passage en Ehpad aura duré quatre jours. Nous sommes présentement de retour dans le bureau d'Anna Purna. Nos nouvelles identités sont étalées devant nous, sous forme de passeports flambant neufs. Me voici donc devenu, pour la durée du voyage, monsieur Pierre Quiroul, français de père en fils depuis la capitulation de Vercingétorix à Alésia, le vingt-sept septembre cinquante-deux avant Jésus-Christ. Il devait être aux alentours de dix-neuf heures, dix-neuf heures quinze. J'exerce la profession de détecteurs de neurones dans les têtes de gondoles. Je rentre d'un séminaire organisé à la faculté de psychologie de Moro-Narco où j'ai présenté ma thèse intitulée « Interactions cellulaires cérébrales chez le connard ». Quelques photomontages super bien réalisés attestent d'une existence familiale heureuse. Montagne, ski, bords de mer etc… Elle me remet également une carte de crédit, un jeu de clés, un briquet à deux balles, une paire de lunettes de soleil, une alliance que j'espère à ma taille, bref, le contenu banal des poches du prolo de base. Je m'empare de la carte de crédit. Ce geste suscite quand même quelques questions.

- Je vous remercie. Mais cette carte, même si je n'ai pas l'intention de l'utiliser, elle est réellement officielle ?

- Vous plaisantez j'espère ? Et comment qu'elle est officielle ! Votre compte est ouvert à la Grande Banca d'Italia. Nous vous avons versé la somme de mille euros, en cas de besoins impératifs lors de votre voyage vers la France. Ce compte sera bien évidemment clôturé lorsque nous aurons la certitude que vous serez bien de retour sur le territoire français. Nous vous serons évidemment grés de vous empresser de détruire votre fausse identité, je parle du passeport, qui n'aura servi qu'à vous rapatrier. Vous redeviendrez monsieur Aubin Merdhalors. Vous brûlerez donc ce document devenu inutile. Monsieur Namo, enfin je veux dire monsieur Franck Odepor, est chargé dès cet instant de veiller à ce que tout rentre dans l'ordre en ce qui vous concerne mutuellement. Encore une fois cette identité provisoire n'a qu'un seul but, vous permettre de franchir la frontière avec le plus de sécurité possible. Depuis hier, monsieur Pierre Quiroul à une existence bien réelle, quelle que soit l'autorité

qui voudrait faire du zèle. Cela dit, il y a peu de chances que vous rencontriez des problèmes de douane en quittant la Colombie. Vous allez repartir comme vous êtes venu. Vous quitterez le pays sur un cargo en route pour le port d'Anvers. Delà, la Belgique étant européenne, vous ne rencontrerez aucune difficulté à regagner Paris.

- J'avais envisagé un retour plus rapide je ne vous le cache pas ! Trois semaines en mer, c'est très long !

- Sans doute mais c'est de loin la solution la plus sûre. Vous partirez de Barranquilla, là où vous avez débarqué. Vous disposerez chacun d'une cabine passager avec une salle de bain et la télévision. Vous disposerez également librement, elle est là pour ça, de la salle de détente avec bar, piscine, sauna, et partagerez autant que possible vos repas avec le capitaine. Vous ne serez pas sur le bateau en tant que passagers clandestins. Tout cela est parfaitement normal et légal. Beaucoup de personnes choisissent ce moyen de transport de nos jours. C'est pour eux une expérience amusante. Je vous le répète encore une fois, vous ne fuyez pas la Colombie, vous rentrez simplement chez vous en France par un moyen librement choisi.

- Bien et nous partons quand ?

- D'ici une heure. Nous allons vous conduire à l'aéroport où vous embarquerez à bord du jet privé

de son excellence Moreau Vash. Vous ne risquerez aucun contrôle puisque vous serez sur un vol intérieur dans un avion privé.

- Son excellence nous accompagne ?

- Non ! C'est inutile. Son secrétaire sera votre guide. Il partira avec vous à Barranquilla afin de vous assister jusqu'à ce que vous soyez installé sur le cargo. Vous pouvez constater que Filii Dei n'est pas un repaire de crapules mafieuses, comme vous aviez tendance à le penser. Vous allez vous installer dans le salon d'accueil jusqu'à ce que l'on vienne vous chercher.

Franck Odepor n'a pas bronché. Pas un mot, pas une question. Nous suivons Anna Purna, pénétrons dans le salon et prenons place pour la seconde fois dans ce qui nous sert de salle d'attente. Anna disparait pour quelques minutes. Force est de reconnaître, que sans Eddy… enfin je veux dire Odepor, et ses relations personnelles au sein de Filii Dei, j'aurais eu bien peu de chances de quitter la Colombie avec autant de facilité. Pas un repaire de crapules qu'elle a dit la dame. Certes ! Mais moi, j'en ai quand même connu une sacrée belle brochette, à commencer par mon compagnon de route. S'il devient dès à présent conseiller d'ambassade ou de missions diplomatiques en France, bien à l'abri de ses ennemis, c'est quand même cent pour cent grâce à moi. Si je n'avais pas saisi le coupe-papier, il serait toujours le larbin de Sharam Sharam, son cher beau-frère.

- Dis-moi bonhomme, tu vas m'accompagner en France probablement pour toujours. Te voilà bombardé diplomate. Tu vas donc garder des liens directs avec la Colombie. Cependant, compte tenu de ta situation particulière et surtout du fait que tes poursuivants appartiennent aussi à une branche de Filii Dei, tu dois bien te douter qu'une fuite reste plausible. Dans cette hypothèse, qu'ils apprennent la vérité sur ton compte n'a rien d'impossible. Que ton nom ait changé et que tu te nommes aujourd'hui Franck Odepor n'a pas eu d'incidence sur ton physique. Tu as gardé la même tronche. J'ai bien peur que tu ne sois obligé d'avoir toujours des yeux derrière la tête, même en France.

- Tu crois que je ne le sais pas ? Tu penses réellement, que je vais tranquillement attendre assis derrière un bureau qu'on vienne me flinguer ? Tout ça c'est du bidon comme tu dis. Officiellement oui, je suis attaché culturel auprès de l'ambassade, mais c'est un poste, en ce qui me concerne, tout à fait symbolique. Je ne vais pas user mon fond de pantalon sur les sièges de l'administration colombienne. J'ai bien l'intention de me fondre dans la population. M'installer là où j'aurai le plus de chances de passer inaperçu. C'est-à-dire en plein Paris, là où il y a le plus de monde possible, le plus d'anonymes possible. Quelle est la meilleure des

planques hein ? C'est la foule ! Je compte d'ailleurs sur toi pour me trouver l'endroit idéal, je ne te dis pas les Champs-Elysées non plus, mais un quartier sympa, animé, touristique, enfin tu comprends l'idée ?

Madame Purna est de retour, accompagnée de deux personnes. Nous en connaissons au moins une puisqu'il s'agit du chauffeur du Nonce apostolique. La seconde doit être, je suppose, notre accompagnateur.

- Bien ! Messieurs, je vais devoir vous abandonner à votre sort. Permettez-moi de vous présenter le secrétaire de son éminence. Voici le père Hiscop. Il aura l'oeil partout, il surveillera de près comme de loin jusqu'au fin fond de l'horizon afin que tout se déroule bien comme prévu. Je suis heureuse d'avoir pu vous aider.

- Un grand merci à vous madame Purna. Je vous suis redevable de mon rapatriement vers la France. Un point que je n'oublierai pas. Si vous passiez un jour par Paris je serais heureux de vous y accueillir.

Odepor y va de ses congratulations. Je sais que lui gardera le contact. Officiellement il a disparu dans la forêt amazonienne avec le dénommé Tom Edgéri, mais nul doute que du fait de ses nouvelles fonctions, fussent-elles symboliques, il aura toutes les possibilités d'avoir des nouvelles de son pays.

- *Messieurs, si vous voulez bien nous suivre !*

Nous prenons place dans le minibus. Direction l'aéroport. Nous roulons en silence durant les quarante-cinq minutes nécessaires à cause des embouteillages pour parcourir les treize kilomètres qui nous séparent du terminal 1. Le minibus repart. Nous marchons sur les traces du père Hiscop. Retour dans la salle d'attente VIP en attendant le départ. Un petit quart d'heure plus tard, un steward nous demande de bien vouloir le suivre. Le jet est là. Il nous tend les bras. Enfin, je veux dire la passerelle. Nous grimpons à bord, déposons nos sacs dans les casiers à bagages, attachons nos ceintures, et tchao Bogota. Encore une étape de franchie. Une heure trente plus tard, nous touchons le sol à Barranquilla. J'ai pu apercevoir le port de commerce depuis l'avion. Dernier rempart avant la France ? Je le connais ce port. J'y suis arrivé sous le nom de Tom Edgéri pour y être reçu en grande pompe par Monseigneur Ramon Tontarin. S'il savait ce connard que je vais le quitter sous le nom de Pierre Quiroul, s'il savait ! Un taxi nous y conduit. Rien de changé, la même agitation. Des grues gigantesques, des containers suspendus, des gens qui s'activent. Nous quittons le véhicule et pénétrons sur ce gigantesque marché international. Le père Hiscop nous guide à travers la fourmilière. Il semble ici comme chez lui. Je l'interpelle.

- Vous m'avez l'air particulièrement à l'aise ici mon père ?

- Laisse tomber mec. Il n'a pas compris ta question. Il ne parle pas un mot de français.

- Ah merde ! C'est vrai, j'oublie toujours ce détail. C'est pour ça qu'il n'a pratiquement pas ouvert son bec durant le trajet. A part avec toi, trois ou quatre fois. Tu crois qu'il est encore loin se rafiot ?

- Je ne sais pas. Il y a onze quais.

- Mais il doit forcément savoir où il est accosté. Je ne t'ai pas beaucoup entendu non plus depuis Bogota. Ça doit te faire un choc de savoir que tu quittes ton pays pour toujours ?

- Toujours, ça ne veut rien dire. Je vais assez vite disparaître des mémoires. Je n'étais qu'un sous-fifre. Qu'un numéro deux par alliance. Alors un jour peut-être ?

- C'est tout ce que je te souhaite.

Sur ces bonnes paroles, il me semble que nous touchons au but. Notre curé nous désigne un immense porte-container. Nous nous en approchons. Je pige qu'il nous demande d'attendre, le cul sur un socle de béton. Il s'éloigne de quelques pas pour téléphoner. Il avance vers la passerelle, toujours le téléphone à l'oreille. Encore une minute ou deux avant qu'un homme ne se présente, descende du bateau, vienne saluer notre ami qui a remis son portable dans sa poche. Il regarde vers nous et nous fait signe de venir les rejoindre. J'ignore le grade et les fonctions du personnage mais il porte une chemise blanche avec des galons dorés sur les épaulettes. Ce n'est donc pas un simple marin. Nous serrons la louche de l'officier qui nous accueille. Il discute avec le père Hiscop et Franck Odepor qui se tourne vers moi.

- *C'est le second, il nous prend dès cet instant en charge.*

Nous devons dire adieu à notre ami curé et suivre notre hôte. Après cette formalité nous grimpons sur le cargo. Dans la précipitation, je n'ai même pas réalisé qu'en m'engageant derrière eux sur la passerelle, je venais de poser pour la dernière fois le pied sur le sol colombien. Si j'en avais eu conscience un seul instant, j'aurais sans doute pu verser une petite larme. Alors je fais quoi ? Je redescends et je recommence ? Mais non, c'est bon, je déconne ! J'aime beaucoup le bruit de nos godasses sur le pont. Nous longeons une coursive pour prendre un ascenseur qui nous élève vers notre lieu de résidence. Juste le niveau en dessous du poste de pilotage. On se croirait presque sur un navire de croisière. Ce n'est ni luxueux ni misérable. Disons que c'est le juste milieu entre le Négresco et une tente de migrants sur les périphs. Une pièce d'environ vingt-cinq mètres carrés, avec un hublot donnant sur la mer (Encore heureux, tu ne vois pas qu'il donne sur la salle des machines ?). Petite salle de bain, toilettes, console avec télé, petit bureau, armoire avec draps, couvrantes, linge de toilette, lit confortable, téléphone interne, que demander de plus ? D'après Franck, nous serons invités à la table du capitaine à plusieurs reprises pour les dîners. Une cabine transformée en magasin général pour les touristes, mais ouverte seulement lorsque nous naviguerons peinards dans les eaux internationales à cause de la vente hors taxes. Nous pourrons y trouver vin rouge, vin blanc, whisky, vodka, bouteilles d'eau, cigarettes, tout ce qui peut agrémenter la vie du touriste à bord. Pour les balades sur ce monstre des mers, c'est le capitaine qui décide quels ponts nous sont autorisés. Nous pouvons accéder à la passerelle de pilotage sur simple demande, sauf lors des opérations de chargement et déchargement du bateau ou en cas de gros temps. J'apprends qu'il s'agit d'un cargo battant pavillon allemand. Cette fois, nous y sommes. Je suis déjà en Europe. Un grand merci au mystérieux copain de Nam... Merde ! De Franck Odepor (faut que je m'y fasse) qui nous a permis de mettre les voiles. Mais surtout un grand merci à celui qui avait déposé le coupe-papier sous la lumière des lampes à Sharam-City. J'ai une pensée pour mes pauvres gamins français que j'ai dû abandonner sur place. Il y a bien peu de chance que ces abeilles-là rejoignent un jour La Ruche.

Chapitre XXXV

Le Bruxelles-Paris entre en gare. Tout s'est bien passé. Voyage retour sans accroc. Un peu longuet, mais pépère. Bon pour être tout à fait franc, on s'emmerde vite fait sur un cargo. Pas de soirée du capitaine, pas de casino à bord, pas de festivités pour agrémenter nos heures de mélancolie. Chaque jour ressemble à la veille. Nous n'avons même pas eu une petite tempête afin d'avoir un truc à raconter. Ce n'est que le vingt-cinquième jour que les côtes européennes furent en vue. Même pas une vigie pour gueuler « Terre, terre ». J'ai bien regretté le temps où l'apparition d'une ligne sombre accidentée sur l’horizon sonnait l'heure des réjouissances avec Rhum à profusion. Mais bon, l'important c'est d'avoir pu remettre le pied sur la terre ferme, même dans le capharnaüm d'un port de commerce. La douane ? En rigolant ! Nous étions attendus par un haut dignitaire du consulat général de Colombie à Bruxelles venu accueillir un compatriote diplomate. Sûrement une idée d'Anna Purna après notre départ. Puis Bruxelles-Paris par Eurostar. Nous y sommes. Pour ce soir, le plus simple, c'est l'hôtel. Quartier gare du Nord. (Hôtel du Nord) comme aurait dit Jean Gabin. Laisse tomber, tu n'étais pas né. Un vieux film de trente-huit. Je prends l'air de Paris en pleine poire avec un plaisir démesuré. J'ai beaucoup de mal à réaliser. Mon diplomate de compagnon est complètement paumé. Il lui faut le temps de réaliser que c'est ici, dans cette ville agitée, que son avenir l'attend. Je décide de faire au plus simple. Pas de métro, pas de bus, pas de taxi. C'est à pied que je décide de le traîner sur le boulevard de Magenta. Ce ne sont pas nos deux sacs qui nous encombrent. J'ai cependant un dilemme. Il me faut me munir de quelques euros pour nous offrir un petit resto et payer l'hôtel. Ma carte de crédit est restée dans les combles de La Ruche avec mes papiers et mes téléphones. Je n'ai que la carte remise par Anna Purna. Je doute qu'elle soit acceptée dans les commerces du boulevard. Il faut que je fasse un test. J'aperçois précisément le sigle d'une agence bancaire à deux-cents mètres. Nous allons pouvoir tester. Finalement, je ne risque pas grand-chose, ou ça marche, ou c'est rejeté, c'est aussi simple que ça. Allons-y ! Encore dix mètres et nous serons fixés. Le distributeur m'attend les bras ouverts. Allons-y. Je glisse la carte dans la fente, je tape le code correspondant, je choisis le montant, et je confirme.

Ça cliquette, ça clapote, ça ronronne, ça marche. Ils sont beaux, ils sont verts, ils sont européens. Des beaux billets tout neufs. Bordel, si tu étais là Anna Purna, je te ferais claquer deux gros bécots sur les joues. Cette fois, pas de doute, je suis de retour chez moi, dans mon univers.

- *Allez mon gars je t'invite. Mais avant, nous allons réserver une chambre d'hôtel pour deux nuits. Nous verrons après. Ça va pour toi ? Pas trop dépaysé ?*

- *Ça va super ! Pouvoir marcher sans regarder derrière moi, j'en avais perdu l'habitude.*

- *Alors profite, détends-toi. Tiens, regarde cet hôtel, il me semble tout à fait adapté à nos besoins. Allons-y.*

Une petite demi-heure plus tard, nous sommes de retour sur le boulevard. Piaules réservées, sacs déposés, donc à présent, détente pour la soirée. Demain il sera bien temps de réamorcer la machine. J'imagine la gueule du père Hitoine et celle de Jean Néchié lorsque je vais les recontacter. « *Salut c'est moi, c'est Aubin. Je suis de retour !* ». Parce qu'il va bien falloir que ça se passe comme ça. Que je remette une pièce dans la machine. Après ce long séjour loin d'ici j'en suis toujours au point zéro. Où sont planqués les documents et les maîtres-chanteurs ? Où sont planqués les salopards qui ont cramé ma bagnole ? Je sens monter la pression et ça, ce n’est pas bon. Respire Aubin, respire. Tiens, regarde, elle n’est pas belle cette terrasse ? Il n'est pas bien ce resto parigot ? « Au boeuf mode » ça s'appelle. Tu ne peux pas trouver plus franchouillard.

- Tu préfères dehors ou à l'intérieur Monsieur le diplomate ?

- Dehors. Je veux voir passer les gens.

- Ces messieurs ?

- Ces messieurs désirent dîner garçon. En terrasse si possible.

- Malheureusement il ne reste que la table du fond, le reste est réservé.

- Ah mais c'est parfait. Dans l'angle nous serons à l'abri des courants d'air. Vas-y Franck, installe-toi. Tu aimes le champagne ?

- Et comment ! Si je n'en bois pas ce soir, je n'en boirai jamais. Mais dis-moi, tu sais où elle se trouve l'ambassade ?

- Oh là, oh là, Monseigneur. Ne te prends pas le chou avec ça ce soir. Nous verrons ça demain. Ce soir, c'est détente, relax, respire profondément, tu es à Paris, loin de Sharam-City, loin de la mine et des

piranhas. Mets tout ça à la corbeille. Tu iras le récupérer plus tard. Tiens prends la carte et choisis.

- Ces Messieurs prendront un apéritif ?

- Champagne jeune homme. Brut et bien frais. Je vous laisse le soin de le choisir !

Nous dînons en vieux copains qui ont tout un tas de choses à se raconter. Contrairement à ce que je pensais, pas facile du tout d'éviter d'en revenir aux derniers événements. Inconsciemment, ça revient sur le tapis. Franck me raconte une partie de sa vie, moi de la mienne. Lui, embarqué dans les magouilles Sharam Sharam après son mariage avec la soeur du narco, moi avec mes différentes enquêtes et bien sûr, celle qui me concerne actuellement, à savoir, le curé, l'ex-ministre, les documents, Filii Dei, la rançon, son montant, ma Yamazaki brûlée, ma fuite à Fépachié-le-Bonome, La Ruche, les ados délinquants embarqués de force à travers le monde, les miens restés sur place en Colombie, enfin un peu tout quoi !

- Tu veux que je te dise Eddy, enfin, je veux dire Franck ? Pour la première fois, je doute de résoudre cette affaire. Ce séjour en Colombie m'a totalement déconnecté. J'ai la cervelle à plat. Je n'arrive plus à réfléchir. Tu m'as parlé de ce courrier entre Mick Xomatos et l'ex-ministre. Mais est-ce que ça vaut deux millions d'euros ? Viré pour viré, qu'est-ce

qu'il peut bien en avoir à foutre que les Français apprennent qu'il tripatouillait avec des narcos marchands de lapins en Colombie ? Si la population apprenait un jour l'aventure des lapins de Pâques à l'Élysée, ça la ferait plutôt marrer. Il me manque un lien pour ficeler tout ça.

- Bon écoute Aubin. Je ne t'ai rien dit car ton histoire d'enquête française ce n'était pas mes oignons. D'autant que tu n'étais pas censé revenir en France. Aujourd'hui les choses ont changé. Sois-tu continues, soit tu laisses tomber. Mais si tu continues, pose toutes les infos que tu possèdes sur la table. Tu as quoi ? Un ministre démissionné pour une histoire d'échange de courriers avec le fils d'un narco colombien. Je t'ai donné le contenu de ce courrier. Or, ton ministre, il est ministre de quoi ? De la délinquance irrécupérable et des cas sociaux. Il est surpris un soir dans un resto, attablé avec un certain Ivan Dressamaire. Un mec plein aux as et président d'une association qui vient en aide aux délinquants repentis. Un peu plus tard, ton ministre est photographié avec le fils d'un narcotrafiquant du nom de Sharam Sharam. Tu sais aujourd'hui que Sharam trafiquait aussi dans la traite d'êtres humains délinquants. Ensuite tu as un curé qui te contacte car son ami, qui n'est autre encore une fois, que le ministre en question, s'est fait dérober des documents avec le chantage que tu connais. Tu apprends par hasard que ce curé a créé avec l'aide financière de Dressamaire, Sharam Sharam et

quelques autres des centres de réinsertion pour délinquants repentis. A chaque fois, le point central de cette affaire, c'est la délinquance. Tu découvres en outre, que ton curé, Dressamaire, Mick Xomatos et Sharam Sharam font tous partie d'une organisation religieuse du nom de Filii Dei. Or, officiellement, Filii Dei c'est quoi ? C'est censé avoir été créé à la suite de l'apparition d'un ange dans la cellule d'un délinquant décérébré et dont le but est la préservation et la rénovation de monuments chrétiens dans divers pays. Comme tu apprends également qu'une branche pourrie de Filii Dei kidnappe, je dis bien kidnappe, car il n'y a pas d'autre mot, des jeunes délinquants dans les cités, les zones de non-droit ou les centres de réinsertions, afin d'en faire des esclaves, comme tu as pu le constater à Sharam-City. Tu peux brasser toutes ces infos comme tu veux, tu auras toujours comme point de convergence entre tout ça, le mot « Délinquant ». Alors si tu veux mon avis, c'est derrière les lettres de ce mot, que se dissimule la solution du problème. Si tu veux mon avis, même si c'est lié, ce n'est pas à cause de l'histoire des lapins congelés qu'il a dû donner sa démission ton ministre. Si tu veux mon avis, quelqu'un a découvert qu'il était lui aussi, affilié à Filii Dei. Quelqu'un qui d'ailleurs, en fait peut-être aussi partie. Et ce quelqu'un veut faire cracher deux millions d'euros à Néchié en échange d'un document révélant très probablement que le ministre était non seulement au courant de la disparition des jeunes délinquants, mais qu'il couvrait ce trafic et passait sans doute lui aussi à la caisse. Réfléchis un peu à tout ça. Essaie d'y mettre un peu d'ordre.

- Alors là mec... ! J'avoue que tu viens de m'assommer. Tu viens de me mettre un grand coup sur la tête. Comment j'ai pu ne pas faire le lien entre tous ces personnages ? C'est sûrement pour ça que j'ai été matraqué puis expédié en Colombie, sous la Coupe de Sharam Sharam. J'ai dit au père Hitoine au téléphone que j'avais probablement découvert comment les jeunes avaient quitté La Ruche et qu'il y avait une complicité interne à la Ruche. J'ai donc bien involontairement semé la panique dans la cambuse. Il ne fallait surtout pas que je continue à me mêler de ces disparitions. Mon boulot, c'était de retrouver les maîtres chanteurs et les documents, un point c'est tout ! Alors à La Ruche, qui plus est en contact avec les gendarmes, j'étais devenu hautement indésirable. Avec le recul, je me souviens du malaise du curé au bout du fil. Tu vois bonhomme, ton résumé vient de me faire faire un sacré putain de pas de géant dans cette enquête. Reste quand même, que je suis à peu près certain que Jean Néchié n'a pas les deux-millions !

- Lui non. Mais Filii Dei oui ! Alors pour avoir la paix, peut-être finiront-ils par casquer à sa place. Une chose encore. Fait bien gaffe à toi. Quand ils vont apprendre que tu es revenu, tu vas peut-être

courir un risque. Finalement tu vois, c'est toi ici dans ton pays qui va devoir assurer tes arrières.

- Un homme averti en vaut deux. Merci à toi pour ton exposé. Aller, je te reverse un doigt de champagne. Ensuite rentrons à l'hôtel, je dois repenser à tout ça à tête reposée. Espérons qu'elle ne repose pas un de ces jours sur un plateau ! C'est bon, je déconne !

Chapitre XXXVI

Voici un retournement de situation auquel je ne m'attendais pas. Franck Odepor m'annonce qu'il ne se rendra pas à l'ambassade. La nuit portant conseil, il s'est dit que même sous un nom d'emprunt, la vérité risquait fort d'être découverte un jour. Plusieurs personnes étant intervenues pour faciliter sa fuite, l'une d'elles pourrait un jour parler, sous contrainte ou financièrement. Il souhaite donc prendre quelques jours de réflexion. Cet hôtel est exactement ce qu'il lui faut pour se mettre au vert en attendant de choisir une option plus rationnelle. Je me suis donc plié à ses souhaits et je me suis remis au boulot dans l'affaire qui me concerne. Pour donner suite à notre discussion d'hier soir, j'ai de plus en plus la certitude de m'être fait balader par Jean Néchié. Ce n'est donc certainement pas lui que je dois informer en premier de mon retour. Le père

Hitoine non plus. Quant à Ivan Dressamaire, il est trop proche des deux. Ces trois lascars là, j'en ai fait l'expérience, c'est le triangle des Bermudes. Tu t'en approches, tu disparais. Alors il me reste qui ? Mais Ducon, il te reste celui que tu as sous la main. Le diplomate Franck Odepor. Evidemment, C'est lui qui peut reprendre le contact à ma place. C'est lui qui connaît toutes les ficelles du trafic des jeunes délinquants à travers le monde. Il était bien placé pour ça. Il connaît aussi parfaitement mon parcours depuis La Ruche. Aller, je vais de ce pas lui exposer mon plan. Je toque à la porte de sa chambre.

- *Faut que tu m'aides Eddy !*

- *Franck ! Tu n'as encore pas assimilé ?*

- *Ah, laisse tomber avec ça ! Il m'est venu une idée. J'ai besoin de toi.*

- *Je ne t'ai pas suffisamment aidé hier ?*

- *Si, tu as même pratiquement résolu l'affaire. Écoute-moi bien, ça peut marcher. Tu vas piéger l'ex-ministre, monsieur Jean Néchié. Tu vas lui filer un rencard à Piconbière-les-Troichop. A moins qu'il te connaisse par Filii Dei évidemment. Vous vous êtes déjà vus ?*

- *Ben non jamais. Et tu crois qu'il va accepter un rencard avec le premier quidam venu ? D'après ton expérience, il ne reçoit personne, ne répond pas personnellement au téléphone, tout passe par la boulangerie du cousin du curé.*

- Précisément ! Tu vas appeler la boulangerie, dire que tu dois impérativement entrer en contact avec le père Hitoine, que ça concerne La Ruche. Tu ne lui balances aucun nom. Tu dois garder l'anonymat. Tu lui fixeras une heure précise à laquelle tu appelleras à nouveau et qu'il vaudrait mieux pour le père Hitoine qu'il soit au rendez-vous. Ça va semer la panique dans le secteur. Fais-moi confiance il viendra notre curé. Quand tu seras en relation avec lui, dis-lui simplement « Je sais tout au sujet des documents et des maîtres-chanteurs dans l'affaire Néchié. Alors, dites à ce monsieur que je l'attendrai à telle heure, à tel endroit et que je lui conseille vivement de venir ».

- Et tu crois qu'il va obéir ?

- A cent pour cent. Réfléchis, tu appelles la boulangerie, c'est le code entre eux. Comment pourrais-tu avoir appris ce détail ?

- Effectivement ça devrait marcher. Alors en admettant, je fixe un rencard à Jean Néchié, il débarque, je le salue, lui balance un blaze bidon comme vous dites en France, je l'invite à s'asseoir et après ?

- Après tu y vas au bluff. Tu lui dis que tu sais tout sur le trafic des ados, que tu connais l'existence de Sharam Sharam, que tu sais qu'il connaît très bien également le fils de ce dernier Mick Xomatos, que tu es au courant de l'affaire des lapins expédiés à l'Élysée. Tu lui parles des disparitions survenues à La Ruche, tu lui laisses un moment pour digérer tout ça, et là tu portes l'estocade. Tu lui balances que tu sais qu'il n'a jamais reçu de message de chantage quel qu'il soit, qu'aucun document compromettant ne lui a été dérobé, qu'il a monté ce traquenard dans le but de faire cracher deux millions d'euros à Filii Dei. Alors à partir de là, soit j'ai tort et il va réagir avec force et virulence, soit il va s'avachir comme une vieille serpillière trempée. Perso, je vote pour la seconde possibilité. Quoi qu'il en soit, dès cet instant, tu prétextes un appel important. Tu me sonnes et tu me dis « Ok, tu peux venir ». Je descends de la bagnole et je me pointe.

- Parce que finalement, tu penses qu'il n'a réellement jamais reçu de lettre de chantage ?

- J'en suis convaincu à quatre-vingt-dix pour cent. Mais je vais lui laisser le soin de nous expliquer tout ça lui-même. Il faut nous procurer des téléphones prépayés, donc anonymes. Il nous faut également louer un véhicule. Nous allons donc ne plus perdre de temps. Si toute cette histoire pouvait être réglée demain, je pourrais me mettre au vert un moment et

voir ce qu'on peut faire de toi. Il est neuf heure trente, on se retrouve dans une heure.

- *Ok, à tout à l'heure.*

Je ne sais absolument pas du tout où cela me mène, mais il fallait que je reprenne contact d'une manière ou d'une autre. Si je me plante, si des documents ont réellement été dérobés chez l'ex-ministre, c'est retour à la case départ. Je pense avoir eu raison en faisant intervenir Franco. J'ai décidément du mal à l'appeler comme ça ! J'ai la conviction que si j'avais tenté de le faire moi-même, je me serais mis en danger. Il y aurait probablement eu un comité d'accueil au rendez-vous, encore que ce rendez-vous aurait pu être choisi dans un lieu public bien animé, mais c'est mieux comme ça. Je lance l'opération « Jean Néchié 2, le retour ».

- *Aller, appelle. Et mets le haut-parleur.*

- *Boulangerie Simon Cussonnet, j'écoute !*

- *Bonjour Madame pourrais-je parler au patron s'il vous plaît ?*

- *C'est pourquoi ?*

- *C'est-à-dire que c'est très personnel Madame.*

- *Personnel ? Mais il s'agit de mon mari monsieur !*

- Je comprends bien, cependant c'est à lui que je désire parler !

- Ah bon ! Simon c'est pour toi.

- J'arrive ! Oui allô ?

- Bonjour monsieur. Excusez-moi pour ce dérangement. C'est hyper important. Je vous prie de bien vouloir informer le père Hitoine de se trouver impérativement, j'insiste sur impérativement, chez vous à la boulangerie à dix-neuf heures. Heure à laquelle vous fermez si mes renseignements sont bons ? Personnellement, je vous rappellerai à dix-neuf heure cinq précise. Il est absolument impératif que j'entre en contact avec lui. J'insiste encore une fois, sur le mot impératif. Je vous en remercie d'avance monsieur Cussonnet.

- Mais c'est de la part de qui monsieur ?

- Dites-lui simplement que ça concerne La Ruche.

Bien. Voilà une grande chose de faite. Ça doit déjà carillonner au presbytère. J'imagine la gueule du curé « Ça concerne la ruche » qu'il va entendre. Bien sûr, ça peut être pour n'importe quelle raison. Un simple problème administratif. Il n'aura pas forcément lieu de s'inquiéter. En revanche, lorsqu'il va entendre les revendications de Franco, là, ça va probablement lui faire monter l'adrénaline. Je doute qu'il mette très longtemps à contacter le ministre. En voilà un qui va passer une très mauvaise nuit. Cela dit, je lui dois bien ça. Il m'en a fait passer de bien pires. Je trouve le temps très long jusqu'à dix-neuf heures. Heureusement le temps est linéaire, tic-tac, tic-tac, et finalement, dix-neuf heures, c'est maintenant.

- *Tu es prêt ? C'est bon ? Tu connais bien ton texte ?*

- *C'est bon je le garde sous le nez.*

- *Alors vas-y, mets le haut-parleur !*

Franck compose le numéro. Ça sonne, ça décroche aussi sec. C'est Simon Cussonet qui répond. Aïe, et si le cureton s'était méfié et avait fait le choix de ne pas venir ? Il a forcément dû avertir l'ex-ministre de cet appel anonyme. Peut-être que Jean Néchié lui a conseillé de ne pas réagir. D'attendre une éventuelle relance ? Je sais, cesse de respirer quelques secondes, je croise les doigts. Vas-y Pilate, ne déconne pas, prends le combiné. Ouf ! C'est bon. Je reconnaîtrai cette voix parmi des dizaines d'autres.

- *Oui Allô ? Je suis le père Hitoine. A qui ai-je l'honneur ? Que se passe-t-il à La Ruche ?*

- *Bonjour Monsieur le curé. Mon nom ne vous dira rien. Ce qui se passe à La Ruche, du moins ce qui s'y est passé, vous le savez parfaitement. Alors voilà la raison de mon appel. Vous allez avertir votre ami monsieur Jean Néchié que je sais tout au sujet des documents volés et des maîtres-chanteurs. Absolument tout. Vous allez lui dire que je l'attendrai demain matin à dix heures trente, à la terrasse du café-bar-PMU de Piconbière-les-Troichop. Insistez bien sur le fait que s'il faisait le choix de refuser cet entretien, c'est la gendarmerie qui passerait chez lui. Voilà mon père vous savez ce qu'il vous reste à faire. Merci de vous être déplacé. Donc demain, dix-heures trente, au bar-PMU de Piconbière-les-Troichop. J'aurai le magazine « Diplomatie internationale » en main.*

- Bon Ben d'accord, je lui transmets votre message.

- Parfait ! Très bonne soirée Monsieur le curé.

- Voilà mon cher Aubin. Il n'y a plus qu'à espérer. Cela dit, plus j'y pense, plus je suis certain que tu es dans le vrai. Ces deux-là t'ont manipulé. Nous serons fixés demain matin.

Chapitre XXXVII

Planqués dans notre véhicule de location sur la place devant le presbytère, j'ai Franck Odepor et Jean Néchié en ligne de mire. Il est venu au rendez-vous l'ex-ministre. Je l'ai vu arriver, se garer, puis descendre de sa bagnole pour se diriger vers la terrasse du troquet. J'ai vu Franck se lever, saluer son invité sans lui tendre la main, lui faire signe de s'asseoir, commander deux consommations avant d'engager la discussion. Je sais très exactement ce qu'il lui dit, puisque nous avons préparé cet entretien le plus minutieusement possible. J'attends donc l'appel de Franck. Jean Néchié va ignorer ma présence jusqu'à ce que je me présente devant lui. Je n'ai pas le moindre doute sur le fait que Pilate soit lui aussi aux aguets. Il ne doit pas perdre de vue la terrasse du bar. Je suis convaincu qu'il a vu arriver notre véhicule, comme il a vu celui de Néchié. Moi, il n'a pas pu me voir. J'étais couché sur la banquette. Nous avons pris soin de déposer des vêtements sur la plage arrière afin d'en obstruer la vision. Il saura, à sa grande surprise, que je suis de retour lorsqu'il me verra descendre. Je doute fort qu'il se manifeste. Ça va faire plus de vingt minutes que la rencontre a commencé. Ah, je vois Franck saisir son téléphone. Le mien sonne. Je décroche. C'est bon, je peux me pointer. Je quitte la voiture. Bien le bonjour mon cher Pilate. Je sais que tu me vois, je te montrerais bien mon majeur, mais ne sachant quel est ton rôle dans tout ça, je m'abstiens. Je fais un crochet, de sorte que j'arrive derrière le dos de l'ex-ministre. Franck me regarde venir en s'adressant à son invité.

- Je ne vous présente pas Monsieur Aubin Merdhalors ?

- Statufié le Néchié ! Paralysé ! Je me présente avec le sourire du mec qui vient de rafler tous les titres à la cérémonie des Oscars. Une enveloppe contenant deux millions d'euros posée devant lui ne lui ferait pas plus d'effet. Il ne sait plus, ne comprend plus, c'est quoi ce pataquès ? Je prends le ton et l'allure du mâle dominant et m'installe à la table.

- Eh oui mon cher Jean, c'est bien moi, Aubin ! Je devrais t'en vouloir pour mon séjour en Colombie. Mais finalement, c'est grâce à lui que j'ai réussi à résoudre mon enquête. J'espère que tu es satisfait ? Je pourrais aussi te balancer ton verre en pleine

poire, mais je laisse ça aux offensés conjugaux. Non, moi tu vois, je vais simplement te demander de jouer carte sur table et de me fournir les explications que je suis en droit d'attendre. Je te rassure, ça n'ira pas plus loin. J'ai juste besoin de comprendre tes motivations. Aller, nous t'écoutons. Ah, j'oubliais. Cet ami qui a fait en sorte que tu sois là ce matin et bien tu vois, c'est essentiellement grâce à lui que j'ai pu découvrir la vérité. C'est un fin psychologue. Sa véritable identité est sans importance. Nous t'écoutons.

- J'avoue que je ne m'attendais pas à te revoir de sitôt, mais bon, je vais être beau joueur et commencer par le début. Ok, je t'ai mené en bateau, mais ça n'aurait jamais dû aller aussi loin en ce qui te concerne. Comme tu l'as appris, je suis membre de Filii Dei. À la suite de ma nomination au ministère de la délinquance irrécupérable et des cas sociaux, cette fonction m'a mis en contact avec diverses personnalités rattachées au problème. Pour mon malheur, j'ai été conduit à rencontrer Ivan Dressamaire que tu connais aussi, milliardaire et président de l'association LLT « Libérez les taulards ». Cette association avait pour but de venir en aide aux délinquants.

- Oui oui, je sais tout ça, ne m'écris pas un roman, va au but le plus rapidement possible !

- Eh bien pour faire court, au fil de nos rencontres et réunions de travail au ministère, nous avons sympathisé. Il m'a fait part de son idée de créer des centres de réinsertion pour les repentis, car il faisait partie d'une organisation appelée Filii Dei, rattachée au Vatican, dont le but était la conservation, rénovation et entretien des édifices religieux en France et ailleurs. Cette organisation était née, suite à l'aventure en prison d'un détenu du nom de Dino Macdo, mais je ne te raconte pas, tu connais l'histoire. Bref d'après monsieur Ivan Dressamaire, les jeunes rescapés de la délinquance avaient l'opportunité d'accepter de partir sur différents chantiers, en France ou à l'étranger. Moyennant salaire et logement bien évidemment. Il m'a assez vite convaincu que l'idée était bonne. Lorsqu'il a compris mon intérêt pour cette organisation il m'a proposé d'y adhérer tout en me précisant qu'il s'agissait de quelque chose non pas de secret, mais de discret. Il m'incitait en quelque sorte à taire mon appartenance à Filii Dei, si toutefois j'acceptais d'y entrer. J'ai finalement donné mon accord. C'est ainsi qu'il m'a présenté Mick Xomatos, le fils de Sharam Sharam et quelques autres déjà dans la place. De réunions en déjeuners ou diners, devenu finalement membre de l'organisation, j'ai, grâce à mes relations ministérielles, permis à Mick Xomatos de signer des contrats d'importation de ses lapins colombiens. Ce dont j'aurais dû m'abstenir j'en conviens. Par ailleurs, nous avons également travaillé à

l'élaboration de centres de réinsertion pour délinquants, comme nous en avions discuté. S'agissant de quelque chose de plus ou moins religieux, puisque rattaché au Vatican, j'ai eu l'idée d'en soumettre l'idée à mon ami le père Hitoine. Il nous a rejoints. Il acceptait de s'occuper de celui de La Ruche, que vous connaissez, et pour cause. Nous l'avons donc réalisé puis envoyé des volontaires sur place. Tout semblait aller assez bien, jusqu'au jour où les disparitions mystérieuses ont commencé. Directement concerné par le fait de mes fonctions de ministre, j'ai voulu accélérer les enquêtes policières.

- Tu dis les enquêtes, ça laisse entendre qu'il y a eu plusieurs disparitions ?

- Effectivement. Trois en tout depuis l'ouverture. Trois avec la dernière. Ce qui fait sept gamins en tout. Deux, puis trois, puis les deux derniers. C'est là que j'ai réalisé que je m'étais fait piéger. Ivan Dresamaire m'a avoué que les gamins avaient en fait été expédiés comme main-d'oeuvre forcée à l'étranger, d'où ils ne risquaient pas de revenir et que, étant moi-même mouillé jusqu'au cou de par mon appartenance à Filii Dei, il valait beaucoup mieux pour moi que je ferme les yeux ainsi que ma gueule. J'étais bien involontairement devenu complice de ce trafic d'êtres humains, j'ai donc été contraint de laisser faire, sauf à risquer de finir en prison à coup sûr. D'autant que par ailleurs, comme je te l'ai dit, j'avais aussi favorisé volontairement

l'importation des lapins de Mick Xomatos, fils d'un narco Colombien, en Europe à commencer par la France. J'étais coincé.

- Et pour te coincer encore un peu plus, il y a eu l'envoi des lapins de Pâques à l'Élysée. Envoi peut être pas si involontaire que ça !

- Non. Sur ce coup-là, je pense qu'il s'est agi d'une véritable bourde. Une erreur stupide. J'en ai la conviction par le fait que suite à cette histoire, j'ai dû remettre ma démission au chef de l'État. Quels intérêts auraient-ils eu à me faire perdre un poste qui était pour eux un gage de silence et de sécurité ? Quoi qu'il en soit, pour moi, ça a été la goutte d'eau qui a fait déborder le vase. Perdre mon poste de ministre à cause d'une impardonnable connerie de ce putain de trou duc de marchand de lapins cocaïnisés et qui plus est, avec le risque qu'un jour, je sois en outre accusé d'avoir facilité le trafic d'êtres humains grâce à ma fonction, c'en était trop ! J'avais acquis la certitude qu'il me fallait me barrer le plus vite possible avant que cette affaire n'apparaisse au grand jour. Partir au bout du monde. Me faire oublier. Seulement pour partir, il faut de l'argent. L'idée m'est venue un soir. J'allais annoncer à cette clique de crapules que des documents à l'en-tête de Filii Dei prouvant sans le moindre doute leurs activités de commerce d'êtres humains, ainsi que la production et diffusion internationale de drogues dures, m'avaient été volés

et ne me seraient restitués qu'en échange de la somme de deux millions d'euros. Que passé un certain délai, sans paiement de la somme exigée, ces documents seraient transmis à la presse.

- Et tu l'as fait !

- Oui. J'ai contacté Dressamaire en l'informant de ce chantage à mon encontre, sachant qu'il n'allait pas prendre le risque que ce courrier remonte jusqu'au sommet et qu'il allait très certainement passer à la caisse. Alors il m'a conseillé de confier l'enquête sur les maîtres-chanteurs à un privé. Car il était évident que mettre la police sur le coup allait tout faire éclater au grand jour !

- Tu m'as donc choisi moi, sur recommandations. Tu en as informé Ivan qui a pu constater que tu ferais tout pour éviter un scandale qui te mouillerait tout autant, sinon plus que les autres. Ivan, qui va attendre et espérer en se tordant les doigts d'impatience que je réussisse à découvrir les auteurs du vol. Tu gardais ainsi sa confiance, même s'il devait t'en vouloir d'être en possession chez toi de pareils documents et devait surtout se demander d'où tu pouvais les tenir. Il ne t'a pas posé la question ?

- Si bien sûr ! Je lui ai dit que c'était arrivé un jour au ministère, avec la mention « Strictement personnel. A remettre en main propre au Ministre »

que je les avais mis de côté, puis emportés le jour de ma démission.

- Laisse-moi finir à ta place. Donc tu fais croire à Ivan que tu t'es fait piquer des docs compromettants. Il te conseille de prendre un privé pour mener l'enquête dans la plus grande discrétion. Tu me choisis, tu me balances ton histoire de vols et de chantage, je mords à l'hameçon et j'accepte le boulot. Vis-à-vis de Dressamaire, tu es couvert. Il va attendre le résultat de mon enquête. Il sait que si je ne retrouve pas les voleurs et les docs dans les délais fixés par le ou les voleurs, il devra passer à la caisse pour éviter le scandale. Seulement, même si je ne risquais pas de les retrouver puisqu'ils n'existent pas, tu décides de me décourager de continuer mon enquête en faisant cramer ma Yamasaki sur mon parking. De ça, nous allons d'ailleurs devoir en reparler. Manque de bol pour toi, ça ne me décourage pas et tu apprends par Pilate que je suis allé me mettre au vert à La Ruche. Tu as dû me maudire. Voilà-t-il pas que ce connard d'Aubin, au lieu d'abandonner l'enquête suite aux menaces sérieuses dont il fait l'objet, part se planquer où ? A la Ruche ! Et bien sûr, c'est pile le jour où la clique Filii Dei kidnappe les deux délinquants. La cata ! Que dis-je. La grosse cata ! Tu t'inquiètes d'autant plus que j'ai la mauvaise idée de mettre mon pif dans l'affaire des disparus et que deux jours plus tard, j'annonce à Pilate que j'ai découvert la vérité sur les pseudos disparitions. Donc, il y a urgence à me faire

sortir de scène. Un coup sur la caboche et direction La Colombie en compagnie des gamins et sous la garde de la clique Sharam Sharam. A partir de là, Aubin disparaît. Enfin oui et non, pas tout de suite, il y a la tentative de me discréditer auprès de vous tous, en me faisant passer pour une fiotte à vos yeux au cours d'une interview bidon, sensée être transmise aux chaînes d'infos françaises.

- Quoi ? C'est quoi cette histoire ? Je ne suis pas au courant !

- Laisse tomber, de toute façon, je les ai niqués ! Donc, Aubin disparaît, l'enquête est à l'arrêt. Tu n'as plus qu'à annoncer à Ivan que les maîtres-chanteurs ont perdu patience, que c'est l'oseille ou la diffusion des documents. Seulement pas de bol, Comme tu peux le constater, Aubin est de retour. Rassure-toi, pour moi, l'affaire s'arrête là. Tu m'as payé pour la résoudre, c'est fait, même si ce n'est pas du tout comme tu l'imaginais. Qui plus est, tu m'as payé d'avance, donc pour moi, mission accomplie. Seulement si j'ai un conseil à te donner, abandonne l'idée de faire cracher le fric par Dressamaire. Dis-lui qu'Aubin a finalement mené son travail à bien. Qu'il n'y a plus ni documents, ni maîtres-chanteurs. Que plus personne n'entendra parler de cette affaire. Evite de lui fournir plus de détails, mais surtout, prie le bon Dieu de Filii Dei pour que la direction générale de cette organisation mette rapidement un terme aux activités de sa branche pourrie. Ah,

j'allais oublier ! J'en reviens à ma bagnole. Parce que si je déduis son prix de la somme que tu m'as filée pour ton enquête, c'est toi qui es redevable. Alors si tu as une proposition à me faire ? Je ne voudrais pas que nous nous quittions sur un malentendu.

- Désolé, mais j'étais certain que cette intimidation serait suffisante pour te décourager. J'ai une offre à te faire. Viens demain chez moi. J'ose espérer qu'elle te satisfera.

- Pourquoi pas ? Je suis pressé de l'entendre ! En ce cas, je te dis à demain. Je suppose que tu ne vois pas d'inconvénient à ce que mon adjoint ici présent m'accompagne ? Un témoignage peut toujours être utile.

- Non, bien sûr.

- Ok ! Alors à demain, disons vers dix heures. Plus vite ce sera réglé hein ? Ah... Salut bien notre ami Pilate de ma part, je sens d'ici l'odeur de son tarin appuyé contre la vitre du presbytère. Ne m'étonnerait pas qu'il débarque dès notre départ. On y va Franck ? Faut quand même que je m'occupe un peu de toi !

Nous laissons Jean Néchié perplexe. Soulagé quelque part. Il devait s'attendre à voir débarquer la gendarmerie. Pour l'instant, il s'en sort bien. Nous regagnons notre voiture. Je jette un oeil vers le presbytère. J'adresse un petit signe de la main vers la fenêtre, nous prenons place. Cette fois, c'est moi qui conduis. Nous laissons Piconbière-les-Troichop derrière nous.

Epilogue

Belle journée. Le portail est grand ouvert. Jean Néchié nous attend. Je stationne devant le perron.

- *Bien le bonjour très cher ami. Alors, cette proposition, c'est quoi ?*

- *Suivez-moi. Descendons dans le garage.*

Nous suivons notre hôte. Je retrouve ce sous-sol découvert le jour de ma première visite à Jean Néchié. Je me souviens des deux bâches couvrant des véhicules. Il s'empare d'un coin de tissu et tire. Oh la vache.... Une Lamborgati six-cents, vingt-quatre cylindres, rutilante !

- *Voilà, si toutefois elle te convient, elle est à toi !*

- Tu parles si elle me convient ! Mais dis-moi, elle est neuve ?

- Presque ! Je l'avais acquise quelques mois avant ma nomination ministérielle. Seulement évidemment, un ministre des cas sociaux et de la délinquance pouvait difficilement se déplacer avec ce genre de bolide. Alors si tu es d'accord, j'ai les documents nécessaires sur mon bureau ?

- Marché conclu bonhomme. Nous te suivons.

Une heure et deux verres plus tard, l'acte de propriété dans ma poche, nous saluons l'ex-ministre.

- J'espère sincèrement que l'affaire du trafic d'êtres humains à laquelle tu te trouves mêlé ne sortira pas au grand jour. Tu t'es fait piéger par des gens sans scrupules. Cela dit, si tu avais besoin un jour d'un témoignage à décharge...

- Ok ! Merci à toi !

- On y va Franck ? Cette capitale française, on la visite ?

- Et comment ! Je suis là pour ça !

Je m'installe dans l'habitacle, je mets la ceinture, je tourne la clé de contact et je fais péter les cylindres… Oh la vache !!!